RESIDENT EVIL™

DIE UMBRELLA VERSCHWÖRUNG

S. D. PERRY

Ins Deutsche übertragen von Timothy Stahl

Dino

Die Deutsche Bibliothek – CIP-Einheitsaufnahme

Ein Titeldatensatz für diese Publikation ist bei der Deutschen Bibliothek erhältlich.

Dieses Buch wurde auf chlorfreiem,
umweltfreundlich hergestelltem
Papier gedruckt.

In neuer Rechtschreibung.

Übersetzung: Timothy Stahl
Lektorat: Manfred Weinland
Redaktion: Mathias Ulinski, Holger Wiest
Chefredaktion: Jo Löffler
Umschlaggestaltung: tab werbung GmbH, Stuttgart
Cover art by Gerber Studio
Satz: Greiner & Reichel, Köln
Druck: Panini S.P.A.
Printed in Italy

ISBN: 3-8332-1265-9
6. Auflage, Februar 2005

www.paninicomics.de/videogame

Dino

BEREITS ERSCHIENEN

RESIDENT EVIL Band 1: Die Umbrella Verschwörung
S. D. Perry – ISBN 3-8332-1265-9

RESIDENT EVIL Band 2: Caliban Cove – Die Todeszone
S. D. Perry – ISBN 3-8332-1168-7

RESIDENT EVIL Band 3: Die Stadt der Verdammten
S. D. Perry – ISBN 3-89748-669-5

RESIDENT EVIL Band 4: Das Tor zur Unterwelt
S. D. Perry – ISBN 3-89748-692-X

RESIDENT EVIL Band 5: Nemesis
S. D. Perry – ISBN 3-89748-693-8

RESIDENT EVIL Band 6: Code: Veronica
S. D. Perry – ISBN 3-89748-694-6

RESIDENT EVIL Band 7: Stunde Null
S. D. Perry – ISBN 3-8332-1206-3

RESIDENT EVIL: Apocalypse (Roman zum Film)
Keith R. A. DeCandido – ISBN 3-8332-1127-X

RESIDENT EVIL: Genesis (Roman zum Film)
Keith R. A. DeCandido – ISBN 3-8332-1130-X

Für Mÿk, einstweilen

„Auch vom Feind kommt häufig
uns ein guter Rat.“

– ARISTOPHANES

PROLOG

Latham Weekly, 2. Juni 1998
SERIE BIZARRER MORDE IN RACCOON CITY

Raccoon City – Gestern Abend wurde auf einem verlassenen Grundstück unweit ihrer Wohnung im Nordwesten von Raccoon City die verstümmelte Leiche der 42-jährigen Anna Mitaki entdeckt. Sie ist das mutmaßlich vierte Opfer der sogenannten „Killerkannibalen", das innerhalb eines einzigen Monats im Umkreis des Victory-Lake-Distrikts gefunden wurde. Übereinstimmend mit den Autopsieberichten der vorherigen Opfer, wies auch Mitakis Leichnam Verletzungen auf, die kaum einen Zweifel daran lassen, dass er teilweise aufgefressen wurde. Die Bissspuren stammen offenbar von menschlichen Zähnen.

Kurz nachdem gestern gegen 21 Uhr zwei Jogger Miss Mitaki gefunden hatten, gab Chief Irons eine kurze Erklärung ab, in der er nachdrücklich betonte, dass das Raccoon Police Department (RPD) „gewissenhaft daran arbeite, die Verantwortlichen dieser abscheulichen Verbrechen dingfest zu machen" und er sich bereits mit den führenden Häuptern der Stadt über drastischere Sicherheitsmaßnahmen zum Schutz der Bürger von Raccoon berate. Unabhängig von den Kannibalenmorden verloren in den vergangenen Wochen drei weitere Menschen ihr Leben bei Angriffen von Tieren im Raccoon Forest. Die Gesamtzahl der rätselhaften Todesfälle hat sich damit auf sieben erhöht …

Raccoon Times, 22. Juni 1998

ENTSETZEN IN RACCOON –
WEITERE TODESOPFER!

Raccoon City – Am frühen Sonntagmorgen wurden die Leichen eines jungen Paares im Victory Park entdeckt. Deanne Rusch und Christopher Smith sind damit die Opfer acht und neun der Serie von Gewaltverbrechen, die unsere Stadt seit Mitte Mai dieses Jahres erschüttert.

Die jüngsten Opfer, beide 19 Jahre alt, wurden am späten Sonntagabend von ihren besorgten Eltern als vermisst gemeldet und gegen 2 Uhr früh von Polizeibeamten am Westufer des Victory Lakes aufgefunden. Bisher liegt keine offizielle Stellungnahme des Police Departments vor. Zeugen des Leichenfundes bestätigen jedoch, dass die beiden Jugendlichen ähnliche Wunden aufweisen, wie man sie an den vorherigen Opfern fand. Ob es sich bei den Angreifern um Menschen oder Tiere handelt, wurde bislang nicht bekannt gegeben.

Freunden des umgekommenen Paares zufolge hatten beide jedoch davon gesprochen, die „wilden Hunde" aufspüren zu wollen, die gerüchteweise in dem dicht bewaldeten Park gesichtet wurden. Offenbar haben sie bewusst gegen die über die Stadt verhängte Ausgangssperre verstoßen, um einen Blick auf die angeblich herumstreunenden Kreaturen zu werfen.

Bürgermeister Harris hat für den heutigen Nachmittag eine Pressekonferenz angesetzt. Es steht zu erwarten, dass er die momentane Krise kommentieren und eine strengere Durchsetzung der Ausgangssperre fordern wird …

Cityside, 21. Juli 1998

„S.T.A.R.S." SPECIAL TACTICS AND RESCUE SQUAD SOLL RACCOON CITY RETTEN

Raccoon City – Nach dem Verschwinden von drei Wanderern vor einigen Tagen im Raccoon Forest (wir berichteten) haben die Stadtväter jetzt eine Sperrung der Landstraße 6 in den Ausläufern der Arklay Mountains verlangt. Polizeichef Brian Irons gab gestern bekannt, dass sich S.T.A.R.S. an der Suche nach den vermissten Wanderern beteiligen und zudem eng mit dem RPD zusammenarbeiten werde, bis der Serie von Morden und Vermisstenfällen, die Raccoon City in Angst und Schrecken versetzen, ein Ende gesetzt sei.

Chief Irons, der früher selbst zu S.T.A.R.S. gehörte, meinte heute während eines exklusiven *Cityside*-Telefoninterviews: „Es ist höchste Zeit, die Fähigkeiten dieser engagierten Männer und Frauen für die Sicherheit unserer Stadt einzusetzen. Wir hatten hier in weniger als zwei Monaten neun brutale Morde und mittlerweile mindestens fünf noch vermisste Personen – und all diese Fälle ereigneten sich in unmittelbarer Nähe des Raccoon Forests. Das führt uns zu der Annahme, dass der oder die Täter sich irgendwo im Victory-Lake-Bezirk verstecken. S.T.A.R.S. verfügt über genau die Art von Erfahrung, die wir brauchen, um die Verantwortlichen der Bluttaten dingfest zu machen!"

Auf die Frage, warum S.T.A.R.S. bislang nicht auf diese Fälle angesetzt wurde, erklärte Chief Irons lediglich, dass S.T.A.R.S. die örtliche Polizei von Anfang an unterstützt habe und eine „willkommene Ergänzung" der im RPD gebildeten

Sonderkommission sei, die bereits rund um die Uhr an der Aufklärung der Morde arbeite.

Die privat finanzierte S.T.A.R.S.-Organisation wurde 1967 in New York von einer Gruppe pensionierter Militärs sowie ehemaliger Mitarbeiter der CIA und des FBI, ursprünglich als Maßnahme gegen kultassoziierten Terrorismus, gegründet. Unter der Leitung des früheren Direktors der NSDA (National Security and Defense Agency), Marco Palmieri, weitete die Gruppe ihr Betätigungsfeld aber rasch aus. Von Geiselverhandlungen über die Entschlüsselung von Nachrichtencodes bis hin zur Niederschlagung von Aufständen umfasst ihr Aufgabengebiet nunmehr selbst Kapitalverbrechen auf Staatsebene. Die Filialen von S.T.A.R.S. arbeiten mit den örtlichen Polizeikräften zusammen und sind als völlig autarke Einheiten angelegt. 1972 finanzierten lokale Unternehmen eine S.T.A.R.S.-Niederlassung in Raccoon City. Sie wird derzeit von Captain Albert Wesker geleitet, der diese Position seit knapp sechs Monaten bekleidet …

Eins

Jill war ohnehin schon reichlich spät dran für das Briefing, als sie es auf dem Weg zur Tür zu allem Überfluss auch noch schaffte, die Schlüssel in ihrem Kaffee zu versenken. Sie landeten mit einem gedämpften Geräusch auf dem Tassenboden, und als Jill innehielt, um das dampfende Gebräu ungläubig anzustarren, entglitt ihr der dicke Aktenstapel, den sie unter dem Arm trug, und segelte zu Boden. Büroklammern und Haftnotizen verteilten sich großzügig über den gelbbraunen Teppich.

„Shit!"

Während Jill sich mit der Tasse in der Hand zur Küche umwandte, warf sie gleichzeitig einen Blick auf ihre Armbanduhr. Wesker hatte das Meeting für Punkt 19.00 Uhr anberaumt. Das hieß, ihr blieben noch ungefähr neun Minuten, um die zehnminütige Fahrtstrecke zurückzulegen, einen Parkplatz zu ergattern und ihren Hintern auf einen Stuhl zu pflanzen. Die erste umfassende Einsatzbesprechung seit S.T.A.R.S. den Fall bekommen hatte – verdammt, die erste richtige Besprechung seit Jill selbst nach Raccoon versetzt worden war –, und sie würde zu spät kommen.

War ja klar. Wahrscheinlich das erste Mal in Jahren, dass es mir nicht scheißegal ist, ob ich pünktlich bin, und ich schaff es grade mal bis zur Tür …

Halblaut vor sich hinfluchend eilte Jill zur Spüle zurück. Sie stand wie unter Strom und war wütend auf sich selbst, weil sie sich nicht eher auf den Weg gemacht hatte. Der Fall war daran schuld, dieser gottverdammte Fall. Sie hatte sich ihre Kopie der Akten gleich nach dem Frühstück besorgt und den ganzen Tag damit zugebracht, die Berichte durchzuackern, auf der Suche nach irgendetwas, was die Cops womöglich übersehen hatten – und ihre Enttäuschung war mit dem Fortschreiten des Tages gewachsen, weil sie einfach nichts Neues hatte finden können.

Sie leerte die Tasse in den Ausguss, angelte sich den nassen Schlüsselbund und wischte ihn an ihrer Jeans ab, während sie bereits wieder zur Wohnungstür zurückhastete. Unmittelbar davor ging sie in die Knie, um die Akten aufzusammeln. Doch plötzlich hielt sie inne und starrte auf das farbige Hochglanzfoto, das obenauf zum Liegen gekommen war.

Die armen Mädchen …

Jill hob die Photographie langsam auf. Sie war sich völlig bewusst, dass sie eigentlich keine Zeit hatte, und doch war sie nicht imstande, den Blick von den winzigen, blutbesudelten Gesichtern abzuwenden. Sie spürte, wie sich die Knoten der Anspannung, die sich den Tag über in ihr gebildet hatten, noch fester zusammenzogen, und für einen Moment war alles, was sie tun konnte, einfach nur atmen, während sie das Tatortfoto anstarrte.

Becky und Priscilla McGee, neun und sieben Jahre alt. Die Male davor hatte Jill das Bild überblättert, weil sie sich gesagt hatte, dass nichts darauf sein würde, was sie unbedingt sehen musste …

… aber das stimmt nicht, oder? Du kannst dir weiterhin etwas vormachen, oder du kannst es zugeben – alles hat

sich geändert. Alles hat sich geändert seit dem Tag, an dem sie starben.

Unmittelbar nachdem sie nach Raccoon gezogen war, hatte Jill unter großem Stress gestanden. Sie hatte sich unsicher gefühlt wegen der Versetzung, war sich nicht einmal sicher gewesen, ob sie bei S.T.A.R.S. bleiben wollte. Sie war gut in ihrem Job, hatte ihn jedoch nur wegen Dick angenommen; nach der Anklageerhebung hatte er sie dazu gedrängt, sich eine andere Arbeit zu suchen. Es hatte eine Weile gedauert, aber ihr Vater war hartnäckig. Ein ums andere Mal hatte er ihr gesagt, dass schon ein Valentine hinter Gittern einer zu viel sei, hatte nicht einmal davor Halt gemacht, ihr zu eröffnen, dass es ein Fehler gewesen sei, sie so zu erziehen, wie er es getan hatte. Aufgrund ihrer Herkunft und Ausbildung hatten sich Jill jedoch nicht viele Alternativen geboten – und S.T.A.R.S. schätzte immerhin ihre Fähigkeiten und scherte sich nicht darum, wie sie dazu gekommen war. Die Bezahlung war anständig, es gab den Thrill, an dem sie zunehmend mehr Gefallen gefunden hatte … Rückblickend betrachtet hatte ihr Jobwechsel dann doch überraschend einfach funktioniert – er hatte Dick glücklich gemacht und ihr erlaubt zu sehen, wie „die anderen" lebten.

Dennoch, die Veränderung hatte sie härter mitgenommen, als ihr bewusst gewesen war. Zum ersten Mal seit Dick eingebuchtet worden war, hatte Jill sich wirklich einsam gefühlt, und für das Gesetz zu arbeiten, war ihr immer mehr wie ein Witz vorgekommen – die Tochter von Dick Valentine im Dienste der Wahrheit, Gerechtigkeit und des American Way of Life!

Ihre Beförderung zu den Alphas, ein hübsches kleines Haus in der Vorstadt – es war verrückt, und sie hatte ernsthaft darüber nachgedacht, einfach aus der Stadt zu verschwinden, den ganzen Kram hinzuwerfen und wieder das zu tun, was sie vorher getan hatte …

… bis die beiden kleinen Mädchen von gegenüber vor ihrer Tür aufgetaucht waren und Jill mit großen, tränennassen Augen gefragt hatten, ob sie wirklich eine Polizistin sei. Ihre Eltern waren auf der Arbeit und sie konnten ihren Hund nicht finden …

… Becky in ihrem grünen Schulkleidchen, die kleine Pris in ihrer Latzhose – beide schluchzend und verschüchtert …

Das Hündchen war nur zwei Blocks entfernt durch einen Garten spaziert, kein Problem – und Jill hatte zwei neue Freundinnen gewonnen, einfach so. Die Geschwister hatten sie prompt adoptiert, waren fortan nach der Schule vorbeigekommen, um ihr selbst gepflückte Blumensträuße zu bringen, und hatten an den Wochenenden in Jills Garten gespielt. Pausenlos hatten sie ihr Lieder vorgeträllert, die sie aus Filmen oder Zeichentrickserien kannten.

Es war nicht so, dass die Mädchen Jills Einstellung auf wundersame Weise verändert oder ihr das Alleinsein vollkommen versüßt hätten – aber irgendwie war der Gedanke fortzugehen in den Hintergrund gerückt, wo Jill ihn auch eine Zeit lang hatte ruhen lassen. Zum ersten Mal in ihren dreiundzwanzig Lebensjahren hatte sie angefangen, sich als Teil der Gemeinde zu fühlen, in der sie wohnte und arbeitete. Der Wandel war so heimlich, still und leise vonstatten gegangen, dass sie ihn kaum selbst bemerkt hatte.

Vor sechs Wochen hatten sich Becky und Pris dann bei einem Familienpicknick im Victory Park verlaufen – und waren die ersten beiden Opfer der Psychopathen geworden, die seither die abgeschiedene Stadt terrorisierten.

Das Foto zitterte leicht in Jills Hand, ersparte ihr kein Detail. Becky lag auf dem Rücken und starrte blicklos zum

Himmel auf, ein klaffendes, gezacktes Loch im Bauch. Pris lag neben ihr, mit ausgebreiteten Armen, aus denen man ihr brutal Fleischfetzen herausgerissen hatte. Beide Kinder waren regelrecht ausgeweidet worden und nicht erst am Blutverlust gestorben, sondern bereits vorher als Folge des Schocks. Wenn sie geschrien hatten, dann hatte niemand ihr Schreien gehört …

Das reicht! Ja, sie sind tot, aber du kannst in dieser Sache endlich etwas tun!

Jill stopfte die Papiere ungeschickt zurück in die Mappen, atmete tief durch und trat ins Freie. Es war früher Abend. Der Geruch von frisch gemähtem Gras hing schwer in der warmen Luft. Irgendwo die Straße runter bellte fröhlich ein Hund inmitten lärmender Kinder.

Sie eilte auf den verbeulten grauen Kombi zu, der am Gehsteig parkte, und während sie den Wagen startete und vom Bordstein lenkte, zwang sie sich, nicht zum still daliegenden Haus der McGees hinüberzusehen. Jill fuhr mit offenen Fenstern durch die breiten Straßen ihres Vorstadtviertels, knapp über dem Tempolimit, aber sorgsam auf Kinder und Tiere achtend. Es waren nicht viele zu sehen. Seit diese furchtbare Geschichte angefangen hatte, gingen immer mehr Leute dazu über, ihre Sprösslinge und Haustiere nur noch selten aus dem Haus zu lassen, selbst tagsüber.

Der Kombi begann zu vibrieren, als Jill ihn auf der Zufahrt zum Highway 202 beschleunigte. Trockene warme Luft peitschte ihr das Haar aus dem Gesicht. Es war ein angenehmes Gefühl, so, als wache man aus einem bösen Traum auf. Sie fuhr durch den sonnengesprenkelten Abend, und die Schatten der Bäume entlang der Straße wurden länger.

Ob es nun Schicksal war oder einfach nur Zufall, ihr Leben war berührt worden von dem, was in Raccoon City vorging. Sie konnte nicht länger so tun, als sei sie nur eine ausgebrannte Ex-Diebin, die versuchte, nicht in den Knast zu wandern und sich anzupassen, nur um ihrem Vater eine Freude zu machen – oder dass der Fall, mit dem S.T.A.R.S. sich beschäftigte, bloß ein weiterer Job war. Es war von *Bedeutung*. Es machte ihr etwas aus, dass diese Kinder tot waren und dass ihre Mörder noch immer frei herumliefen und weiter morden konnten.

Der Aktenstoß neben Jill flatterte leicht, der Deckel der oberen Mappe fing sich im Wind – vielleicht waren es auch die neun ruhelosen Geister, die von Becky und Priscilla McGee eingeschlossen …

Jill legte ihre Hand auf den raschelnden Aktenstoß, unterband den Aufruhr – und schwor sich, dass sie um jeden Preis herausfinden würde, wer für diese Verbrechensserie verantwortlich war. Was immer sie zuvor gewesen war oder was sie in Zukunft sein würde, sie hatte sich verändert … und sie würde keine Ruhe finden, bis diejenigen, die an unschuldigen Menschen zu Mördern geworden waren, für ihre Taten zur Rechenschaft gezogen werden konnten.

„Hey, Chris!“

Chris wandte sich vom Getränkeautomaten ab und sah, wie Forest Speyer mit langen Schritten über den leeren Korridor auf ihn zukam, ein breites Grinsen auf dem gebräunten, jungenhaften Gesicht. Forest war zwar ein paar Jahre älter als Chris, sah aber immer noch aus wie ein rebellischer Teenager – langes Haar, nietenbeschlagene Jeansweste, auf der linken Schulter die Tätowierung eines Totenschädels, der eine Zigarette rauchte. Außerdem war er ein ausgezeichneter Mechaniker und einer der besten Schützen, die Chris je in Aktion erlebt hatte.

„Hey, Forest. Was gibt's?" Chris zog eine Dose Mineralwasser aus dem Auswurfschacht des Automaten und sah auf seine Uhr. Bis zur Sitzung blieben ihm noch ein paar Minuten. Er lächelte müde, als Forest mit glitzernden blauen Augen vor ihm stehen blieb. Er trug den Arm voll mit Ausrüstungsgegenständen – Weste, Einsatzgürtel und Schultertasche.

„Wesker hat Marini grünes Licht für die Suche gegeben. Das Bravo-Team geht rein." Selbst wenn er aufgeregt war, dehnte und verlangsamte Forests typisches Alabama-Näseln jedes Wort. Immer noch breit grinsend, ließ er seine Mitbringsel auf einen der Besucherstühle fallen.

Chris runzelte die Stirn. „Wann?"

„Jetzt. Sobald der Heli warmgelaufen ist." Während er sprach, streifte Forest die Kevlar-Weste über. „Während ihr Alphas rumsitzt und euch Notizen macht, treten wir 'n paar Kannibalen in den Arsch!"

Wenn wir S.T.A.R.S.-Mitglieder eines sind, dann selbstbewusst. „Na ja, dann … pass vor allem auf *deinen* Arsch auf, okay? Ich glaub immer noch, dass mehr hinter der Sache steckt als ein paar Irre, die sich im Wald herumtreiben."

„Wie du meinst." Forest strich sich das Haar nach hinten und griff nach seinem Kampfgürtel, offenbar bereits auf den Einsatz konzentriert. Chris überlegte, ob er noch mehr sagen sollte, entschied sich aber dagegen. Trotz seines verwegenen Auftretens war Forest ein echter Profi. Niemand brauchte ihn zur Vorsicht zu ermahnen.

Bist du dir da sicher, Chris? Glaubst du, Billy war vorsichtig genug?

Innerlich seufzend schlug er Forest auf die Schulter und machte sich auf den Weg zur Zentrale. Er ging durch die Tür des kleinen Warteraums im Obergeschoss und den Flur hinunter. Es überraschte ihn, dass Wesker die Teams getrennt in den Einsatz schickte. Es war zwar üblich, dass die weniger erfahrenen S.T.A.R.S.-Angehörigen die Erstsondierung übernahmen, aber das hier war nicht unbedingt ein üblicher Einsatz. Allein die Zahl der Toten, mit der sie es zu tun hatten, verlangte ein aggressiveres Vorgehen. Die Tatsache, dass es Anzeichen für ein System hinter den bisherigen Morden gab, hätte den Fall in den A1-Status erheben müssen, doch Wesker behandelte ihn weiterhin wie einen x-beliebigen Übungseinsatz.

Keiner außer mir sieht es … Aber sie kannten auch Billy nicht …

Chris dachte wieder an den Anruf, den er vorige Woche spätnachts von seinem Freund aus Kindertagen erhalten hatte. Er hatte lange Zeit nichts von Billy gehört, wusste aber, dass er einen Job in der Forschung bei Umbrella angenommen hatte, dem Pharma-Unternehmen, das den größten Beitrag zum wirtschaftlichen Wohlstand von Raccoon City leistete. Billy war nie der Typ gewesen, der Hirngespinsten nachjagte, und die angstvolle Verzweiflung in seiner Stimme hatte Chris wachgerüttelt und mit tiefer Sorge erfüllt. Billy hatte gestammelt, dass sein Leben in Gefahr sei, dass sie *alle* in Gefahr seien, und Chris dringend gebeten, sich mit ihm in einem Restaurant am Stadtrand zu treffen – doch dort war er nie aufgekreuzt. Seitdem hatte niemand mehr etwas von Billy gehört oder gesehen.

Wieder und wieder hatte Chris diese Sache in den schlaflosen Nächten seit Billys Verschwinden aufgearbeitet und versucht, sich selbst einzureden, es gäbe keine Verbindung zu den Raccoon-Opfern. Doch nun konnte er das Gefühl nicht länger ignorieren, das ihm einflüsterte, dass es einen Zusammenhang gab – und dass Billy womöglich mehr über die Hintergründe der Geschehnisse gewusst hatte. Die Polizei hatte Billys Wohnung überprüft und nichts gefunden, was auf ein Verbrechen hingedeutet hätte … doch sein Instinkt sagte Chris, dass sein Freund tot war, und dass er von jemandem umgebracht worden war, der ihn daran hatte hindern wollen, etwas auszuplaudern.

Und mit dieser Meinung scheine ich allein dazustehen. Irons ist es scheißegal, und das Team glaubt, ich sei einfach nur durch den Wind, weil ich einen alten Freund verloren habe …

Er schob den Gedanken beiseite, als er um die Ecke bog. Seine Stiefelabsätze schickten gedämpfte Echos durch den gewölbten Korridor des ersten Stockwerks. Er musste sich konzentrieren, sein Denken darauf fixieren, was er tun *konnte*, um herauszufinden, warum Billy verschwunden war – aber er war erschöpft, wurde nur angetrieben von einem Minimum an Schlaf und der beinahe unablässigen Nervosität, die ihn seit Billys Anruf quälte. Vielleicht verlor er ja tatsächlich den Blick fürs Wesentliche, vielleicht hatten die jüngsten Ereignisse seine Objektivität getrübt …

Als Chris sich dem S.T.A.R.S.-Büro näherte, zwang er sich, abzuschalten, um einen klaren Kopf für die Besprechung zu bekommen. Er empfand es als Vergeudung, dass die summenden Leuchtstoffröhren unter der Decke brannten. Noch flutete lohendes Abendlicht den schmalen Flur.

Das Polizeigebäude von Raccoon war ein klassisches und dennoch unkonventionelles Bauwerk – Fliesenmosaiken und schwere Hölzer prägten das Bild ebenso wie viel zu viele Fenster, die so angeordnet waren, dass die Sonne immer von irgendeiner Seite her Zugang erhielt. In Chris' Kindheit hatte dieses Gebäude noch das Rathaus von Raccoon beherbergt. Mit dem Bevölkerungsanstieg vor zehn Jahren war es jedoch renoviert und zur Bücherei umgebaut worden, und vor vier Jahren hatte man es schließlich in ein Polizeirevier umgewandelt. Es hatte den Anschein, als wären noch immer ständig Bauarbeiten im Gange …

Die Tür zum S.T.A.R.S.-Büro stand offen, und das Raunen rauer Männerstimmen drang bis auf den Flur. Chris hörte Chief Irons heraus und zögerte einen Moment. „Nennen Sie mich einfach Brian“-Irons war ein egozentrischer und eigennütziger Politiker, der sich als Cop maskierte. Es war kein Geheimnis, dass er seine schwitzigen Finger in mehr als nur ein paar örtlichen Finanzangelegenheiten drin hatte. 1994 war er sogar in den Grundstücksbetrug im Cider-Bezirk verwickelt gewesen, und obwohl vor Gericht nichts hatte bewiesen werden können, hegte doch niemand, der ihn persönlich kannte, auch nur den geringsten Zweifel an seiner Mitschuld.

Chris lauschte Irons' öliger Stimme und schüttelte den Kopf. Schwer vorstellbar, dass dieser Mann einmal das S.T.A.R.S.-Team von Raccoon geleitet hatte, und sei es auch nur als Schreibtischhengst. Und noch schwerer zu glauben, dass er wahrscheinlich eines Tages als Bürgermeister enden würde.

Dass er dich wie die Pest hasst, hat mit deinen Vorbehalten natürlich nichts zu tun, oder, Redfield?

Na ja. Chris küsste anderen nicht gern den Arsch, und Irons duldete keine andere Art von Beziehung. Zumindest war Irons nicht völlig inkompetent, irgendeine Militärausbildung hatte er irgendwann mal absolviert. Chris setzte eine unbewegte Miene auf und betrat das kleine, voll gestopfte Büro, das S.T.A.R.S. als Aktenschrank und Operationsbasis diente.

Barry und Joseph standen am Rekrutenschreibtisch, wo sie einen Karton voller Papiere durchsahen und sich leise unterhielten. Ein paar Schritte entfernt trank Brad Vickers, der Alpha-Pilot, Kaffee und blickte, mit einem mürrischen Ausdruck auf den sonst so sanften Zügen, starr auf den Monitor des Hauptcomputers. Auf der anderen Seite des Raumes lehnte sich Captain Wesker in seinem Stuhl zurück, die Hände hinter dem Kopf gefaltet, nichtssagend lächelnd über etwas, was ihm Chief Irons erzählte. Irons massige Gestalt stand an Weskers Schreibtisch gestützt. Während er sprach, strich er sich mit seinen Wurstfingern über den sorgsam gepflegten Schnurrbart.

„Also meinte ich: ‚Sie drucken, was ich Ihnen sage, Bertolucci, und *danken* mir dafür, oder Sie kriegen nie mehr einen Kommentar aus diesem Büro!' Und er erwiderte –"

„Chris!" Wesker unterbrach den Chief und beugte sich vor. „Gut, dass Sie da sind. Sieht aus, als müssten wir nicht länger unsere Zeit vergeuden."

Irons blickte finster in seine Richtung, doch Chris wahrte sein Pokerface. Wesker hatte auch nicht viel für Irons übrig und versuchte ihm gegenüber gar nicht erst, mehr als höflich zu sein. Und dem Blitzen in seinen Augen nach zu urteilen, war es Wesker auch egal, wer dies durchschaute.

Chris betrat das Büro und blieb an dem Schreibtisch stehen, den er sich mit Ken Sullivan vom Bravo-Team teilte. Da die Teams normalerweise verschiedene Schichten schoben, brauchten sie nicht viel Platz. Chris stellte die ungeöffnete Mineralwasserdose auf den ramponierten Schreibtisch und sah Wesker an.

„Sie schicken Bravo rein?"

Der Captain erwiderte den Blick ausdruckslos, die Arme vor der Brust verschränkt. „Vorschrift, Chris."

Chris nahm stirnrunzelnd Platz. „Ja, aber nach dem, was wir vorige Woche besprochen hatten, dachte ich –"

Irons fiel ihm ins Wort: „*Ich* habe den Befehl gegeben, Redfield. Ich weiß, dass Sie glauben, hier spiele sich irgendeine Spionagegeschichte ab, aber ich sehe keinerlei Grund, um von den Richtlinien abzuweichen."

Scheinheiliger Wichser ...

Chris zwang sich zu einem Lächeln, von dem er wusste, dass es Irons ärgern würde. „Natürlich, Sir. *Mir* gegenüber müssen Sie sich nicht rechtfertigen."

Einen Moment lang blickte Irons ihn aus zuckenden Schweinsäugelein an, dann beschloss er offenbar, es dabei bewenden zu lassen. Er wandte sich wieder Wesker zu. „Ich erwarte einen Bericht, sobald Bravo zurück ist. Wenn Sie mich jetzt entschuldigen wollen, Captain ..."

Wesker nickte. „Chief."

Irons stolzierte an Chris vorbei aus dem Raum. Er war kaum fort, als Barry auch schon loslegte. „Meint ihr, der Chief hat heute schon einen Haufen in die Schüssel gesetzt? Vielleicht sollten wir Weihnachten alle zusammenlegen, um ihm ein wirksames Abführmittel zu kaufen."

Joseph und Brad lachten, aber Chris konnte sich nicht dazu durchringen, mit einzustimmen. Irons war eine Witzfigur, aber seine fehlerhafte Handhabung dieser Ermittlungen war alles andere als spaßig. S.T.A.R.S. hätte von Anfang an miteinbezogen werden müssen, statt dem RPD als Sicherheitsreserve zu dienen.

Er sah wieder zu Wesker. Es war schwer, etwas aus der stets gefassten Miene dieses Mannes herauszulesen. Wesker hatte die Raccoon-S.T.A.R.S. erst vor einigen Monaten übernommen, war vom New Yorker Hauptsitz hierher versetzt worden, und Chris hatte noch immer keinen wirklichen Einblick in seinen Charakter gewonnen. Der neue Captain schien seinem Ruf voll und ganz zu entsprechen: souverän, routiniert, gelassen – aber er strahlte auch eine gewisse Distanz aus, als sei er dem Geschehen oft weit entrückt …

Wesker seufzte und erhob sich. „Tut mir Leid, Chris. Ich weiß, Sie wollten, dass die Sache anders läuft, aber Irons legte nicht sonderlich viel Wert auf Ihre … Bedenken."

Chris nickte. Wesker konnte Empfehlungen aussprechen, aber Irons war der Einzige, der den Status einer laufenden Mission erhöhen konnte. „Nicht Ihre Schuld."

Barry kam auf sie zu und rieb sich dabei mit einer seiner riesigen Fäuste den kurzen rötlichen Bart. Barry Burton war nur einsachtzig groß, aber gebaut wie ein Truck. Seine einzige Leidenschaft neben seiner Familie und seiner Waffensammlung war Gewichtheben, was sich schwerlich verbergen ließ.

„Nur keine Aufregung, Chris! Marini alarmiert uns, sobald Ärger in der Luft liegt. Irons will dir nur die Laune vermiesen."

Chris nickte erneut, aber die Sache gefiel ihm nicht. Zum Teufel, Enrico Marini und Forest Speyer waren die einzigen erfahrenen Soldaten im Bravo-Team. Ken Sullivan war ein guter Späher und ein brillanter Chemiker, aber trotz seiner S.T.A.R.S.-Ausbildung traf er nicht mal die Längsseite einer Scheune. Richard Aiken war ein Kommunikations-Experte der Spitzenklasse, aber auch ihm mangelte es an Kampferfahrung. Vervollständigt wurde das Bravo-Team durch Rebecca Chambers, die erst seit drei Wochen zu S.T.A.R.S gehörte und angeblich eine Art medizinisches Genie war. Chris war ihr ein paar Mal begegnet. Sie schien ziemlich helle zu sein, aber trotzdem war sie, was ihre Erfahrung anging, noch ein halbes Kind.

Das reicht nicht. Selbst mit uns allen zusammen reicht es womöglich nicht.

Er öffnete sein Mineralwasser, trank aber nicht davon. Stattdessen fragte er sich, womit S.T.A.R.S. es hier zu tun hatte, und Billys flehende, verzweifelt hervorgestoßenen Worte hallten neuerlich in ihm wider.

„Die werden mich umbringen, Chris! Die werden jeden umbringen, der Bescheid weiß! Triff mich bei Emmys, jetzt gleich, ich werde dir alles erzählen …“

Erschöpft starrte Chris ins Nichts, allein mit der schlimmen Ahnung, dass die brutalen Morde nur die Spitze des sprichwörtlichen Eisbergs waren.

Barry blieb kurz an Chris’ Schreibtisch stehen und suchte nach etwas, von dem er selbst nicht hätte sagen können, was genau es eigentlich war. Aber Chris schien ohnehin nicht in der Stimmung für eine Plauderei, weshalb Barry schließlich in Gedanken die Achseln zuckte und sich wieder zu Joseph gesellte, der nach wie vor Akten wälzte. Chris war ein feiner Kerl, aber manchmal nahm er die Dinge einfach zu schwer; er würde darüber hinwegkommen, sobald sie erst an der Reihe waren aktiv mitzumischen.

Mann, diese Hitze! Scheinbar endlose Schweißrinnsale liefen Barry die Wirbelsäule abwärts und klebten ihm das T-Shirt an den breiten Rücken. Die Klimaanlage war, wie üblich, im Eimer, und selbst bei weit offen stehender Tür war es in dem winzigen S.T.A.R.S.-Büro unerträglich stickig.

„Glück gehabt?“

Joseph sah von dem Papierstapel hoch zu Barry, ein klägliches Lächeln auf dem hageren Gesicht. „Machst du Witze? Ist gerade so, als hätte irgendjemand das verdammte Ding mit Absicht versteckt.“

Barry seufzte und griff sich eine Hand voll Akten. „Vielleicht hat Jill es gefunden. Sie war noch hier, als ich gestern Abend ging, und ackerte zum ungefähr hundertsten Mal die Zeugenberichte durch …"

„Wonach sucht ihr beiden eigentlich?", fragte Brad.

Barry und Joseph schauten zu ihm hinüber. Brad saß nach wie vor an der Computerkonsole. Er trug ein Headset und würde das Bravo-Team während des Aufklärungsflugs über die Waldgebiete überwachen. Im Augenblick jedoch wirkte er zu Tode gelangweilt.

Joseph antwortete ihm: „Ach, Barry behauptet, dass hier drin irgendwo der Grundriss des alten Spencer-Anwesens zu finden ist, in irgendeiner Architektur-Zeitschrift, die rauskam, als das Haus gebaut wurde –" Er hielt inne, dann grinste er Barry an. „Ich glaube allerdings fest, dass unser alter Barry verkalkt ist. Nicht umsonst heißt es ja, das Gedächtnis gehe dabei als Erstes flöten."

Barry schenkte ihm einen nicht ernst gemeinten finsteren Blick. „Der alte Barry könnte dir locker so kräftig in den Arsch treten, dass du erst nächste Woche wieder runterkommst, Kleiner."

Joseph musterte ihn mit gespieltem Spott. „Mag sein, aber könntest du dich hinterher noch dran erinnern?"

Barry gluckste kopfschüttelnd. Er war erst achtunddreißig, aber schon seit fünfzehn Jahren bei den Raccoon-S.T.A.R.S., womit er das dienstälteste Mitglied war. Er musste unzählige Witzeleien über das Alter einstecken, meistens von Joseph.

Brad lupfte eine Augenbraue. „Das Spencer-Anwesen? Warum sollte das in einer Zeitschrift sein?"

„Kinder, ihr müsst in Kulturgeschichte besser aufpassen", sagte Barry. „Die Villa wurde vom unvergleichlichen George Trevor entworfen, kurz bevor er verschwand. Das war dieser Superarchitekt, auf dessen Mist all diese verrückten Wolkenkratzer in D. C. gehen. Trevers Verschwinden könnte tatsächlich der Grund gewesen sein, warum Spencer die Villa dichtgemacht hat. Es geht das Gerücht, dass Trevor während der Bauarbeiten durchdrehte, und als die Bude fertig war, sich darin verlaufen hat. Er irrte durch die Gänge, bis er verhungert war."

Brad ließ einen abfälligen Laut hören, sah aber mit einem Mal unbehaglich drein. „So ein Scheiß. Davon hab ich noch nie was gehört."

Joseph zwinkerte Barry zu. „Nein, das stimmt wirklich. Und jetzt streift sein gequälter Geist nachts durch das Haus, bleich und ausgemergelt, und es heißt, dass man ihn manchmal hören kann, wie er ruft: ‚Brad Vickers … Bringt mir Brad Vickers …'"

Brad errötete leicht. „Ja, ha ha ha. Du bist ein echter Komiker, Frost."

Barry schüttelte lächelnd den Kopf, fragte sich aber wieder einmal, wie Brad es je ins Alpha-Team hatte schafften können. Er war zweifelsohne der beste Hacker, der für S.T.A.R.S. arbeitete, und ein recht anständiger Pilot, aber unter Druck machte er keine besonders gute Figur. Hinter seinem Rücken nannte Joseph ihn „Hasenfuß-Vickers", und wenn die S.T.A.R.S.-Mitglieder auch im Allgemeinen füreinander eintraten, stimmten mit dieser Einschätzung doch alle überein.

„Ist das der Grund, weshalb Spencer das Haus aufgegeben hat?" Brad richtete die Frage mit immer noch geröteten Wangen an Barry.

Dieser hob die Schultern. „Das bezweifle ich. Es sollte eine Art Gästehaus für die leitenden Angestellten von Umbrella sein. Tatsächlich verschwand Trevor genau um die

Zeit der Fertigstellung herum – aber Spencer hatte eh was an der Birne. Er beschloss, die Zentrale von Umbrella nach Europa zu verlegen – wohin genau, hab ich vergessen –, und hat die Villa einfach mit Brettern vernagelt. Wahrscheinlich ein paar Millionen Dollar voll in den Arsch geschmiert."

Joseph grinste höhnisch. „Ja, klar. Als ob Umbrella das gejuckt hätte."

Das stimmte wohl. Spencer mochte vielleicht verrückt gewesen sein, aber er hatte genug Geld und Geschäftssinn, um die richtigen Leute anzuheuern. Umbrella war eines der größten medizinischen Forschungs- und Pharma-Unternehmen der Welt. Selbst vor dreißig Jahren hatte Umbrella der Verlust einiger Millionen Dollar wahrscheinlich nicht wirklich wehgetan.

„Wie auch immer", fuhr Joseph fort, „die Umbrella-Leute sagten Irons, dass sie jemanden rausgeschickt hätten, der das Haus überprüfte, und dass es keine Anzeichen für einen Einbruch gegeben habe."

„Warum sucht ihr dann nach den Bauplänen?", fragte Brad.

Es war Chris, der antwortete – und Barry damit erschreckte. Chris war zu ihnen herübergekommen. In sein jugendliches Gesicht hatte sich ein Ausdruck plötzlicher Leidenschaft geprägt, die fast an Besessenheit grenzte. „Weil es der einzige Ort im Wald ist, der von der Polizei nicht überprüft wurde, und er liegt praktisch mitten zwischen den Tatorten. Und weil man nicht immer darauf vertrauen kann, was die Leute sagen."

Brad legte die Stirn in Falten. „Aber wenn Umbrella jemanden hingeschickt hat …"

Was immer Chris darauf erwidern wollte, wurde von Weskers ruhiger Stimme unterdrückt, die aus dem vorderen Teil des Raumes kam.

„In Ordnung, Leute. Nachdem es also scheint, als ob Miss Valentine nicht vorhat, sich uns anzuschließen, warum fangen wir dann nicht einfach an?“

Barry ging zu seinem Schreibtisch. Zum ersten Mal, seit diese ganze Sache begonnen hatte, machte er sich Sorgen um Chris. Er hatte den Jüngeren vor ein paar Jahren infolge einer Zufallsbegegnung in einem örtlichen Waffenladen für S.T.A.R.S. rekrutiert. Chris hatte sich als wertvolles Mitglied für das Team erwiesen, er war intelligent, aufmerksam, ein ausgezeichneter Schütze und fähiger Pilot.

Aber jetzt …

Liebevoll betrachtete Barry das Bild von Kathy und den Mädchen, das auf seinem Schreibtisch stand. Chris' Besessenheit an den Morden in Raccoon war verständlich, erst recht seit sein Freund verschwunden war. Niemand in der Stadt wollte, dass noch jemand sein Leben verlor. Barry hatte Familie und war so entschlossen wie jeder andere im Team, den Killern das Handwerk zu legen. Aber Chris schoss mit seinem unerbittlichen Misstrauen ein wenig über das Ziel hinaus. Was hatte er damit gemeint, dass „man nicht immer darauf vertrauen könne, was die Leute sagten“? Entweder, dass Umbrella log oder Chief Irons …

Lächerlich. Die Chemiefabrik von Umbrella nebst der Verwaltungsgebäude am Stadtrand stellten drei Viertel der Arbeitsplätze von Raccoon City – zu lügen würde den firmeneigenen Interessen zuwiderlaufen. Außerdem war die Integrität Umbrellas mindestens so solide wie die eines jeden anderen Großkonzerns – vielleicht ein wenig Industriespionage, aber der Austausch medizinischer Geheimnisse war etwas völlig anderes als Mord. Und Chief Irons, mochte er auch ein fetter, schmieriger Angeber sein, war nicht der Typ, der sich die Hände schmutziger machte, als sie es beim Einstreichen illegaler Wahlkampfgelder wurden; Herrgott noch mal, der Kerl wollte Bürgermeister werden!

Barrys Blick verweilte noch einen Moment lang auf dem Foto seiner Familie, bevor er seinen Stuhl in die Richtung von Weskers Schreibtisch drehte und ihm schlagartig bewusst wurde, wie sehr er es *wollte*, dass Chris sich irrte. Was in Raccoon City auch vorging, diese entsetzliche Brutalität *konnte* einfach nicht geplant sein. Und das hieß …

Barry wusste nicht, was das hieß. Er seufzte und wartete darauf, dass die Besprechung anfing.

Zwei

Jill fiel ein Stein vom Herzen, als sie den Klang von Weskers Stimme hörte, während sie auf die offene Tür des S.T.A.R.S.-Büros zutrabte. Bei ihrer Ankunft hatte sie einen der Hubschrauber starten sehen und war überzeugt gewesen, dass das Team ohne sie abgeflogen war. S.T.A.R.S. war in mancherlei Hinsicht ein ziemlich legerer Haufen, hatte allerdings keinen Platz für Leute, die nicht mithalten konnten – und Jill wollte bei diesem Fall unbedingt von Anfang an dabei sein.

„Das RPD hat bereits eine periphere Suche in den Sektoren eins, vier, sieben und neun vorgenommen. Wir befassen uns mit den zentralen Zonen. Bravo wird *hier* runtergehen …“

Wenigstens kam sie nicht *zu* spät; Wesker zog Besprechungen immer auf die gleiche Weise durch – aktueller Stand der Dinge, Theorie dann Fragen und Antworten. Jill holte tief Luft und trat ein. Wesker deutete auf eine Karte, die im vorderen Teil des Büros angeheftet war, gepunktet mit farbigen Markierungen, die anzeigten, wo man die Leichen gefunden hatte. Er stockte kaum in seiner Rede, als Jill rasch zu ihrem Schreibtisch ging. Plötzlich kam sie sich vor, als sei sie wieder in der Grundausbildung und zu spät zum Unterricht erschienen.

Chris Redfield schenkte ihr die Andeutung eines Lächelns, während sie sich setzte, und sie nickte zurück, ehe sie ihre Aufmerksamkeit auf Wesker lenkte. Sie kannte niemanden vom Raccoon-Team näher, aber Chris hatte sich seit ihrer Versetzung hierher alle Mühe gegeben, damit sie sich willkommen fühlte.

„... nach einem Aufklärungsflug über die anderen Zentralbereiche. Sobald sie sich melden, werden wir wissen, worauf wir unsere Kräfte konzentrieren müssen."

„Aber was ist mit der Spencer-Villa?", fragte Chris. „Sie liegt praktisch inmitten der Tatorte. Wenn wir dort anfangen, können wir eine umfassendere Suche durchführen –"

„– und seien Sie versichert, wenn die Informationen von Bravo auf dieses Gebiet hinweisen, werden wir dort suchen. Im Moment sehe ich allerdings keinerlei Grund, es als Priorität einzustufen."

Chris sah den Captain ungläubig an. „Aber wir haben lediglich das Wort von Umbrella selbst, dass das Anwesen sicher ..."

Wesker lehnte sich gegen seinen Schreibtisch, die strengen Züge ausdruckslos und unterbrach: „Chris, wir alle wollen dieser Sache auf den Grund gehen. Aber wir müssen als Team arbeiten, und die beste Vorgehensweise hier ist eine sorgfältige Suche nach diesen drei vermissten Wanderern, bevor wir anfangen, voreilige Schlüsse zu ziehen. Bravo wird sich umsehen, und wir werden uns an die Regeln halten."

Chris' Stirn umwölkte sich, aber er sagte nichts mehr. Jill widerstand dem Drang, ob Weskers kurzer Ansprache die Augen zu verdrehen. Natürlich war diese Vorgehensweise prinzipiell die Richtige. Wesker redete damit aber auch Chief Irons nach dem Mund. Und Irons hatte wiederholt klargemacht, dass *er* die Ermittlungen leitete und das eigentliche Sagen hatte. Das alles hätte Jill nur halb so viel gestört, wenn Wesker sich nicht bei jeder sich sonst bietenden Gelegenheit gern als unabhängiger Denker dargestellt hätte, der keine politischen Winkelzüge mitmachte. Sie hatte sich S.T.A.R.S. angeschlossen, weil sie die Scheißbürokratie, die einen großen Teil der Exekutive beherrschte, nicht ausstehen konnte, und dass Wesker sich dem Chief offensichtlich beugte, ärgerte sie.

Oh, und vergiss nicht, dass du beste Chancen hattest, im Knast zu landen, wenn du den Beruf nicht *gewechselt hättest …*

„Jill. Wie ich sehe, haben Sie doch noch Zeit gefunden, vorbeizuschauen. Erleuchten Sie uns doch mit Ihren brillanten Einsichten. Was haben Sie für uns?"

Jill erwiderte Weskers scharfen Blick und versuchte, so cool und ruhig zu wirken, wie er es war. „Nicht viel, fürchte ich. Das einzig erkennbare Schema sind die Tatorte …"

Sie sah auf die Notizen hinunter, die sie auf dem Aktenstapel vor sich liegen hatte, und durchforstete sie mit einem flüchtigen Blick nach Hinweisen. „Also, die Gewebeproben unter den Fingernägeln von Becky McGee und Chris Smith stimmen exakt überein, das haben wir gestern erfahren … Und Tonya Lipton, das dritte Opfer, war definitiv zum Wandern in den Vorbergen unterwegs, das wäre Sektor … sieben B …"

Sie sah wieder zu Wesker auf und legte ihre Sicht der Dinge dar. „Meine Theorie besteht zurzeit darin, dass sich möglicherweise ein ritueller Kult in den Bergen verborgen hält, vier bis elf Mitglieder zählend, mit Bluthunden, die darauf abgerichtet sind, Menschen, die in ihr Revier eindringen, anzugreifen."

„Wie kommen Sie auf diese Zahl? Extrapolation?“ Wesker verschränkte abwartend die Arme.

Wenigstens hatte keiner gelacht. Jill wagte sich weiter vor, erwärmte sich für die eigene Idee. „Der Kannibalismus und die Verstümmelungen legen rituelles Verhalten nahe, ebenso wie das Vorhandensein verfaulten Fleisches, das an einigen der Opfer gefunden wurde – als trügen die Mörder bei ihren Überfällen Teile vorhergehender unbekannter Opfer bei sich. Wir haben Speichel- und Gewebeproben von vier verschiedenen Tätern. Augenzeugenberichte lassen allerdings auf bis zu zehn oder elf Personen schließen. Und diejenigen, die von Tieren getötet wurden, hat man alle in derselben Gegend gefunden, beziehungsweise sie wurden alle in derselben Gegend angefallen – daraus lässt sich folgern, dass sie eine Art Grenze überschritten haben. Die Speichelspuren scheinen von Hunden zu stammen, aber da gibt es noch ein paar Unstimmigkeiten …“ Jill verstummte.

Weskers Gesicht verriet nichts, doch er nickte gemessen. „Nicht übel, gar nicht übel. Widerlegende Argumente?“

Jill seufzte. Sie hasste es, ihre eigene Theorie entkräften zu müssen, aber das war Teil des Jobs – und, wenn sie ganz ehrlich war, der Teil, der klarem, rationalem Denken am förderlichsten war. S.T.A.R.S. schulte seine Mitarbeiter darauf, sich nicht auf einen einzigen Pfad zur Wahrheit zu fixieren.

Abermals überflog Jill ihre Notizen. „Es ist höchst unwahrscheinlich, dass ein Kult dieser Größe viel herumziehen würde, und die Morde begannen vor zu kurzer Zeit, um lokale Wurzeln zu haben. Das RPD wäre schon früher auf Spuren gestoßen, auf irgendeine Eskalation solcher Verhaltensmuster. Außerdem weist der Grad postmortaler Gewalteinwirkung auf planlos vorgehende Täter hin, und sie treten für gewöhnlich einzeln auf.“

Von hinten meldete sich Joseph Frost, der Alpha-Fahrzeugspezialist, zu Wort. „Aber das mit den Tierangriffen macht Sinn – dass sie ihr Revier verteidigen und so.“

Wesker nahm einen Stift und ging zu der Tafel neben seinem Schreibtisch. „Dem stimme ich zu.“

Er schrieb *Territorialität* an die Tafel, dann wandte er sich wieder Jill zu. „Noch etwas?“

Sie schüttelte den Kopf, freute sich aber, dass sie etwas beigetragen hatte. Sie wusste, dass der Kult-Aspekt weit hergeholt war, aber etwas anderes war ihr nicht eingefallen. Die Polizei jedenfalls hatte ganz sicher nichts Besseres zuwege gebracht.

Wesker richtete seine Aufmerksamkeit auf Brad Vickers, der die Meinung vertrat, es handele sich um eine neue Form von Terrorismus und dass wohl bald Forderungen gestellt würden. Wesker setzte *Terrorismus* auf die Tafel, schien aber nicht begeistert von dem Vorschlag, wie auch sonst niemand. Brad widmete sich schnell wieder seinem Headset und checkte den Status des Bravo-Teams.

Sowohl Joseph als auch Barry verzichteten aufs Theoretisieren, und Chris' Ansichten über die Morde waren bereits bekannt, wenn auch nur vage; er glaubte, dass hier eine organisierte Geschichte am Laufen war, die irgendwie von außen gesteuert wurde. Wesker fragte ihn, ob er irgendetwas Neues hinzuzufügen habe (*Neues* betonend, wie Jill bemerkte), doch Chris schüttelte den Kopf. Er wirkte niedergeschlagen.

Wesker schraubte die Kappe auf den schwarzen Stift und setzte sich auf die Kante seines Schreibtischs. Nachdenklich betrachtete er die noch leere Fläche der Tafel. „Es ist ein Anfang“, sagte er. „Ich weiß, Sie haben alle die Polizei- und Autopsieberichte gelesen und die Aussagen der Augenzeugen gehört –“

„Vickers hier, *over.*" Im hinteren Teil des Raumes sprach Brad leise in sein Bügelmikrofon. Der Captain hielt kurz inne, dann fuhr er mit gesenkter Stimme fort.

„Zum momentanen Zeitpunkt wissen wir nicht, womit wir es zu tun haben, und mir ist klar, dass wir alle unsere ... *Bedenken* haben in Bezug darauf, wie das RPD mit der Problematik umgegangen ist. Aber jetzt, da wir an dem Fall dran sind –"

„Was?"

Beim peitschenden Klang von Brads Stimme drehte sich Jill ebenso wie alle anderen nach hinten um. Brad war aufgestanden, wirkte beunruhigt, hielt eine Hand gegen den Kopfhörer gepresst.

„Bravo-Team, melden. Wiederhole, Bravo-Team, meldet euch!"

Wesker erhob sich. „Vickers, schalten Sie den Lautsprecher ein!"

Brad hieb auf den entsprechenden Schalter an seiner Konsole, und das helle Knistern der Statik erfüllte den Raum. Jill versuchte, eine menschliche Stimme herauszuhören, doch einige angespannte Sekunden lang war nichts weiter zu hören.

Dann jedoch: *„... habt ihr verstanden? Fehlfunktion, wir müssen ..."*

Der Rest ging in anhaltendem statischem Rauschen unter. Zuvor hatte es nach Enrico Marini, dem Leiter des Bravo-Teams, geklungen. Jill kaute auf ihrer Unterlippe und wechselte einen besorgten Blick mit Chris. Enrico schien ... außer sich. Einen Moment lang lauschten sie noch, aber außer den Geräuschen des Äthers war nichts mehr zu hören.

„Position?", schnappte Wesker.

Brads Gesicht war fahl. „Sie sind in ... Moment ... in

Sektor zweiundzwanzig, am hinteren Ende von C … Aber ich hab das Signal verloren. Der Transmitter ist offline."

Jill fühlte sich wie betäubt, und in den Mienen der anderen erkannte sie die Reflexion exakt des gleichen Gefühls. Der Transmitter des Hubschraubers war so konstruiert, dass er *immer* funktionierte, unter allen Umständen; lahm legen konnte ihn nur etwas ganz Schwerwiegendes – wenn fast das komplette System ausfiel oder sogar Totalschaden erlitt.

Etwas wie ein Absturz …

Chris spürte, wie sich ihm der Magen verknotete, als er die Koordinaten erkannte.

Das Spencer-Anwesen!

Marini hatte etwas von einer Fehlfunktion gemeldet. Das musste Zufall sein – aber Chris hatte nicht das *Gefühl*, dass es einer war. Die Bravos befanden sich in Schwierigkeiten – und ausgerechnet über der alten Umbrella-Villa.

All das ging ihm in einem Sekundenbruchteil durch den Kopf, und dann war er auch schon auf den Beinen, bereit zum Einsatz. Was auch passierte, die S.T.A.R.S.-Angehörigen kümmerten sich um die ihren.

Wesker handelte bereits. Noch während er nach seinen Schlüsseln griff und zum Waffensafe ging, wandte er sich ans Team.

„Joseph, übernehmen Sie den Funk und versuchen Sie, Kontakt zu Bravo herzustellen. Vickers, Sie lassen den Kopter warmlaufen und holen Starterlaubnis ein. Ich will, dass in fünf Minuten alles klar zum Abflug ist."

Der Captain schloss den Tresorraum auf, während Brad das Headset an Joseph reichte und aus dem Büro stürmte. Die gepanzerte Tresortür schwang auf und gab den Blick frei auf ein wahres Arsenal von Gewehren und Handfeuerwaffen, die über Munitionskisten in Regalen angeordnet waren. Wesker wandte sich an den Rest des Teams. Seine Miene war so ausdruckslos wie immer, seine Stimme indes klirrte vor Autorität.

„Barry, Chris – Sie beide schaffen die Waffen in den Hubschrauber, geladen und gesichert. Jill, Sie holen die Westen und Taschen und treffen uns auf dem Dach." Er löste einen Schlüssel von seinem Bund und warf ihn ihr zu.

„Ich verständige Irons, damit er uns Verstärkung und EMTs runter an die Barrikade schickt", sagte Wesker, dann stieß er scharf den Atem aus. „Wir haben längstens fünf Minuten, Leute. Los geht's."

Jill machte sich auf den Weg zum Umkleideraum. Barry schnappte sich einen der leeren Seesäcke vom Boden der Waffenkammer und nickte Chris zu. Der griff sich einen zweiten Sack und fing an, ihn mit Patronenschachteln, Magazinen und Munitionsstreifen zu füllen, während Barry sich sorgfältig um die Waffen kümmerte und jede einzelne überprüfte. Hinter ihnen versuchte Joseph wieder das Bravo-Team zu rufen, vergebens.

Chris wunderte sich immer noch über die Nähe der letzten übermittelten Position des Bravo-Teams zum Spencer-Anwesen. Gab es da eine Verbindung? Und wenn ja, welche?

Billy arbeitete für Umbrella, das Haus gehört der Firma –

„Chief? Wesker, hier. Wir haben gerade den Kontakt zu Bravo verloren; wir gehen rein."

Chris fühlte einen plötzlichen Adrenalinstoß und arbeitete schneller. Ihm war bewusst, dass jede Sekunde zählte und für seine Freunde und Teamkameraden den Unterschied zwischen Leben und Tod bedeuten konnte. Ein schwerer Absturz war unwahrscheinlich, die Bravos mussten tief geflogen sein, und Forest war ein guter Pilot … aber was war passiert, *nachdem* sie runtergegangen waren?

Am Telefon gab Wesker rasch die Informationen an Irons weiter, dann legte er auf und kehrte zu ihnen zurück.

„Ich kümmere mich darum, dass unsere Maschine vollständig ausgerüstet ist. Joseph, versuchen Sie es noch eine Minute, dann übergeben Sie die Sache an die Jungs vom Revier. Sie können Barry und Chris helfen, die Ausrüstung raufzutragen. Wir sehen uns dann oben."

Wesker nickte ihnen zu und eilte hinaus. Mit lauten Schritten lief er den Korridor hinunter.

„Er ist gut", sagte Barry leise, und Chris musste ihm beipflichten. Es war beruhigend zu sehen, dass ihr neuer Captain nicht so leicht aus dem Konzept zu bringen war. Chris war sich noch nicht sicher, was er von ihm als Mensch hielt, doch sein Respekt vor Weskers Fähigkeiten wuchs minütlich …

„Kommen, Bravo, hört ihr mich? Wiederhole …"

Joseph machte geduldig weiter. Seine Stimme war hart vor Anspannung, und seine Rufe verloren sich in dem unsichtbaren Nebel aus Statikrauschen, der den Raum erfüllte.

Wesker schritt den verlassenen Flur hinab und durch den schäbigeren der beiden Warteräume im ersten Stockwerk. Knapp nickte er zwei Uniformierten zu, die sich vor dem Getränkeautomaten unterhielten.

Die Tür zum Landeplatz war offen und verkeilt, eine schwache, schwüle Brise fuhr durch die stickige Luft im Gebäudeinneren. Es war noch hell, aber das würde sich bald ändern. Wesker hoffte, dass das die Angelegenheit nicht verkomplizierte, wenngleich er die Wahrscheinlichkeit für hoch hielt, dass genau dieser Fall eintreten würde …

Er wandte sich nach links und lief den gewundenen Gang hinunter, der zum Heliport führte. Gedankenversunken hakte er im Geiste eine Checkliste ab.

Einleitendes Prozedere, Waffen, Gerät, Bericht …

Er wusste bereits, dass alles in Ordnung war, ging es aber trotzdem noch einmal durch; Nachlässigkeit zahlte sich nicht aus, und sich auf bloße Annahmen zu verlassen, war der erste Schritt dorthin. Wesker charakterisierte sich gern als Verfechter von Präzision, als jemanden, der sämtliche Möglichkeiten in Betracht zog und die Entscheidung über die beste Vorgehensweise erst fällte, nachdem er alle Faktoren gewissenhaft gegeneinander abgewogen hatte. Um- und Übersicht zeichneten einen kompetenten Führer aus.

Aber um diese Sache abzuschließen –

Er verwarf den Gedanken, ehe er sich weiterentwickeln konnte. Er wusste, was getan werden musste, und es war noch genug Zeit. Jetzt musste er sich nur darauf konzentrieren, die Bravos zurückzuholen, heil und gesund.

Wesker öffnete die Tür am Ende des Gangs und trat in den leuchtenden Abend hinaus. Das anschwellende Brummen der Hubschrauberturbine und der Geruch von Maschinenöl beanspruchten seine Sinne. Hier war es kühler als drinnen. Der kleine Dach-Heliport wurde zum Teil von einem alten Wasserturm überschattet und war bis auf den metallgrauen Alpha-Hubschrauber verlassen. Zum ersten Mal stellte sich Wesker die Frage, was für Bravo schief gelaufen sein mochte; er hatte Joseph und die Rekrutin gestern die beiden Vögel durchchecken lassen, und sie waren in Ordnung gewesen, alle Systeme hatten tadellos gearbeitet.

Er verscheuchte auch diesen Gedanken, als er auf den Hubschrauber zuging. Sein Schatten streckte sich lang über den Beton. Das Warum zählte nicht, nicht mehr. Was zählte war, was als Nächstes kommen würde. *Erwarte das Unerwartete*, lautete das S.T.A.R.S.-Motto – was im Grunde hieß, auf alles gefasst sein zu müssen.

Albert Weskers persönliches Motto war: *Erwarte nichts*. Nicht ganz so eingängig vielleicht, aber weitaus praktischer. Es garantierte buchstäblich, dass ihn nichts je überraschen konnte.

Er trat an die offene Tür der Pilotenkanzel. Vickers streckte einen zittrigen Daumen hoch; der Mann wirkte eindeutig zu grün für einen solchen Einsatz, und Wesker erwog kurz, ihn tatsächlich hier zu lassen. Chris hatte eine Fluglizenz, und Vickers stand in dem Ruf, dass er unter Stress zusammenbrach. Das Letzte, was Wesker gebrauchen konnte, war, dass einer seiner Leute schlappmachte, sobald es Trouble gab. Dann dachte er an die vermissten Bravos und entschied sich dagegen. Dies war eine Rettungsmission. Das Schlimmste, was Vickers anrichten konnte, war, sich selbst voll zu kotzen, sollte der Bravo-Hubschrauber abgestürzt sein, und damit konnte Wesker leben.

Er öffnete die Seitentür und stieg in die Kabine, wo er eine rasche Bestandsaufnahme der Ausrüstung machte, die entlang der Wände aufgereiht war. Leuchtkugeln, Rationspacks … Er öffnete den Deckel des schweren, verbeulten Bodenfachs hinter den Bänken, begutachtete die medizinische Grundausrüstung und nickte zufrieden. Sie waren so gut vorbereitet, wie sie es nur sein konnten …

Plötzlich grinste Wesker. Er fragte sich, was Brian Irons wohl gerade tat.

Scheißt sich hundertprozentig in die Hose. Wesker lachte leise, während er wieder auf den sonnenheißen Asphalt hinaustrat und auf einmal ein klares Bild von Irons vor seinem geistigen Auge stehen hatte – die dicken Wangen rot vor Wut, während ihm die Kacke am Bein herunter rann. Irons sonnte sich gern in der Überzeugung, er könne alles und jeden um sich herum kontrollieren, verlor aber sofort die Beherrschung, wenn er dies mal nicht schaffte. Und das machte ihn zum Idioten.

Zu ihrer aller Pech war er ein Idiot mit ein wenig Macht. Wesker hatte ihn sorgfältig durchleuchtet, bevor er den Posten in Raccoon City angenommen hatte, und wusste ein paar Dinge über den Chief, die kein besonders gutes Licht auf ihn warfen. Er hegte nicht die Absicht, dieses Wissen zu benutzen, aber wenn Irons noch einmal Mist baute, würde Wesker diese Informationen bedenkenlos durchsickern lassen …

… oder ihm zumindest sagen, dass ich Zugriff darauf habe. Das würde ihn mir ganz sicher vom Leib halten.

Barry Burton trat auf die Betonfläche heraus. Er trug die Munitionstasche, und seine riesigen Oberarmmuskeln spannten sich, als er den schweren Segeltuchsack anders packte und damit auf den Kopter zulief. Chris und Joseph folgten ihm, Chris mit den Handwaffen, und Joseph schleppte eine Tasche voller RPGs. Den kompakten Granatwerfer trug er am Riemen über einer seiner Schultern.

Wesker bewunderte Burtons rohe Kraft, während der Alpha in die Maschine kletterte und die Tasche so lässig absetzte, als wöge sie keineswegs über fünfzig Kilo. Barry hatte genug Köpfchen, doch bei den S.T.A.R.S.-Mitgliedern waren Muskeln definitiv von Vorteil. Auch alle anderen in Weskers Trupp waren gut in Form, aber verglichen mit Barry blieben sie dennoch nur halbe Hemden.

Während die drei die Ausrüstung verstauten, richtete Wesker sein Augenmerk wieder auf die Tür und hielt nach Jill Ausschau. Er sah auf die Uhr, und sein Blick verdüsterte sich. Ihr letzter Kontakt mit Bravo war knapp fünf Minuten her, sie hatten eine hervorragende Zeit hingelegt … Wo zum Teufel also steckte Valentine? Er hatte sich nicht sonderlich mit ihr befasst, seit sie nach Raccoon gekommen war, aber ihre Personalakte glich einer einzigen Lobeshymne. Sie hatte von jedem, mit dem sie gearbeitet hatte, beste Empfehlungen bekommen. Ihr letzter Captain pries sie als hochintelligent und *außergewöhnlich* ruhig in Krisensituationen. Das musste sie bei ihrer Vorgeschichte auch sein. Ihr Vater war Dick Valentine, vor ein paar Jahrzehnten ein Meister-Dieb und berühmt-berüchtigt in seiner Branche. Er hatte sie angelernt, damit sie später in seine Fußstapfen treten konnte, und man sagte ihr nach, dass sie diese Vorgabe recht gut erfüllt hatte, bis ihr Daddy schließlich eingesperrt worden war …

Wunderkind oder nicht, eine anständige Uhr wird sie sich ja wohl leisten können. Im Stillen drängte er Jill, ihren Hintern etwas schneller zu bewegen. Dann bedeutete er Vickers mit einer Geste, den Rotor zu starten.

Es war Zeit, herauszufinden, wie schlimm die Dinge da draußen tatsächlich standen.

Drei

Jill wandte sich der Tür des dämmrigen, stillen S.T.A.R.S.-Umkleideraums zu, in den Armen zwei prall gefüllte Seesäcke. Sie setzte sie ab, streifte rasch ihr Haar zurück und klemmte es unter ein abgetragenes schwarzes Barett. Eigentlich war es ihr zu warm, aber es handelte sich nun einmal um ihre Glücksmütze. Ehe sie die Säcke wieder aufhob, sah sie auf die Uhr und stellte erfreut fest, dass sie nur drei Minuten zum Packen gebraucht hatte.

Sie war die Spinde aller Alphas durchgegangen und hatte sich Einsatzgürtel, fingerlose Handschuhe, Kevlar-Westen und Schultertaschen geschnappt. Dabei war ihr aufgefallen, dass die Spinde die Persönlichkeiten ihrer Benutzer widerspiegelten: Barrys Schrank war über und über mit Schnappschüssen seiner Familie tapeziert sowie mit einem Poster aus einem Waffenmagazin, das eine seltene .45er Luger zeigte, glänzend auf rotem Samt. Chris hatte Bilder von seinen Air-Force-Kumpels aufgehängt, und die Fächer zeigten ein jungenhaftes Durcheinander – zerknüllte T-Shirts, einzelne Papiere, sogar ein Leucht-Jo-Jo mit abgerissener Schnur. In Brad Vickers Spind befand sich ein Stapel Selbsthilfebücher und in dem von Joseph ein Three-Stooges-Kalender. Nur Weskers Spind entbehrte jeglicher persönlicher Attribute. Irgendwie überraschte Jill das nicht. Der Captain erschien ihr ohnehin zu steif, als dass sie einen Hang zur Sentimentalität bei ihm vermutet hätte.

Ihr eigener Spind enthielt eine Anzahl zerlesener Taschenbücher über wahre Verbrechen, eine Zahnbürste, Zahnseide, Pfefferminzbonbons und drei Mützen. An der Tür hingen ein kleiner Spiegel und ein altes, abgegriffenes Foto, das sie und ihren Vater zeigte. Es war aufgenommen worden, als sie ein Kind gewesen war und sie eines Sommers an den Strand gefahren waren. Während sie rasch die Alpha-Ausrüstung zusammengestellt hatte, beschloss Jill, ihren Spind umzudekorieren, sobald sie Zeit dafür fand; wer jetzt hineinsah, musste sie ja für eine Zahnpflege-Fetischistin halten.

Jill fummelte am Türgriff, wobei sie sich etwas zusammenkauerte, weil sie die unhandlichen Taschen auf dem angehobenen Knie balancieren musste. Sie hatte den Knauf gerade erwischt, als hinter ihr jemand laut hustete.

Vor Schreck ließ Jill die Taschen fallen, wirbelte herum und suchte nach demjenigen, der gehustet hatte, während ihr Hirn reflexartig die Situation auflöste. Die Tür war verschlossen gewesen. Der kleine Raum beherbergte drei Reihen von Spinden und war still und dunkel gewesen, als sie hereingekommen war. Im hinteren Teil des Raumes gab es eine zweite Tür, aber durch die war niemand gekommen, seit sie die Umkleide betreten hatte.

Das heißt, es war schon jemand hier, als ich reinkam, in den Schatten hinter der letzten Spindreihe. Ein Cop, der ein Nickerchen gemacht hat?

Unwahrscheinlich. Im Revier gab es ein Zimmer, in dem ein paar Betten standen, die sehr viel bequemer gewesen wären als eine schmale Holzbank über kaltem Beton.

Dann ist es vielleicht jemand, der sich eine kleine „Auszeit“ mit einer unzweideutigen Illustrierten genehmigt, raunte es in ihrem Kopf. *Was soll's? Die Zeit läuft, also sieh zu, dass du Land gewinnst!*

Richtig. Jill nahm die Taschen auf und wandte sich zum Gehen.

„Miss Valentine, nicht wahr?" Ein Schatten löste sich aus dem rückwärtigen Teil des Raumes, ein hoch gewachsener Mann mit tiefer, wohltönender Stimme. Anfang vierzig, von hagerer Gestalt, dunkles Haar und tief liegende Augen. Sogar einen Trenchcoat trug er, und einen teuren noch dazu.

Jill machte sich bereit, schnell zu handeln, falls dies nötig wurde. Sie kannte den Mann nicht.

„Das stimmt", erwiderte sie misstrauisch.

Der Mann trat auf sie zu, ein Lächeln flackerte über sein Gesicht. „Ich habe etwas für Sie", sagte er sanft.

Jill kniff die Augen zusammen und nahm automatisch Abwehrhaltung ein, verlagerte ihr Gewicht auf die Fußballen. „Stehen bleiben, Arschloch – ich weiß nicht, wer zum Teufel Sie sind oder was Sie wollen, aber Sie befinden sich in einem Polizeirevier ..."

Sie verstummte, als er breit grinsend den Kopf schüttelte. In seinen Augen blitzte Heiterkeit. „Sie missverstehen meine Absicht, Miss Valentine. Verzeihen Sie bitte mein Benehmen. Mein Name ist Trent, und ich bin ... ein *Freund* von S.T.A.R.S."

Jill studierte seine Körperhaltung und entspannte sich ein wenig, achtete jedoch auf seine Augen, um sofort zu reagieren, falls sie darin das geringste warnende Anzeichen entdeckte. Sie fühlte sich nicht unbedingt von ihm bedroht ...

... aber woher kennt er meinen Namen?

„Was wollen Sie?"

Trent grinste noch breiter. „Ah, Sie kommen ohne Umschweife auf den Punkt. Natürlich, Ihr Zeitplan ist ziemlich eng gesteckt …“

Er fasste langsam in eine Tasche seines Mantels und zog etwas heraus, das wie ein Handy aussah. „Es geht allerdings nicht darum, was *ich* will. Es geht um etwas, von dem ich glaube, dass Sie es haben sollten.“

Jill musterte kurz den Gegenstand in seiner Hand und runzelte die Stirn. „Das da?“

„Ja. Ich habe ein paar Unterlagen zusammengestellt, die Sie interessant finden dürften, verlockend sogar.“ Im Sprechen reichte er ihr das Gerät.

Vorsichtig griff sie nach dem teuren Mikro-Computer. Wer dieser Trent auch sein mochte, hinter ihm steckte offenkundig jede Menge Geld.

Jill war plötzlich mehr als nur ein bisschen neugierig geworden. Sie schob den Computer in ihre Hüfttasche. „Für wen arbeiten Sie?“

Er schüttelte den Kopf. „Das ist nicht wichtig, nicht zum jetzigen Zeitpunkt. Ich verrate Ihnen allerdings, dass es eine Menge wichtiger Leute gibt, die zur Zeit ihre Augen auf Raccoon City gerichtet haben.“

„Ach? Und sind diese Leute auch ‚Freunde‘ von S.T.A.R.S., Mister Trent?“

Trent lachte – ein weiches, tiefes Glucksen. „So viele Fragen und so wenig Zeit. Studieren Sie die Informationen. Und wenn ich an Ihrer Stelle wäre, würde ich diese Unterhaltung gegenüber niemandem erwähnen. Das könnte recht schwerwiegende Folgen haben.“

Er ging auf die rückwärtige Tür des Raumes zu und drehte sich noch einmal um, als er nach dem Knauf fasste. Plötzlich verloren Trents verwitterte Züge jede Spur von Humor. Sein Blick war ernst, fast fanatisch.

„Noch eines, Miss Valentine, und es ist von entscheidender Bedeutung, lassen Sie sich da nur nicht täuschen: Nicht jedem kann man trauen, und nicht jeder ist, was er zu sein scheint – selbst die Menschen, die Sie zu kennen glauben. Wenn Sie am Leben bleiben wollen, tun Sie gut daran, das nie zu vergessen.“

Trent öffnete die Tür und war verschwunden, von einem Moment zum anderen.

Jill starrte ihm nach, ihre Gedanken jagten in eine Million Richtungen gleichzeitig. Sie kam sich vor wie in einem dieser melodramatischen alten Spionagefilme, in dem jemand gerade dem mysteriösen Fremden begegnet war. Es war lachhaft, und doch –

– und doch hat er dir gerade mit völlig ernstem Gesicht ein Gerät übergeben, das ein paar tausend Dollar wert ist, und dir zur Vorsicht geraten – denkst du, so einer nimmt dich auf den Arm?

Sie wusste nicht, was sie denken sollte, und sie hatte auch keine Zeit mehr zum Nachdenken. Das übrige Alpha-Team war sicher längst versammelt, wartete ungeduldig und fragte sich, wo zur Hölle sie blieb.

Jill schulterte die schweren Taschen und eilte zur Tür hinaus.

Sie hatten die Waffen verladen und gesichert, und Wesker wurde allmählich ungeduldig. Obwohl seine Augen hinter einer dunklen Pilotenbrille verborgen waren, konnte Chris es doch an der Haltung des Captains erkennen und daran, wie er immer wieder ruckartig das Gesicht zum Gebäude hindrehte. Der Hubschrauber war startbereit, die Rotorblätter schaufelten warme, feuchte Luft in die enge Kabine. Wegen der offenen Tür unterband der Lärm der Maschine jeden Versuch einer Unterhaltung. Es gab nichts zu tun, außer zu warten.

Komm schon, Jill, halt uns hier nicht auf …

Noch während Chris dies dachte, tauchte Jill aus dem Gebäude auf und trabte mit der Alpha-Ausrüstung und einem entschuldigenden Gesichtsausdruck auf sie zu. Wesker sprang hinaus, um ihr zu helfen, und nahm ihr eine der voll gestopften Taschen ab, während sie an Bord kletterte.

Wesker folgte ihr und schloss die Doppelluke hinter ihnen. Augenblicklich wurde das Brüllen des Turbinenantriebs gedämpft.

„Probleme, Jill?“ Wesker klang nicht wütend, aber sein Ton hatte eine Schärfe, die klarmachte, dass er nicht allzu glücklich über ihre Verspätung war.

Jill schüttelte den Kopf. „Eine der Spindtüren klemmte. Hat ewig gedauert, bis sich der Schlüssel drehen ließ.“

Der Captain sah sie einen Moment lang an, als überlege er, ob er ihr die Hölle heiß machen sollte oder nicht, dann zuckte er die Achseln. „Ich sag dem Wartungsdienst Bescheid, wenn wir zurück sind. Verteilen Sie jetzt die Ausrüstung.“

Er nahm einen Kopfhörer, setzte ihn auf und rutschte nach vorn zu Brad. Indes begann Jill die Westen auszugeben. Der Hubschrauber stieg langsam in die Lüfte, das RPD-Gebäude fiel zurück. Brad brachte die Maschine auf Kurs Nordwest.

Nachdem er seine Weste übergestreift hatte, kauerte Chris neben Jill nieder und half ihr, die Handschuhe und Gürtel zu sortieren. Währenddessen rasten sie über die Stadt in Richtung der Arklay Mountains. Unter dem Hubschrauber wichen die geschäftigen Straßen der Innenstadt bald den Randbezirken – breite Straßen und ruhige Häuser inmitten von

Rechtecken aus bräunlichem Gras und Gartenzäunen. Über die weitläufige, aber abgelegene Stadt hatte sich Abenddunst gebreitet, der den idyllischen Anblick an den Rändern zerfasern ließ und ihm eine irreale, traumhafte Qualität verlieh. Minuten verstrichen in Schweigen, während die Alphas sich bereitmachten und angurteten. Jedes Teammitglied war mit seinen eigenen Gedanken beschäftigt.

Mit etwas Glück hatte der Hubschrauber des Bravo-Teams nur einen geringfügigen mechanischen Schaden erlitten. Forest würde ihn auf einem der kargen Felder, die den Wald sprenkelten, gelandet haben, war inzwischen wohl bis über beide Ellbogen mit Öl verschmiert und verfluchte die Maschine, während das Team darauf wartete, dass Alpha aufkreuzte. Solange der Vogel nicht betriebsbereit war, würde Marini nicht mit der geplanten Suche beginnen. Die Alternative war …

Chris verzog das Gesicht. Er wollte keinerlei Alternativen in Betracht ziehen. Er hatte einmal die Folgen eines schweren Hubschrauberunglücks gesehen, damals bei der Air Force. Ein Pilotenfehler hatte zum Absturz eines Hueys geführt, der elf Männer und Frauen zu einem Trainingseinsatz hatte bringen sollen. Als die Retter eingetroffen waren, hatten sie nur noch verkohlte, rauchende Gerippe inmitten der glühenden Trümmer gefunden. Der süßliche, stickige Geruch benzinverbrannten Fleisches hatte schwer in der geschwärzten Luft gehangen. Selbst der Boden hatte gebrannt, und dieses Bild hatte Chris in den Monaten danach in seinen Träumen heimgesucht: die Erde in Flammen, chemisches Feuer, das den Boden unter seinen Füßen aufzehrte …

Der Hubschrauber sackte eine Winzigkeit ab, als Brad die Rotorneigung änderte. Der schwache Ruck riss Chris aus den unangenehmen Erinnerungen. Unter ihnen huschte die gezackte Randzone des Raccoon Forests vorbei, die orangefarbenen Markierungen der Polizeiabsperrung hoben sich vom dichten, gedämpften Grün der Bäume ab. Die Dämmerung hielt Einzug, und der Wald füllte sich mit Schatten.

„Voraussichtliche Ankunftszeit in drei Minuten“, rief Brad nach hinten. Chris schaute sich in der Kabine um und registrierte die stummen, verbissenen Mienen seiner Teamkameraden. Joseph hatte sich ein buntes Tuch um den Kopf gebunden und schnürte gewissenhaft seine Stiefel neu. Barry polierte seinen geliebten Colt Python andächtig mit einem weichen Tuch und starrte dabei zum Kabinenfenster hinaus. Chris drehte den Kopf, um Jill anzusehen, und stellte überrascht fest, dass sie ihrerseits ihn gedankenvoll musterte. Sie saß auf derselben Bank wie er und lächelte kurz, fast nervös, als er ihren Blick erwiderte. Abrupt hakte sie ihren Gurt auf und rutschte neben ihn. Schwach fing er den Duft ihrer Haut auf, ein sauberer, seifiger Geruch.

„Chris … was du über externe Faktoren in diesem Fall gesagt hast …“

Ihre Stimme war so gesenkt, dass er sich zu ihr hinlehnen musste, um sie durch das Dröhnen der Maschine hindurch verstehen zu können. Rasch sah sie zu den anderen, wie um sicherzugehen, dass niemand zuhörte, dann schaute sie ihm in die Augen, den eigenen Blick krampfhaft beherrscht.

„Ich denke, du könntest auf der richtigen Spur sein“, flüsterte sie, „und ich fange an zu glauben, dass es vielleicht keine so gute Idee ist, darüber zu reden.“

Chris’ Kehle wurde schlagartig trocken. „Ist etwas passiert?“

Jill schüttelte den Kopf. Ihre fein geschnittenen Züge verrieten nichts. „Nein. Ich hab mir nur gedacht, dass du vielleicht aufpassen solltest, was du sagst. Womöglich steht nicht jeder, der zuhört, in dieser Sache auf der richtigen Seite …“

Chris legte die Stirn in Falten. Er war nicht sicher, was sie ihm mitzuteilen versuchte. „Die einzigen Leute, mit denen ich geredet habe, sind an diesem Fall dran –“

Ihr Blick blieb fest, und plötzlich wurde ihm klar, was sie da anzudeuten versuchte.

Großer Gott, und ich dachte, ich *sei paranoid!*

„Jill, ich kenne diese Leute, und selbst wenn dem nicht so wäre: S.T.A.R.S. besitzt von jedem Mitglied psychologische Profile, Backgroundüberprüfungen, persönliche Referenzen – was du da andeutest, kann unmöglich sein.“

Sie seufzte. „Okay, vergiss, was ich gesagt habe. Es ist nur … pass auf dich auf, das ist alles.“

„In Ordnung. Leute – auf geht's! Wir nähern uns Sektor zweiundzwanzig, sie könnten hier überall sein.“

Bei Weskers Worten warf Jill Chris einen letzten sorgenvollen Blick zu, dann rutschte sie zu einem der Fenster. Chris folgte ihr, Joseph und Barry hielten auf der anderen Kabinenseite die Augen offen.

Chris richtete den Blick durch die Verglasung, durchforstete mechanisch die fortschreitende Dämmerung und dachte über das nach, was Jill gesagt hatte. Er nahm an, dass er dankbar hätte sein sollen, dass er nicht der Einzige war, der irgendeine Form von Vertuschung vermutete – aber warum hatte sie vorher nichts gesagt? Und ihn vor S.T.A.R.S.-Angehörigen zu warnen …

Sie weiß etwas.

Sie *musste* etwas wissen, das war die einzige Erklärung, die Sinn ergab. Er beschloss, noch einmal mit ihr zu reden, nachdem sie Bravo aufgelesen hatten, und sie zu überzeugen, dass es das Beste wäre, wenn sie damit zu Wesker gingen. Wenn sie beide Druck machten, würde der Captain zuhören müssen.

Der Hubschrauber ging tiefer und zwang Chris, seine volle Aufmerksamkeit auf die Suche zu richten. Er starrte hinaus auf das scheinbar endlose Meer aus Bäumen. Das Spencer-Anwesen musste ganz in der Nähe sein, wenn er es im schwindenden Licht auch nicht sehen konnte. Gedanken, die sich mit Billy und Umbrella und Jills seltsamer Warnung befassten, schwirrten ihm durch den müden Kopf und versuchten, seine Konzentration zu brechen, doch er weigerte sich, dem nachzugeben. Er machte sich immer noch Sorgen um die Bravos – doch während die Bäume vorüberzogen, wuchs seine Überzeugung, dass sie nicht in ernstlichen Schwierigkeiten steckten. Wahrscheinlich war es nichts weiter als ein Kurzschluss, und Forest hatte die Systeme nur abgeschaltet, um Reparaturen vorzunehmen –

Dann sah er es, weniger als eine Meile entfernt, und noch während Jill hinzeigte und er ihre Stimme hörte, verwandelte sich seine eben noch gedämpfte Sorge in kalte Angst.

„Chris, schau –“

Eine ölige Wolke aus schwarzem Rauch stieg brodelnd in den letzten Resten des Tageslichts empor und besudelte den Himmel wie ein Versprechen auf den Tod.

O nein …!

Barry presste die Zähne zusammen und starrte auf den Rauchschwall, der aus den Bäumen emporstieg. Ihm wurde übel.

„Captain, genau auf zwei Uhr!“, rief Chris, und dann drehte der Hubschrauber und hielt auf den dunklen Qualm zu, der nur einen Absturz markieren konnte.

Wesker, der immer noch seine Sonnebrille trug, kam nach hinten. Er trat ans Fenster und sagte mit leiser, beherrschter Stimme: „Wir sollten nicht gleich mit dem Schlimmsten rechnen. Es besteht die Möglichkeit, dass das Feuer ausgebrochen ist, nachdem sie notgelandet sind – oder dass sie absichtlich ein Signalfeuer angezündet haben …“

Barry wünschte sich, sie hätten ihm glauben können, aber selbst Wesker musste es besser wissen. Es war unwahrscheinlich, dass ein Feuer ausbrach, nachdem die Maschine abgeschaltet war – und wenn die Bravos Zeichen hätten geben wollen, dann hätten sie Leuchtmunition eingesetzt.

Außerdem verursacht Holz keinen Rauch wie diesen …

„Was es auch sein mag, wir wissen es nicht, bis wir dort sind. Wenn ich jetzt um Ihre volle Aufmerksamkeit bitten dürfte …“

Barry wandte sich vom Fenster ab und sah die anderen dasselbe tun. Chris, Jill und Joseph zeigten den gleichen Gesichtsausdruck wie er vermutlich selbst: Schock! S.T.A.R.S.-Mitglieder wurden manchmal in der Ausübung ihres Dienstes verletzt, das gehörte zum Job – aber Unfälle wie dieser …

Weskers einziges erkennbares Anzeichen von Sorge war sein Mund, eine dünne, verkniffene Linie, die sich auf seiner gebräunten Haut hervorhob. „Hören Sie zu. Dort unten befinden sich Leute von uns in möglicherweise feindlicher Umgebung. Ich möchte, dass Sie sich alle bewaffnen und nach Plan vorgehen – vorschriftsmäßiges Ausschwärmen, sobald wir aufsetzen. Barry, Sie übernehmen die Spitze.“

Barry riss sich zusammen und nickte. Wesker hatte Recht, jetzt war keine Zeit für Gefühlsduseleien.

„Brad wird uns so nahe bei der Stelle absetzen, wie er herankommt. Sieht aus wie eine kleine Lichtung etwa fünfzig Meter südlich der letzten Koordinaten von Bravo. Er wird bei der Maschine bleiben und sie laufen lassen für den Fall, dass es Schwierigkeiten gibt. Fragen?“

Niemand meldete sich zu Wort, und Wesker nickte knapp. „Gut. Barry, geben Sie die Waffen aus. Den Rest der Ausrüstung können wir an Bord lassen und später holen.“

Der Captain ging nach vorne, um mit Brad zu sprechen, während sich Jill, Chris und Joseph Barry zuwandten. Als Waffenspezialist war er für die Verwahrung und Ausgabe der Feuerwaffen aller S.T.A.R.S.-Teammitglieder zuständig und hielt sie in bestem Zustand.

Barry entriegelte den Schrank neben der Ausstiegsluke. Darin befanden sich in einem Metallregal sechs Beretta-9mm-Pistolen, die gestern erst gereinigt und durchgecheckt worden waren. Das Magazin fasste fünfzehn Patronen, Teilmantel-Hohlspitzgeschosse. Eine gute Waffe, doch Barry bevorzugte trotzdem seinen Python. Kaliber .357 hatte eine weit höhere Durchschlagskraft …

Rasch verteilte er die Waffen. Mit jeder gab er drei Magazine aus.

„Ich hoffe, dass wir die nicht brauchen werden“, meinte Joseph, während er seine Pistole durchlud. Barry nickte zustimmend. Nur weil er seine Beiträge an die *National Rifle Association* zahlte, hieß das nicht, dass er irgend so ein schießwütiger Blödmann war, der ein Faible fürs Killen hatte. Waffen gefielen ihm eben einfach.

Wesker schloss sich ihnen wieder an, und so standen sie zu fünft an der Ausstiegsluke und warteten darauf, dass Brad sie absetzte. Als sie sich der Rauchwolke näherten, drückten die wirbelnden Rotorblätter des Hubschraubers den Qualm zu Boden und auseinander, verwandelten ihn in schwarzen Nebel, der mit den tiefen Baumschatten verschmolz. Rauch und Dämmerung machten jede Chance zunichte, das abgestürzte Vehikel von der Luft aus zu erblicken.

Brad schwang den Vogel herum und setzte ihn auf eine Stelle, die mit hohem, im künstlichen Wind wie wild tanzendem Gras bedeckt war. Noch während sich die Kufen schwankend dem Boden näherten, hatte Barry die Faust um den Öffnungshebel der Luke geschlossen.

Eine warme Hand fiel ihm auf die Schulter. Barry drehte den Kopf und sah Chris, der ihn aufmerksam anschaute.

„Wir sind direkt hinter dir“, sagte Chris, und Barry nickte. Er machte sich keine Sorgen, nicht mit den Alphas als Rückendeckung. Alles, was ihm zusetzte, war die ungewisse Situation des Bravo-Teams. Rico Marini war ein guter Freund von ihm. Marinis Frau hatte unzählige Male auf die Mädchen aufgepasst und war mit Kathy befreundet. Der Gedanke, dass er tot sein könnte, wegen eines dummen technischen Versagens …

Halt durch, Kumpel, wir kommen.

Eine Hand auf dem Kolben seines Colts, zog Barry am Griff und schwang sich, zu allem bereit, hinaus in das schwüle, flirrende Zwielicht des Raccoon Forest.

Vier

Sie verteilten sich und rückten nach Norden vor, Wesker und Chris links hinter Barry, Jill und Joseph zu seiner Rechten. Direkt vor ihnen befand sich eine spärliche Baumgruppe. Jill konnte brennenden Treibstoff riechen und sehen, wie sich Rauchfetzen durch das Geäst kräuselten.

Rasch bewegten sie sich durch das bewaldete Gelände. Die Sichtweite fiel bis dicht unter die nadelbewachsenen Äste. Der wohlige Duft von Kiefern und Erde wurde von Brandgeruch überlagert, und mit jedem Schritt nahm der beißende Gestank zu. In dem matten Licht, das zu ihnen durchsickerte, sah Jill, dass eine weitere freie Fläche vor ihnen lag, die mit hohem dürren Gras bewachsen war.

„Ich seh ihn, da vorn!"

Jill spürte, wie Barrys Ruf ihr Herz schneller schlagen ließ, und dann rannten sie alle, um zu ihm aufzuschließen. Jill tauchte aus dem Wäldchen auf, Joseph neben ihr. Barry war schon bei der abgestürzten Maschine, Chris und Wesker hinter ihm. Noch immer stieg Rauch aus dem still daliegenden Wrack, aber er wurde dünner. Wenn es ein offenes Feuer gegeben hatte, war es erloschen.

Jill und Joseph erreichten die anderen, blieben stehen und schauten nur. Niemand sprach ein Wort, während sie die Szenerie in Augenschein nahmen. Der lange, breite Rumpf des Hubschraubers war unversehrt, nicht ein Kratzer war zu sehen. Die Landekufe auf der Backbordseite wirkte verbogen, doch abgesehen davon und dem schwächer werdenden Rauch, der unter dem Rotor hervorkroch, schien alles mit der Maschine in Ordnung zu sein. Die Luken standen offen, der Strahl von Weskers Ministablampe offenbarte ihnen eine unbeschädigte Kabine. So weit Jill sehen konnte, befand sich der Großteil der Ausrüstung des Bravo-Teams noch an Bord.

Wo stecken sie bloß?

Es ergab keinen Sinn. Die letzte Funkmeldung von Bravo war keine fünfzehn Minuten alt. Wenn jemand verletzt worden wäre, dann wären sie doch beim Hubschrauber geblieben. Und wenn sie gegen alle Logik beschlossen hatten, sich zu entfernen, warum hatten sie dann ihre Ausrüstung zurückgelassen?

Wesker reichte Joseph die Lampe und nickte in Richtung des Cockpits. „Sehen Sie sich da drinnen um. Der Rest: Ausschwärmen und nach Spuren suchen – Fußabdrücke, Geschosshülsen, Anzeichen eines Kampfes! Wenn Sie etwas finden, lassen Sie es mich wissen. Und seien Sie auf der Hut."

Jill blieb noch einen Moment stehen, starrte den rauchenden Hubschrauber an und fragte sich, was wohl passiert sein mochte. Enrico hatte etwas von einer Fehlfunktion gesagt. Okay, die Bravos waren also runtergegangen. Aber was war als Nächstes geschehen? Was hatte sie dazu gebracht, auf die beste Chance, gefunden zu werden, zu verzichten und ihre Notfallpacks und Waffen hier zu lassen? Jill sah ein paar kugelsichere Westen zerknüllt neben der Luke liegen, schüttelte den Kopf und fügte diese Beobachtung der länger werdenden Liste scheinbar irrationaler Handlungsweisen hinzu.

Sie wollte sich gerade an der Suche beteiligen, als Joseph aus dem Cockpit kam. Er wirkte so verwirrt, wie sie sich selbst fühlte. Sie wartete, um sich seinen Bericht anzuhören, während er, nervös mit den Achseln zuckend, die Lampe an Wesker zurückgab.

„Ich weiß nicht, was passiert ist. Die verbogene Kufe lässt auf eine Notlandung schließen, aber bis auf das elektronische System scheint alles okay zu sein.“

Wesker seufzte, dann hob er die Stimme, damit auch die anderen ihn hören konnten. „Sternförmig ausschwärmen, Leute, drei Meter auseinander, langsam ausweiten!“

Jill trat zwischen Chris und Barry. Die beiden suchten bereits den Boden zu ihren Füßen ab, während sie sich langsam nach Osten und Nordosten bewegten. Wesker enterte die Kabine und stocherte mit dem Strahl seiner Lampe im Dunkeln herum. Joseph wandte sich nach Westen.

Während sie den Kreis weiter zogen, knisterte trockenes Unkraut unter ihren Schritten, das einzige Geräusch in der stillen, warmen Luft außer dem schwachen Brummen des Alpha-Hubschraubers. Mit den Stiefeln strich Jill durch den dichten Bodenbewuchs, bei jedem Schritt drückte sie das hohe Gras beiseite. Noch ein paar Augenblicke, dann würde es zu dunkel sein, um etwas zu erkennen. Sie mussten die Taschenlampen zu Hilfe nehmen. Das Bravo-Team hatte seine zurückgelassen …

Jill blieb unvermittelt stehen, lauschte den knarrenden, knisternden Schritten der anderen, dem weit entfernten Dröhnen des Hubschraubers …

… und sonst nichts. Kein Zwitschern, kein Zirpen, nichts.

Sie befanden sich im Wald, es war Hochsommer – wo waren die Tiere, die Insekten? Der Wald war unnatürlich still, die einzigen Geräusche wurden von Menschen verursacht. Zum ersten Mal, seit sie gelandet waren, hatte Jill Angst.

Sie wollte die anderen darauf hinweisen, als irgendwo hinter ihnen Joseph mit hoher, sich überschlagender Stimme rief: „Hey! Hier drüben!“

Jill machte auf dem Absatz kehrt, lief zurück und sah, wie Chris und Barry dasselbe taten. Wesker war noch am Hubschrauber und hatte auf Josephs Schrei hin seine Waffe gezogen, die er im Losrennen nach oben richtete.

Im trüben Licht konnte Jill nur Josephs schattenhafte Gestalt ausmachen, die im hohen Gras unweit einiger Bäume kauerte, etwa hundert Fuß von der Maschine entfernt. Instinktiv zog sie ihre eigene Waffe und lief schneller. Ein Gefühl nahenden Unheils überwältigte sie.

Joseph erhob sich. Er hielt irgendetwas in der Hand und stieß einen würgenden Schrei aus, ehe er den Gegenstand mit schreckensweiten Augen fallen ließ.

Für einen Sekundenbruchteil konnte Jills Geist nicht fassen, was ihr Blick in Josephs Griff gesehen hatte.

Eine S.T.A.R.S.-Pistole, eine Beretta …

Jill rannte schneller, schloss zu Wesker auf.

… und eine am Gelenk abgetrennte menschliche Hand, die sie noch umklammert hielt.

Hinter Joseph, aus dem Dunkel der Bäume, ertönte ein tiefes, kehliges Fauchen. Das Knurren eines Tieres –

– gefolgt von einem weiteren krächzenden, heiseren Kreischen –

– und plötzlich brachen dunkle, kräftige Gestalten aus dem Wald, stürzten sich auf Joseph und rissen ihn zu Boden.

„Joseph!“

Jills Schrei klang Chris in den Ohren, als er seine Waffe zog, auf der Stelle stehen blieb und freie Schussbahn auf die

Biester suchte, die Joseph attackierten. Weskers Taschenlampe ließ einen dünnen Lichtstrahl über die gekrümmten Kreaturen tanzen und beleuchtete einen Albtraum.

Josephs Körper war fast komplett unter den drei Tieren verschwunden, die mit sabbernden Mäulern an ihm zerrten und rissen. In Größe und Form erinnerten sie an Hunde, an Deutsche Schäferhunde etwa, doch sie schienen kein Fell zu haben, keine *Haut*. Feuchte, rote Sehnen und Muskeln blitzten unter Weskers schwankendem Lichtstrahl. Die Hundewesen kreischten und schnappten in rasender Blutgier.

Joseph schrie auf, ein brodelnder, schwammiger Laut, während er mit erlahmender Kraft auf die wild Attackierenden eindrosch. Blut lief ihm aus mehreren Wunden. Es war der Schrei eines Sterbenden. Es gab keine Zeit zu verlieren – Chris zielte und zog durch.

Drei Kugeln klatschten schmatzend in einen der Hunde, ein vierter Schuss fuhr über ihn hinweg. Ein hohes Jaulen, und die Bestie fiel, blieb mit bebenden Flanken liegen. Die beiden anderen Tiere setzten ihre Attacke ungeachtet dem Donnern der Schüsse fort. Unter Chris' entsetzten Blicken sprang einer der geifernden Höllenhunde vor und biss Joseph die Kehle heraus, entblößte blutigen Knorpel und die glänzende Glätte blanker Knochen.

Das S.T.A.R.S.-Team drückte ab, wieder und wieder, badete Josephs Mörder in einem Bleiregen. Blut spritzte, und während Kugeln ihr sonderbares Fleisch durchsiebten, verharrten die hundeartigen Geschöpfe bei dem zuckenden Leichnam. Mit einer letzten Folge schriller, winselnder Laute fielen sie endlich – und erhoben sich nicht wieder.

„Feuer einstellen!"

Chris nahm den Finger vom Abzug, hielt die Pistole aber weiterhin auf die Kreaturen gerichtet, bereit, die erste, die auch nur zuckte, in Fetzen zu schießen. Zwei atmeten noch, knurrten zwischen stoßweisem Hecheln. Das dritte Tier lag ausgestreckt neben Josephs verstümmeltem Körper.

Sie müssten tot sein, hätten schon nach den ersten Treffern liegen bleiben müssen! Was sind das nur für Viecher?

Wesker machte einen Schritt in Richtung des Gemetzels vor ihnen –

– als ringsum tiefes, widerhallendes Heulen die laue Nachtluft erfüllte. Schrille Stimmen raubtierhafter Wut drangen von allen Seiten auf die S.T.A.R.S.-Angehörigen ein.

„Zurück zum Kopter, sofort!“, rief Wesker.

Chris rannte los, Barry und Jill waren vor ihm, Wesker bildete das Schlusslicht. Die vier jagten zwischen dunklen Bäumen hindurch, im Finstern schlugen unsichtbare Äste nach ihnen, während das Heulen lauter und nachdrücklicher wurde.

Wesker drehte sich um und schoss blind in den Wald. Stolpernd näherten sie sich dem warteten Hubschrauber, dessen Rotorblätter sich immer noch drehten. Chris spürte, wie ihn Erleichterung durchströmte – Brad musste die Schüsse gehört und reagiert haben. Sie hatten noch eine Chance …

Jetzt konnte Chris die Kreaturen hinter ihnen hören, das scharfe Rascheln, mit dem schlanke, kraftvolle Körper durchs Gehölz brachen. Durch die Glasfront des Hubschraubers konnte er auch Brads blasses Gesicht, seine weit aufgerissenen Augen sehen. Der Widerschein der Armaturenbeleuchtung legte einen grünlichen Schimmer über seine vor Entsetzen verzerrten Züge. Er rief irgendetwas, doch im Brüllen der Turbine ging jetzt jeder andere Laut unter. Der Rotorwind wühlte die Lichtung auf wie eine sturmgepeitschte See.

Noch fünfzig Fuß, gleich haben wir es geschafft …

Plötzlich machte der Hubschrauber einen Satz in die Höhe und beschleunigte. Chris erhaschte einen letzten Blick auf Brads Gesicht und sah das blanke Grauen darin, die gedankenlose Panik, die ihn gepackt hielt, während er die Steuerung umklammert hielt.

„Nein! Bleib hier!“, brüllte Chris, doch die schwankenden Kufen waren bereits außerhalb seiner Reichweite. Der Kopter neigte sich nach vorn und entfernte sich von ihnen, hinein in die dichte Dunkelheit.

Sie würden sterben.

Sei verdammt, Vickers!

Wesker wandte sich um, feuerte abermals und wurde mit dem schmerzvollen Quieken eines ihrer Verfolger belohnt. Es waren noch einige dicht hinter ihnen, die schnell aufholten.

„Lauft weiter!“, rief er und versuchte, sich zu orientieren, während sie voranstolperten und das durchdringende Gekreische der mutierten Hunde sie zu noch größerer Eile antrieb. Das Geräusch des Hubschraubers verklang. Vickers, dieser Feigling, hatte ihnen ihre Fluchtchance gestohlen.

Wesker schoss wieder, doch die Kugel ging fehl. Dafür sah er, dass sich eine weitere schattenhafte Gestalt der Jagd angeschlossen hatte. Die Hunde waren brutal schnell. Er und seine Leute hatten keine Chance, es sei denn …

Die Villa!

„Rechtsschwenk, ein Uhr!“, brüllte Wesker, hoffend, dass sein Richtungssinn noch funktionierte. Sie konnten diesen Wesen nicht davonlaufen, aber vielleicht konnten sie sich die Meute so lange vom Leib halten, bis sie Schutz gefunden hatten.

Er wirbelte herum und verschoss die letzte Kugel seines Magazins.

Während er das leergefeuerte Magazin auswarf, tastete er an seinem Gürtel nach einem neuen. Indes übernahmen Barry und Chris die Verteidigung, schossen an ihm vorbei auf das aufschließende Rudel. Wesker rammte sein frisches Magazin gerade in den Pistolengriff, als sie den Rand der grasbewachsenen Lichtung erreichten und auf die nächste dunkle Baumgruppe zuhielten.

Geduckt taumelten sie durch den Wald, strauchelten auf dem unebenen Untergrund, und die Killerhunde holten auf. Weskers Lungen bettelten nach Luft, als er die Kraft aufbrachte noch schneller zu rennen, und er meinte, den Gestank fauligen Fleisches zu riechen.

Wir müssten schon da sein – es kann nicht mehr weit sein …

Chris sah es als Erster, durch die lichter werdenden Baumschatten: Eine bedrohlich aufragende Monstrosität im Gegenlicht des früh aufgegangenen Mondes. „Da! Lauft zu dem Haus!“

Von außen wirkte die riesige Villa verlassen, ihre verwitterte Bausubstanz aus Holz und Gestein bröckelig und düster. Die volle Größe des Bauwerks wurde von den schemenhaften, wuchernden Hecken, die es umgaben und vom Wald abgrenzten, verhüllt. In einen wuchtigen Vorbau war ein doppelflügeliges Portal eingelassen – ihre einzige Chance zu entkommen.

Wesker hörte tatsächlich das Schnappen kräftiger Kiefer hinter sich und feuerte intuitiv in Richtung des Geräuschs, während er auf die Frontseite der Villa zulief. Ein röchelndes Aufjaulen, und das Wesen stürzte zur Seite. Das Geheul seiner Artgenossen wurde lauter denn je, von der Erregung der Hatz in fiebrige Höhen getrieben.

Jill erreichte die Doppeltür zuerst, rammte mit einer Schulter gegen das schwere Holz, wobei sie mit der Hand nach dem Türknauf schnappte. Zu ihrer eigenen Überraschung gaben die Flügel nach. Licht aus dem Innern ergoss sich auf die Steinstufen der Außentreppe und leuchtete ihnen den Weg. Jill drehte sich um und begann zu schießen, gewährte den drei nach Atem ringenden Männern, die in der Dunkelheit auf die Öffnung zurannten, Feuerschutz.

Sie drängten in die Villa. Jill tauchte zuletzt durch die Tür. Barry warf seine massige Gestalt dagegen und sperrte den heulenden Chor der Kreaturen aus. Mit hochrotem Gesicht und schwitzend sank er am Türblatt abwärts zu Boden. Chris fand den stählernen Schließriegel und schob ihn vor.

Sie hatten es geschafft. Draußen bellten die Hunde und kratzten vergebens an der schweren Tür.

Wesker nahm einen tiefen Zug von der kühlen, wohltuenden Luft, die den hellen Raum erfüllte, und stieß sie scharf wieder aus. Wie er bereits gewusst hatte, war das Spencer-Haus nicht verlassen. Und nun, da sie hier waren, erwies sich seine ganze sorgfältige Planung als umsonst.

Im Stillen verfluchte er Brad Vickers ein weiteres Mal und fragte sich, ob sie hier drinnen wirklich besser dran waren als draußen …

Fünf

Während Jill wieder zu Atem kam, bekam sie allmählich ein Bild ihrer neuen Umgebung. Sie fühlte sich wie eine in einem Albtraum gefangene Figur, die gerade eine Abzweigung in ein fantastisches Märchen gefunden hatte. Wilde, heulende Ungeheuer, Josephs plötzlicher Tod, die fürchterliche Flucht durch den finsteren Wald – und jetzt das.

Verlassen, ah ja?

Es war ein Palast, schlicht und ergreifend das, was ihr Vater einen „Volltreffer" genannt hätte. Der Raum, in den ihre Flucht sie geführt hatte, war der Inbegriff von *fürstlich.* Er war riesig, größer als Jills gesamtes Haus, mit graugemasertem Marmor gefliest und dominiert von einer breiten, mit Teppich belegten Treppe, die zu einer Galerie in der ersten Etage emporführte. Marmorbögen säumten das prunkvolle Vestibül und stützten die aus dunklem, schwerem Holz gefertigte Balustrade des Obergeschosses. Wandleuchten mit Rüschenschirmen fächerten Licht über mit Eichenholz vertäfelte Wände, deren Farbe sich vom tiefen Ockerton der Teppiche abhob. Kurzum, es war prachtvoll.

„Was *ist* das?", murmelte Barry. Niemand antwortete ihm.

Jill holte tief Luft und entschied sofort, dass ihr das Ganze nicht gefiel. Der riesige Raum hatte etwas …*Falsches,* eine Atmosphäre, die Beklemmung schuf. Irgendwie wirkte er, als spuke es darin, auch wenn Jill nicht hätte sagen können, wer oder was hier sein Unwesen trieb.

Immer noch besser jedenfalls, als von mutierten Hunden gefressen zu werden, das muss ich zugeben, räumte sie ein. Und im Fahrwasser dieses Gedankens: *O Gott, armer Joseph!* Aber es war keine Zeit, um ihn zu trauern, auch jetzt nicht – was nichts daran änderte, dass sie ihn alle vermissen würden.

Die Pistole fest umklammert, näherte sich Jill der Treppe. Der feudale Teppichläufer, der von der Tür weg führte, dämpfte ihre Schritte. Auf einem kleinen Tisch rechts neben den Stufen stand eine alte Schreibmaschine, in die ein leeres Blatt Papier eingespannt war. Ein merkwürdiges Zierstück. Ansonsten war die weitläufige Halle leer.

Jill wandte sich wieder den anderen zu. Sie fragte sich, was sie von all dem hielten. Barry und Chris wirkten unsicher, während sie sich mit geröteten und verschwitzten Gesichtern umschauten. Wesker kniete vor dem Eingangsportal und untersuchte einen der Riegel. Er stand auf, die dunkle Brille immer noch auf der Nase, und vermittelte wie stets einen unbeteiligten Eindruck. „Das Holz um das Schloss herum ist gesplittert. Jemand hat diese Tür aufgebrochen, bevor wir reinkamen."

„Vielleicht die Bravos?", meinte Chris hoffnungsvoll.

Wesker nickte. „Daran habe ich auch gedacht. Hilfe sollte unterwegs sein, vorausgesetzt, unser ‚Freund' Mister Vickers hat sich bequemt, Alarm zu schlagen."

Seine Stimme troff vor Sarkasmus, und Jill spürte, wie in ihr selbst Zorn aufflammte. Brad hatte Riesenmist gebaut – seine Feigheit hätte sie alle um ein Haar das Leben gekostet. Was er getan hatte, war unentschuldbar.

Wesker durchquerte die Halle bis hin zu der Doppeltür auf der Westseite. Er rüttelte am Knauf, doch die Flügel öffneten sich nicht. „Es ist zu gefährlich, wieder hinauszugehen. Bis die Kavallerie auftaucht, können wir uns genauso gut ein wenig umsehen. Es ist offensichtlich, dass irgendjemand das Haus instand gehalten hat – aber warum und seit wann …"

Seine Stimme erstarb. Er kehrte zur Gruppe zurück. „Wie sieht's mit unserer Munition aus?"

Jill ließ das Magazin aus ihrer Beretta schnappen und zählte: noch drei Patronen waren übrig plus den beiden vollen Magazinen im Gürtel. Dreiunddreißig Schuss also. Chris hatte noch zweiundzwanzig, Wesker siebzehn. Barry hatte zwei volle Speedloader für seinen Colt, dazu eine Hand voll loser Patronen in einer Gürteltasche, insgesamt neunzehn Schuss.

Jill dachte an all das, was sie im Hubschrauber gelassen hatten, und spürte, wie ihre Wut auf Brad einen neuen Schub erhielt. Schachteln mit Munition, Taschenlampen, Walkie-Talkies, Gewehre – ganz zu schweigen von der Sanitätsausrüstung. Diese Beretta, die Joseph draußen auf dem Feld gefunden hatte, die bleichen, blutbespritzten Finger noch darum gekrampft – ein S.T.A.R.S.-Teammitglied war tot oder lag im Sterben, und dank Brad hatten sie nicht einmal ein Heftpflaster anzubieten.

Ein Geräusch ertönte. Das Geräusch von etwas Schwerem, das nicht weit entfernt zu Boden rutschte … Synchron wandten sie sich der einzigen Tür auf der Ostseite zu. Jill erinnerte sich plötzlich an jeden Horrorfilm, den sie je gesehen hatte – ein unheimliches Haus, ein unheimliches Geräusch … Sie schauderte und nahm sich fest vor, Brad in seinen mageren Arsch zu treten, wenn sie hier herauskamen.

„Chris, sehen Sie nach und erstatten Sie Bericht, schnell", sagte Wesker. „Wir warten hier für den Fall, dass das RPD anklopft. Wenn Sie in Schwierigkeiten geraten, schießen Sie, dann finden wir Sie."

Chris nickte und bewegte sich in Richtung der Tür. Seine Stiefel klackten laut über den Marmorboden.

Jill spürte abermals dieses ungute Gefühl einer Vorahnung in sich aufsteigen. „Chris?"

Die Hand am Knauf drehte er sich um, und Jill wurde klar, dass es nichts gab, was sie ihm sagen konnte, nichts, was Sinn ergab. Alles geschah so schnell und an dieser Situation stimmte so vieles nicht, dass sie nicht wusste, wo sie hätte anfangen sollen …

Er ist ausgebildeter Profi, genau wie du. Also fang an, dich auch wie ein solcher zu benehmen.

„Sei vorsichtig", sagte sie schließlich. Es war nicht das, was sie sagen wollte, aber es musste genügen.

Chris schenkte ihr ein schiefes Lächeln, dann hob er seine Beretta und trat über die Schwelle. Jill hörte das Ticken einer Uhr, dann war Chris verschwunden. Die Tür hatte er hinter sich wieder geschlossen.

Barry fing Jills Blick auf und lächelte ihr zu, eine Geste, die ihr bedeuten sollte, dass sie sich keine Sorgen zu machen brauchte – doch sie konnte sich der plötzlichen Eingebung nicht erwehren, dass Chris nicht zurückkommen würde.

Chris ließ den Blick durch den Raum schweifen, nahm die vornehme Eleganz seiner Umgebung in sich auf und stellte fest, dass er allein war. Wer das Geräusch auch verursacht hatte, war nicht hier.

Das erhabene Ticken einer Standuhr schwang durch die kühle Luft und hallte von glänzenden schwarzen und weißen Fliesen wider. Er befand sich in einem Speisesaal von jener Art, wie er sie nur aus Filmen über das Leben reicher Leute kannte. Wie schon der andere Raum hatte auch dieser hier eine unglaublich hohe Decke und eine Galerie im ersten Stock, aber er war darüber hinaus noch mit teuer aussehenden Gemälden dekoriert. Am jenseitigen Ende befand sich ein offener Kamin mit einem Wappen und gekreuzten Schwertern, die über dem Sims hingen. Einen Weg in die erste Etage hinauf schien es nicht zu geben, aber rechts vom Kamin befand sich eine geschlossene Tür …

Chris senkte seine Waffe und ging auf die Tür zu, immer noch beeindruckt von der Vornehmheit der „verlassenen" Villa, in die er und seine Kollegen geraten waren. Das Speisezimmer wartete mit polierten Zierleisten aus Rotholz und kostbar wirkendem Artwork an beigefarbenen Stuckwänden auf, die eine lange Holztafel säumten, welche wiederum die gesamte Länge des Raumes einnahm. An dem Tisch musste Platz für mindestens zwanzig Personen sein, auch wenn er nur für eine Handvoll gedeckt war. Dem Staub auf den Platzdeckchen nach zu urteilen, war hier seit Wochen nichts mehr serviert worden.

Aber angeblich soll hier doch seit dreißig Jahren niemand mehr wohnen, geschweige denn Festmahle veranstalten! Spencer hat dieses Haus dichtgemacht, bevor irgendjemand hier einziehen konnte.

Chris schüttelte den Kopf. Offensichtlich hatte jemand es vor langer Zeit doch wieder bewohnt. Aber wie kam es dann, dass jedermann in Raccoon City glaubte, das Spencer-Anwesen sei mit Brettern vernagelt, nichts weiter als eine verfallende Ruine draußen im Wald? Und wichtiger noch: Warum hatte Umbrella gegenüber Irons bezüglich des Zustands dieses Hauses gelogen?

Morde, Vermisste, Umbrella, Jill … Es war frustrierend; Chris hatte das Gefühl, als kenne er ein paar der Antworten und wüsste nur nicht, welche Fragen er stellen sollte, um sie herauszukitzeln.

Er erreichte die Tür und drehte langsam den Knauf, dabei lauschte er nach irgendeinem verdächtigen Geräusch auf der anderen Seite. Doch außer dem Ticken der alten Uhr konnte er nichts hören; sie stand an der Wand und jede Bewegung des Sekundenzeigers hallte hohl und durch die Weite des Raumes verstärkt wider.

Die Tür führte auf einen schmalen Korridor, den antike Lampen in trübes Licht tauchten. Rasch sicherte Chris nach beiden Seiten. Rechts lag ein etwa zehn Meter langer Flur mit Hartholzboden, gegenüber ein paar Türen und am Ende des Korridors eine weitere. Links knickte der Gang weg von der Stelle, an der Chris stand, und verbreiterte sich. Dort sah er den Rand eines braunen Läufers auf dem Boden.

Er rümpfte die Nase, runzelte die Stirn. In der Luft lag ein schwacher Geruch, die vage Ahnung von etwas Unangenehmem – etwas *Vertrautem*. Chris verharrte noch einen Moment lang auf der Schwelle und versuchte den Geruch einzuordnen.

Eines Sommers, er war noch ein Kind gewesen, war ihm bei einem Ausflug mit ein paar Freunden die Kette vom Fahrrad gesprungen. Er war im Straßengraben gelandet, etwa fünfzehn Zentimeter von einem totgefahrenen Tier entfernt, den ausgetrockneten, zerquetschten Überresten von etwas, das einmal ein Murmeltier gewesen sein mochte. Zeit und Sommerhitze hatten den schlimmsten Gestank vertrieben, aber der Rest war noch übel genug. Sehr zum Vergnügen seiner Freunde hatte Chris sein Mittagessen über den Kadaver gekotzt, tief Luft geholt und sich dann noch einmal übergeben. Er entsann sich noch des sonnengebackenen Geruchs von trocknender Verwesung, wie eine Mischung aus dick und sauer gewordener Milch und Galle – der gleiche Geruch zog sich jetzt durch diesen Flur wie ein schlechter Traum.

Wwwsch!

Ein weicher, schleifender Laut hinter der ersten Tür zu seiner Rechten, wie von einer gepolsterten Faust, die über eine Wand fährt. Auf der anderen Seite war jemand.

Chris schob sich in den Flur und bewegte sich auf die Tür zu, sorgsam darauf achtend, dass er dem ungesicherten Bereich nicht den Rücken zukehrte. Als er näher kam, verstummten die leisen Geräusche, die von einer Bewegung zeugten, und er konnte sehen, dass die Tür nicht ganz geschlossen war.

Na, dann mal rein in die gute Stube.

Auf leichten Druck hin schwang die Tür nach innen und gab den Blick frei auf einen halbdunklen Flur mit grünfleckiger Tapete. Gute fünf Meter entfernt stand, halb verborgen in den Schatten und mit dem Rücken zu Chris, ein breitschultriger Mann. Langsam drehte er sich um, unbeholfen schlurfend wie jemand, der betrunken oder verletzt ist, und der Geruch, den Chris vorher bemerkt hatte, strömte ihm von diesem Mann entgegen, in dichten, giftigen Wogen. Die Kleidung des anderen war zerrissen und schmutzig, sein Hinterkopf wie fleckig von dem spärlichen zotteligen Haar.

Muss krank sein, vielleicht todkrank.

Was immer mit dem Mann nicht stimmte, es gefiel Chris nicht; sein Instinkt brüllte ihm zu, etwas zu tun. Er trat ein und richtete seine Beretta auf die Brust des Mannes. „Stehen bleiben, keine Bewegung!“

Der Mann drehte sich nun vollständig um und kam schwerfällig auf Chris zu – ins Licht. Sein Gesicht war totenbleich, abgesehen von dem Blut, das ihm die fauligen Lippen verschmierte. Fetzen trockener Haut hingen ihm von den eingefallen Wangen, und in den dunklen Augenhöhlen schimmerte Hunger, während er seine knochendürren Hände ausstreckte –

Chris schoss. Drei Kugeln klatschten in die Brust des Wesens, wo sie einen Nebel aus feinem, blutrotem Staub herauspumpten. Mit einem keuchenden Stöhnen sank es zu Boden. Tot.

Chris wankte rückwärts. Seine Gedanken rasten mit seinem hämmernden Herzen um die Wette. Mit der Schulter streifte er die Tür und war sich vage bewusst, dass sie hinter ihm ins Schloss fiel, während er auf die zusammengesackte, stinkende Kreatur hinab starrte.

Tot! Dieses … Ding ist ein gottverdammter wandelnder Toter!

Die Kannibalenangriffe von Raccoon, allesamt in Nähe des Waldes – Chris hatte genügend Spätfilme gesehen, um zu wissen, womit er es hier zu tun hatte, aber er konnte es noch immer nicht glauben.

Zombies.

Nein, unmöglich, die waren nur erfunden – aber vielleicht handelte es sich um irgendeine Krankheit, die ähnliche Symptome nachahmte. Er musste den anderen Bescheid sagen.

Chris drehte sich um und packte den Türknauf, doch die schwere Tür rührte sich nicht. Das Schloss musste eingeschnappt sein, als er dagegen getaumelt –

Hinter ihm entstand Bewegung. Chris wirbelte herum. Aus großen Augen sah er, wie sich das zuckende Geschöpf in den Holzboden krallte und sich lautlos auf ihn zuzog, gierig, zielstrebig. Chris bemerkte, dass die Kreatur geiferte, und der Anblick der klebrigen, rosafarbenen Rinnsale, die auf dem hölzernen Boden Pfützen hinterließen, trieben ihn endlich zum Handeln.

Er schoss abermals, zwei Kugeln setzte er dem *Ding* in das verweste, ihm zugewandte Gesicht. Dunkle Löcher bohrten sich in den knorrigen Schädel, sandten schmale Bäche flüssigen und halbfesten Gewebes durch den Unterkiefer. Schwer seufzend blieb das verfaulende Etwas in einer sich ausbreitenden roten Lache liegen.

Chris wollte nicht darauf wetten, dass es dabei bleiben würde. Er zerrte noch einmal vergebens an der Tür, dann stieg er vorsichtig über den Leichnam hinweg und lief den Korridor hinab. Er rüttelte an einer Tür zu seiner Linken, doch sie war abgesperrt. In die Verkleidung des Schlosses war etwas eingeätzt, ganz klein, etwas, das aussah wie ein Schwert; Chris verstaute dieses Informationsfitzelchen in seinen wirbelnden Gedanken und ging weiter, die Beretta fest im Griff.

Rechts von ihm gab es eine Abzweigung mit einer einzigen Tür, doch er ignorierte sie, weil er einen Weg finden wollte, der einen Bogen schlug und ihn zurück in die Eingangshalle führte. Die anderen mochten die Schüsse zwar gehört haben, aber er musste davon ausgehen, dass hier noch mehr Wesen herumliefen wie jenes, das er niedergestreckt hatte. Der Rest des Teams hatte vielleicht schon selbst alle Hände voll zu tun.

An der Biegung des Gangs befand sich linker Hand eine Tür. Chris eilte darauf zu. Der Fäulnisgeruch des Dings …

– des Zombies, nenn es endlich beim Namen! –

… verursachte ihm Brechreiz. Als er sich der Tür näherte,

merkte er, dass der Geruch mit jedem Schritt schlimmer wurde.

Als seine Hand den Knauf berührte, hörte er ein leises, hungriges Stöhnen, und ihm fiel ein, dass er nur noch zwei Kugeln im Magazin hatte. In den Schatten zu seiner Rechten – Bewegung.

Muss neu laden und dann irgendwohin, wo ich in Sicherheit bin …

Chris stieß die Tür auf und lief der ungelenken Kreatur genau in die Arme, die auf der anderen Seite lauerte, ihn mit ihren rindigen Fingern packte und ihm an die Kehle ging.

Drei Schüsse. Sekunden später zwei weitere. Von fern, aber unmissverständlich drangen die peitschenden Geräusche in die palastartige Lobby.

Chris!

„Jill, sehen Sie nach –“, begann Wesker, doch Barry ließ ihn nicht ausreden.

„Ich geh mit“, erklärte er und lief bereits auf die Tür in der östlichen Wand zu. Chris würde nicht sinnlos herumballern, sondern nur, wenn es keine andere Möglichkeit gab; er brauchte Hilfe.

Wesker gab sofort nach und nickte. „Gehen Sie. Ich warte hier.“

Barry öffnete die Tür. Jill war direkt hinter ihm. Sie traten in ein riesiges Speisezimmer, das nicht so breit wie die Eingangshalle war, aber mindestens so lang. Am gegenüberliegenden Ende befand sich eine zweite Tür, neben einer Standuhr, deren Ticken laut durch die kalte, staubige Luft drang.

Barry, gleichermaßen angespannt wie besorgt, lief darauf zu, den Revolver in der Hand. Herrgott noch mal, was war das doch für ein Scheißeinsatz! S.T.A.R.S.-Teams wurden oft in gefährliche Situationen mit ungewöhnlichen Umständen geschickt, doch dies war das erste Mal seit seiner Rekrutenzeit, dass Barry das Gefühl hatte, die Dinge seien völlig außer Kontrolle geraten. Joseph war tot, Hasenfuß-Vickers hatte sie als Futter für Höllenhunde hier sitzen lassen, und jetzt steckte Chris in Schwierigkeiten. Wesker hätte ihn nicht allein losschicken dürfen …

Jill langte als Erste bei der Tür an, fasste mit ihren schlanken Fingern nach dem Griff und sah Barry fragend an. Er nickte. Sie drückte die Tür auf, ging geduckt hindurch und tauchte nach links weg.

Barry nahm die andere Seite. Beide ließen sie den Blick durch einen leeren Flur schweifen.

„Chris?", rief Jill leise, erhielt aber keine Antwort. Barry schnüffelte und verzog das Gesicht. Es roch nach faulem Obst.

„Ich check die Türen", sagte Barry. Jill nickte und schob sich nach links, aufmerksam, konzentriert.

Barry bewegte sich auf die erste Tür zu. Jill hinter sich zu wissen, war ein gutes Gefühl. Nachdem sie hierher versetzt worden war, hatte er sie erst für etwas biestig gehalten, aber sie hatte sich als intelligente und fähige Soldatin erwiesen, eine willkommene Bereicherung der Alphas.

Jill stieß einen hohen überraschten Laut aus, und Barry kreiselte herum. Plötzlich lastete der Fäulnisgeruch drückend in dem schmalen Gang. Jill rückte von einer Öffnung am Ende des Flures ab, die Waffe auf etwas gerichtet, was Barry nicht sehen konnte.

„Stopp!" Ihre Stimme war schrill und zittrig, ihre Miene entsetzt.

Und dann drückte sie ab, einmal, zweimal, sich dabei immer noch rückwärts auf Barry zu bewegend. Ihr Atem flatterte.

„Zur Seite, nach links!“ Er hob den Colt, während sie ihm freie Schussbahn ermöglichte. Ein großer Mann trat in sein Blickfeld. Die Arme der Gestalt waren vorgestreckt wie die eines Schlafwandlers, die Hände vollführten schwache Greifbewegungen.

Dann sah Barry das Gesicht des Wesens und zögerte nicht länger. Er schoss. Eine Kugel Kaliber .357 sprengte dem Geschöpf die Decke vom aschfarbenen Schädel. Blut strömte ihm über die unheimlichen, grauenerregenden Züge und besudelte die farblosen, rollenden Augen.

Das „Ding“ wurde nach hinten geschleudert und kam mit dem Gesicht nach oben vor Jill zum Liegen. Wie benommen eilte Barry zu ihr.

„Was –“, setzte er an, doch dann sah er, was vor ihnen auf dem Teppich der kleinen Sitzecke lag, die das Ende des Korridors markierte.

Für einen Augenblick dachte Barry, es sei Chris – bis er das Bravo-Abzeichen von S.T.A.R.S. auf der Weste entdeckte. Er spürte, wie ihn klammes Entsetzen packte, als er sich bemühte, das Gesicht zu identifizieren. Der Bravo war enthauptet worden, der Kopf lag eine Fußlänge vom Körper entfernt, die Züge völlig mit getrocknetem Blut überkrustet.

O Gott, es ist Ken.

Kenneth Sullivan, einer der besten Scouts, die Barry je gekannt hatte, und ein verdammt netter Typ. In seiner Brust klaffte eine gezackte Wunde, Fetzen angefressenen Gewebes und Eingeweide säumten das blutige Loch. Kens linke Hand fehlte, und es war keine Waffe in der Nähe zu sehen; es musste Kens Pistole gewesen sein, die Joseph draußen im Wald gefunden hatte …

Von Übelkeit geplagt wandte Barry den Blick ab. Ken war ein ruhiger, anständiger Bursche gewesen, hatte viele Jobs erledigt, die Kenntnisse in Chemie erforderten. Er hatte einen Sohn im Teenageralter, der bei Kens Exfrau in Kalifornien lebte. Barry dachte an seine eigenen Mädchen daheim, Moira und Poly, und fühlte hilflose Angst um sie in sich aufwallen. Er fürchtete sich nicht vor dem Tod, aber der Gedanke, dass sie ohne Vater aufwachsen müssten …

Jill ließ sich neben der verheerten Leiche in die Hocke nieder und durchwühlte schnell die Gürteltasche. Barry warf sie einen verzeihungsheischenden Blick zu, doch er nickte ihr schwach zu. Sie brauchten Munition – Ken ganz bestimmt nicht mehr.

Sie fand zwei Ladestreifen für eine Neun-Millimeter und steckte sie in ihre Hüfttasche. Barry drehte sich um und starrte auf Kens Mörder hinab, voll von Abscheu, aber auch voller Verwunderung.

Er zweifelte nicht daran, dass er einen der „Killer-Kannibalen“ vor sich hatte, die sich Raccoon City zum Jagdrevier erkoren hatten. Die Kreatur hatte eingetrockneten roten Schaum um den Mund und mit Eingeweiderückständen verkrustete Fingernägel. Ihr zerlumptes Hemd war steif von geronnenem Blut. Doch am unheimlichsten war, wie … wie *tot* dieses Wesen aussah.

Barry war einmal bei einer verdeckten Geiselbefreiung in Ecuador dabei gewesen, wo eine Gruppe von Bauern wochenlang von einer Bande wahnsinniger Guerilla-Rebellen festgehalten worden war. Einige der Geiseln waren bereits zu Beginn der Belagerung ums Leben gekommen, und nachdem die S.T.A.R.S.-Angehörigen die Rebellen schließlich ausgeschaltet hatten, hatte Barry mit Hilfe eines der Überlebenden die Namen der Toten ins Protokoll aufgenommen. Die vier Opfer waren erschossen, ihre Leichen hinter die kleine Holzhütte, welche die Rebellen besetzt hatten, geworfen worden. Nach drei Wochen in der südamerikanischen Hitze war ihre Gesichtshaut runzlig geworden, und das Fleisch hatte sich in Streifen von den Sehnen und Knochen geschält. Barry erinnerte sich noch klar und deutlich an diese Gesichter, und jetzt sah er sie wieder vor sich, als er die am Boden liegende Kreatur musterte. Sie trug das Gesicht des Todes.

Außerdem riecht das Ding wie ein Schlachthof an einem schwülheißen Tag. Irgendwer hat vergessen, diesem Kerl zu sagen, dass Tote nicht mehr herumspazieren sollten.

Von Jills Gesicht las Barry die gleiche angewiderte Verwirrung, in ihren Augen die gleichen Fragen, die auch ihn beschäftigten, doch im Moment gab es keine Antworten; sie mussten Chris finden und sich neu formieren.

Gemeinsam kehrten sie in den Flur zurück, überprüften die drei Türen, rüttelten an den Griffen und drückten gegen die schweren Holzfüllungen. Alle Türen waren fest verschlossen.

Aber Chris muss durch eine davon verschwunden sein, er kann nirgends sonst hingegangen sein.

Sie konnten entweder die Türen aufbrechen oder –

„Wir sollten Wesker Bericht erstatten", meinte Jill. Barry nickte. Wenn sie tatsächlich über das Versteck der Mörder gestolpert waren, brauchten sie einen Angriffsplan.

Sie liefen durch den Speisesaal zurück. Die abgestandene Luft darin war eine Wohltat nach dem Blut- und Verwesungsgestank im Korridor. Sie erreichten die Tür, die in die Haupthalle führte, und schlüpften hindurch. Barry fragte sich, was der Captain von all dem halten würde. Es war geradezu …

Barry verharrte, ließ den Blick durch die elegante, leere Halle schweifen und kam sich vor wie das Opfer eines Streiches, der schlicht nicht komisch war.

Wesker war verschwunden.

Sechs

„Wesker!“ Barrys tiefe Stimme schallte durch die kühle Halle. „Captain Wesker!“

Er lief auf die Stirnseite der Halle zu. Dabei forderte er Jill über die Schulter hinweg auf: „Bleib hier drin!“

Jill ging zur Treppe. Ihr war beinahe schwindelig. Erst Chris, jetzt der Captain. Sie waren doch kaum fünf Minuten fort gewesen, und er hatte versprochen, sich nicht vom Fleck weg zu rühren. Warum sollte er also weggegangen sein? Sie sah sich nach Spuren eines Kampfes um, einer Patronenhülse vielleicht oder einem Blutfleck – doch es gab nichts, das darauf hingewiesen hätte, was geschehen war.

Barry erschien auf der anderen Seite der gewaltigen Treppe, schüttelte den Kopf und trottete zu ihr herüber. Jill biss sich auf die Unterlippe.

„Glaubst du, Wesker ist auf eins dieser – Dinger getroffen?“, fragte sie.

Barry seufzte. „Ich glaube jedenfalls nicht, dass das RPD aufgekreuzt ist und ihn rausgeschmuggelt hat. Aber wenn er in Schwierigkeiten geraten wäre, hätten wir Schüsse gehört …“

„Nicht unbedingt. Er könnte aus dem Hinterhalt heraus angegriffen und verschleppt worden sein.“

Einen Moment lang standen sie schweigend da und überlegten. Jill war noch aufgewühlt von der Begegnung mit dem wandelnden Leichnam, fand aber, dass sie die aberwitzige Begegnung ganz gut weggesteckt hatte, die in der Erkenntnis gipfelte, dass die Wälder um Raccoon City mit Zombies verseucht waren.

Nachdem du dein Leben lang Schundromane über Serienkiller gelesen hast, ist da ein kannibalischer Zombie so schwer zu verdauen? Irgendwie nicht, und ebenso wenig die mörderischen Hunde und das geheim gehaltene Anwesen. Es gab keinen Zweifel, dass all das existierte. Die Frage war nur: Warum? Hatte die Villa etwas mit den Morden zu tun, oder waren die Zombies einfach hier eingefallen, so wie sie in den Raccoon Forest eingefallen waren?

Und war diese Kreatur das Letzte, was Becky und Pris gesehen haben?

Jill stieß diesen Gedanken fast gewaltsam von sich; es wäre ein Fehler gewesen, jetzt emotionsgeladen an die Mädchen zu denken.

„Machen wir uns auf die Suche oder warten wir?“, wollte sie schließlich wissen.

„Wir suchen. Ken hat's hierher geschafft. Die anderen Bravos könnten irgendwo im Haus sein. Dürfte nicht schwer sein, sich hier drinnen zu verlaufen. Chris …“

Er lächelte halbherzig, doch Jill konnte die Sorge in seinen Augen sehen. „Chris und Wesker wurden – von uns getrennt, aber wir werden sie finden. Es braucht schon mehr als ein paar lebende Leichen, um den beiden ernsthaften Ärger zu machen.“

Barry fasste in eine Tasche seiner Weste, zog etwas hervor, das in ein Taschentuch eingeschlagen war, und reichte es Jill. Sie fühlte die dünnen metallenen Gegenstände unter dem leichten Stoff und erkannte sie sofort.

„Das Set, das du mir vorigen Monat zum Üben gegeben hast“, sagte Barry. „Ich schätze, du wirst mehr Glück damit haben.“

Jill nickte und verstaute die Dietriche in ihrer Hüfttasche. Barry hatte sich für ihre frühere „Karriere“ interessiert, und sie hatte ihm einige Sachen aus ihrer alten Ausrüstung gegeben, ein paar Diebshaken und Torsionsstäbe. Sie konnten sich jetzt als nützlich erweisen. Das kleine Bund landete auf etwas Hartem, Glattem –

– *Trents Computer!* In all der Aufregung hatte Jill ihre sonderbare Begegnung im Umkleideraum völlig vergessen gehabt. Sie öffnete den Mund, um Barry davon zu erzählen, schloss ihn aber wieder, als sie sich Trents kryptischer Warnung entsann.

„Wenn ich an Ihrer Stelle wäre, würde ich diese Unterhaltung niemandem gegenüber erwähnen.“

Drauf geschissen. Sie hatte es mit Chris sowieso schon fast riskiert …

Und wo ist Chris jetzt? Wer sagt denn, dass Trents „schwerwiegende Konsequenzen“ nicht schon eingetreten sind?

Jill wurde sich bewusst, was sie da dachte, und musste den Drang niederkämpfen, sich selbst auszulachen. Die Sache mit Trent war vermutlich völlig unerheblich für ihr Dilemma, und ob sie Barry nun traute oder nicht, sie wusste, dass sie Trent *nicht* traute – dennoch beschloss sie, nichts davon zu sagen, zumindest bis sie Gelegenheit hatte, nachzusehen, was der Computer enthielt.

„Ich denke, wir sollten uns trennen“, fuhr Barry fort. „Ich weiß, es ist gefährlich, aber wir müssen ’ne Menge Räume absuchen, schätze ich. Wenn wir jemanden finden, treffen wir uns hier wieder. Diese Halle ist ab sofort unser Stützpunkt.“

Sich den Bart reibend, musterte er Jill mit ernstem Blick. „Bist du einverstanden? Wir könnten zusammen suchen …"

„Nein, du hast Recht", erwiderte sie. „Ich übernehme den Westflügel." Anders als Cops schlossen sich S.T.A.R.S.-Mitglieder selten mit einem Partner zusammen. Sie waren darauf trainiert, in Gefahrensituationen selbst auf sich aufzupassen.

Barry nickte. „Okay. Ich geh zurück und seh zu, ob ich eine dieser Türen zum Aufgehen überreden kann. Halt Ausschau nach einem Hinterausgang, geh sparsam mit der Munition um … und sei vorsichtig."

„Du auch."

Barry grinste, seinen Colt Python in die Höhe haltend. „Ich komm schon klar."

Es gab nichts mehr zu sagen. Jill hielt geradewegs auf die Doppeltür in der Westwand zu, die Wesker vorher zu öffnen versucht hatte. Hinter ihr eilte Barry zurück in den Speisesaal. Sie hörte, wie sich die Tür öffnete und schloss, dann war sie allein.

Na denn – hab ja nichts zu verlieren außer ein bisschen Leben.

Die blau gestrichenen Türflügel schwangen auf und gaben den Blick frei in einen kleinen, schattenerfüllten Raum, kühl und still wie die Eingangshalle, ganz in Blauschattierungen gehalten. Gedämpftes Licht beleuchtete gerahmte Bilder an dunklen Wänden, und in der Mitte des Zimmers stand die große Statue einer Frau, die eine Urne auf der Schulter trug.

Jill schloss die Tür hinter sich und wartete, bis sich ihre Augen auf das Zwielicht eingestellt hatten. Dann bemerkte sie die beiden Türen, die jener gegenüber lagen, durch die sie gerade gekommen war. Die linke stand offen, aber eine kleine Truhe war davor geschoben worden und blockierte den Durchgang. Unwahrscheinlich, dass Wesker diesen Weg genommen hatte …

Jill ging zur rechten Tür und drehte versuchshalber den Knauf. Zugesperrt. Seufzend tastete sie nach den Dietrichen in ihrer Tasche und zögerte, als sie die Glätte des Mini-Disk-Readers spürte.

Wollen wir doch mal sehen, was Mr. Trent für so wichtig hält.

Sie zog das Gerät hervor und musterte es für einen Moment, dann drückte sie eine Taste. Ein Bildschirm von der Größe einer Baseballkarte erwachte flackernd zum Leben, und nachdem sie ein paar weitere Tasten gedrückt hatte, scrollten schmale Zeichenzeilen über den Monitor. Jills Blick huschte darüber, erfasste Namen und Daten lokaler Zeitungen. Trent hatte offenbar alle Artikel zusammengestellt, die er über die Mord- und Vermisstenfälle in Raccoon finden konnte, dazu noch sämtliche, die sich mit S.T.A.R.S. befassten.

Alles nichts Neues … Jill sprang von Text zu Text und fragte sich, was Sinn und Zweck des Ganzen sein sollte. Den Artikeln folgte eine Liste von Namen:

WILLIAM BIRKIN
STEVE KELLER
MICHAEL DEES
JOHN HOWE
MARTIN CRACKHORN
HENRY SARTON
ELLEN SMITH
BILL RABBITSON

Jill legte die Stirn in Falten. Keiner der Namen klang vertraut, außer … War Bill Rabbitson nicht Chris' Freund? Derjenige, der für Umbrella gearbeitet hatte? Sie war sich nicht sicher, sie würde Chris fragen müssen.

Vorausgesetzt, wir finden ihn. Was sie hier tat, war Zeitverschwendung – sie musste endlich nach den anderen S.T.A.R.S.-Mitgliedern suchen.

Jill drückte die Vorwärts-Taste, um ans Ende der Datenkolonne zu gelangen, und ein Bild erschien, dünne Linien bauten sich zu Mustern auf. Darunter stand eine einzelne Zeile, eine Nachricht, so rätselhaft, wie es von Mr. Trent eben zu erwarten war:

RITTERSCHLÜSSEL; TIGERAUGEN; VIER WAPPEN (TOR ZU NEUEM LEBEN); OST-ADLER/WEST-WOLF.

Wow! Wie aufschlussreich. Na, das erklärt doch alles, oder? Das Bild stellte eine Art Karte dar, befand Jill. Es sah aus wie ein Grundrissplan. Der größte Bereich lag in der Mitte, ein etwas kleinerer schloss sich links an …

Jill spürte plötzlich, wie ihr Herz einen Takt übersprang. Sie starrte auf den kleinen Bildschirm und fragte sich, woher Trent *das* gewusst hatte.

Der Bildschirm zeigte das Erdgeschoss der Villa. Jill drückte abermals auf die Vorwärts-Taste, und was sie nun sah, konnte nur das zweite Stockwerk sein. Die Grundrisse entsprachen der ersten Karte. Nach der zweiten kam nichts mehr, aber das reichte ja auch.

Was sie anging, hegte Jill keinen Zweifel mehr daran, dass das Spencer-Anwesen die Quelle des Schreckens von Raccoon City war – was bedeutete, dass die Antworten hier lagen und darauf warteten, gefunden zu werden.

Der Zombie stöhnte auf, als Chris ihm aus nächster Nähe zwei Kugeln in die Eingeweide jagte. Das ranzige Fleisch dämpfte die Treffergeräusche. Das Wesen fiel gegen Chris, ein Schwall fauliger Luft fuhr über sein Gesicht.

Mit eng werdender Kehle stieß Chris das Wesen von sich. Seine Hände und der Lauf seiner Pistole troffen vor klebrigen Flüssigkeiten. Das Geschöpf ging mit spasmisch zuckenden Gliedern zu Boden.

Chris trat zurück, wischte die Beretta an seiner Weste ab und atmete in tiefen Zügen, eisern bemüht, sich nicht zu übergeben. Der Zombie draußen auf dem Flur war ein ausgedörrtes Etwas gewesen, runzlig und trocken; dieser hier war jedoch noch – frisch, wenn man so sagen konnte. Verwesend, brandig, feucht …

Chris schluckte hart, und der Brechreiz ließ langsam nach. Er hatte nicht unbedingt einen schwachen Magen, aber dieser *Gestank*. Grundgütiger Himmel!

Reiß dich zusammen, vielleicht gibt es noch mehr von der Sorte …

Der Flur, den er betreten hatte, wurde beherrscht von dunklem Holz und mattem Licht. Im Moment gab es kein Geräusch außer dem Rauschen des Blutes in seinen Ohren. Chris sah auf den Toten hinunter und fragte sich, was genau er war, wer er einmal gewesen sein mochte. Er hatte den heißen, fauligen Atem des Wesens im Gesicht gespürt. Es war kein wiederbelebter Leichnam, ganz gleich, wie es auch aussah.

Chris entschied, dass es darauf nicht ankam. Im Grunde handelte es sich um einen Zombie. Das Ding hatte versucht, ihn zu beißen, und Kreaturen seines Schlages hatten bereits einen Teil der Bevölkerung von Raccoon City gefressen. Chris musste den Weg zurück zu den anderen finden, und sie mussten hier raus, um Hilfe zu holen. Sie verfügten nicht über die Feuerkraft, um das Problem allein aus der Welt zu schaffen.

Er ließ das leere Magazin aus der besudelten Waffe gleiten und lud rasch nach. Seine Brust war eng vor Anspannung. Nur noch fünfzehn Schuss waren übrig. Er hatte ein Bowiemesser, aber die Vorstellung, nur mit einem Messer bewaffnet auf einen Zombie loszugehen, war nicht allzu verlockend.

Zu seiner Linken befand sich eine schlicht aussehende Tür. Chris zog am Knauf, doch sie war zugesperrt. Aus zusammengekniffenen Augen musterte er das Schließblech und war nicht überrascht, eine Ätzung zu entdecken, die wie eine Rüstung aussah. Schwert, Rüstung – hier entwickelte sich eindeutig ein Schema.

Er durchmaß den breiten Gang, horchte auf mögliche Geräusche und atmete tief und gleichmäßig durch die Nase. Wegen der Schmierspuren an seiner Weste und seinen Händen war es schwer zu sagen, ob sich noch mehr dieser Kreaturen hier aufhielten. Ihr Gestank hüllte ihn völlig ein, aber das mochte seine einzige Chance sein, einer weiteren direkten Konfrontation zu entgehen.

Der Flur setzte sich nach links fort. Chris tauchte schnell um die Ecke. Sein Blick wanderte von einer Seite zur anderen. Die Beretta machte die Bewegung mit. Obwohl ihm ein Stützpfeiler teilweise die Sicht nahm, konnte er unmittelbar dahinter die Rückenpartie eines Mannes ausmachen, den die hängenden Schultern und die verschmutzte Kleidung als eine der Kreaturen auswiesen.

Chris schob sich rasch nach rechts, um freie Schusslinie zu bekommen. Der Zombie befand sich gut vierzig Fuß entfernt, und Chris wollte seine letzten Kugeln nicht verschwenden. Beim Geräusch seiner Stiefel auf dem harten Holzboden drehte sich der Untote schwerfällig um. So langsam, dass Chris zögerte und die Art und Weise der Bewegung studierte.

Dieses Geschöpf hier schien mit einer dünnen Schleimschicht überzogen zu sein. Trübes Licht brach sich auf seiner glänzenden Haut, während es fast blind auf Chris zutorkelte. Langsam hob das Wesen die Arme. Der bleiche, haarlose Schädel schaukelte auf dem ausgemergelten Hals. Leise schlurfte es vorwärts.

Chris vollführte einen gleitenden Schritt nach hinten und wich eine Spur nach links aus. Der Zombie änderte die Richtung, hielt weiter zielstrebig auf ihn zu und verringerte langsam die Distanz zwischen ihnen.

Genau wie in den Filmen – gefährlich, aber dumm. Kein Problem, vor ihnen davonzurennen …

Chris musste Munition sparen für den Fall, dass er in die Enge getrieben wurde. Am Ende des Ganges gab es eine Treppe. Chris holte tief Luft und machte sich bereit. Er trat nach hinten, verschaffte sich genügend Bewegungsfreiheit –

– und hörte hinter sich ein keuchendes Ächzen. Eine neuerliche Woge ranzigen Gestanks schlug über ihm zusammen. Er wirbelte herum. Er begriff, noch ehe er es wirklich sah.

Der verwesende Zombie war nur zwei, drei Schritte entfernt, griff nach ihm, und Teile seiner verfaulenden Eingeweide quollen ihm aus dem aufgerissenen Bauch. Chris hatte ihn nicht getötet, hatte nicht lange genug gewartet, um sicher sein zu können, und jetzt würde er für dieses Versäumnis bezahlen müssen.

Heilige Scheiße!

Chris spurtete los, den Korridor hinunter, wich den beiden

Untoten geduckt aus und verfluchte sich selbst. Er passierte den dicken Stützpfeiler, war fast an der Treppe –

– und blieb wie festgewurzelt stehen, als er sah, was oben lauerte. Er erhaschte nur einen flüchtigen Blick auf die zerlumpte Gestalt, die dort am Ende der Treppe stand. Dann drehte er sich auch schon um und riss die Waffe hoch, um sich den Angreifern zu stellen, die gierig auf ihn zutappten.

Aus den Schatten unter der Treppe vernahm er ein schweres, glucksendes Seufzen und das Schaben von Holz – noch einer. Chris saß in der Falle. Er konnte sie unmöglich alle ausschalten …

Die Tür!

Sie befand sich seitlich der Treppe. Ihr dunkles Holz verschmolz derart mit den Schatten, dass Chris sie fast nicht gesehen hätte. Er rannte darauf zu, packte den Griff und betete, dass sie offen war, während die Wesen den Halbkreis um ihn enger zogen.

Wenn die Tür verriegelt war, hatte er nicht mehr lange zu leben.

Noch nie hatte sich Rebecca Chambers so gefürchtet, nicht ein einziges Mal in ihren achtzehn Lebensjahren. Ihr schien, als lauschte sie schon seit einer Ewigkeit dem leisen Schaben verwesten Fleisches, das über die Tür rieb. Verzweifelt sann sie über einen Plan nach, und ihre Angst steigerte sich mit jeder Minute, die verstrich. Die Tür hatte kein Schloss, und ihre Pistole hatte Rebecca auf der Flucht zu diesem Haus verloren. Der kleine Lagerraum war zwar voll mit Chemikalien und Papierstapeln, bot ihr jedoch nichts zur Verteidigung außer einer halb leeren Dose Insektenspray.

Diese Dose hielt sie jetzt, während sie hinter der Tür des winzigen Raumes stand, fest umklammert. Falls die Monster doch noch herausfanden, wie man einen Türknauf bediente, wollte sie ihnen das Mittel in die Augen sprühen und dann versuchen, davonzurennen.

Vielleicht lachen sie ja so sehr, dass ich eine Chance habe, an ihnen vorbeizuschlüpfen – Mückenspray, wirklich eine tolle Waffe …

Irgendwo in der Nähe hatte Rebecca etwas gehört, das Schüsse gewesen sein konnten, doch sie hatten sich nicht wiederholt. Ihre Hoffnung, dass es jemand aus dem Team war, schwand mit jeder Sekunde. Allmählich zog sie ernsthaft in Betracht, dass sie die einzige Überlebende war …

… als plötzlich die Tür aufplatzte und eine keuchende Gestalt hereinstürzte!

Rebecca zögerte nicht. Sie sprang vor, drückte den Spraykopf, sprühte dem Eindringling eine Wolke chemischen Nebels ins Gesicht, spannte sich, um an ihm vorbeizurennen und –

„Gah!", machte die Gestalt, fiel nach hinten gegen die Tür und rammte sie mit ihrem Gewicht zurück ins Schloss. Fluchend fuhr sich der Eindringling über seine Augen.

Es war kein Monster. Rebecca hatte die chemische Keule soeben einem der Alphas übergebraten.

„O nein!" Rebecca wühlte bereits in ihrem Medi-Pack. Ihre immense Erleichterung darüber, ein anderes S.T.A.R.S.-Mitglied zu sehen, rang mit abgrundtiefer Beschämung.

Sie fummelte ein sauberes Tuch hervor, dazu eine kleine Wassersprühflasche, und trat zu ihrem Kollegen. „Halt die Augen geschlossen, nicht reiben."

Der Alpha senkte die Hände. Sein Gesicht war rot, und jetzt erkannte Rebecca ihn. Es war Chris Redfield – „nur" der bestaussehende Typ bei S.T.A.R.S. und dazu noch, kaum der Rede wert, ihr Vorgesetzter. Sie merkte, wie sie selbst puterrot anlief und war auf einmal heilfroh, dass er sie nicht sehen konnte.

Grandiose Leistung, Rebecca. Genau so macht man beim ersten Einsatz einen guten Eindruck: Verlier deine Waffe, verlauf dich, blende einen Teamkameraden …

Sie führte Chris zu einer schmalen Liege in einer Ecke des Raumes, setzte ihn hin und ließ sich ihr weiteres Tun von ihrer Ausbildung diktieren.

„Leg deinen Kopf zurück. Das wird ein bisschen brennen, aber es ist nur Wasser, okay?“ Mit dem feuchten Tuch tupfte sie seine Augen, froh, dass sie ihm nichts noch Schlimmeres ins Gesicht gesprüht hatte.

„Was war das für Zeug?“, fragte Chris heftig blinzelnd. Tränen und Wasser liefen ihm übers Gesicht, aber er schien nicht ernstlich verletzt.

„Oh, Insektenspray. Das Etikett ist abgerissen, aber der Wirkstoff ist wahrscheinlich Permephrin. Das ist ein Reizmittel, aber die Wirkung sollte nicht allzu lange anhalten. Ich hab meine Pistole verloren, und als du reinkamst, hielt ich dich für eins dieser Monster. Wenn sie also bis jetzt nicht rausgefunden haben, wie man einen Türknauf dreht, werden sie wahrscheinlich nicht –“

Sie merkte, dass sie wie ein Wasserfall redete und hielt abrupt den Mund. Kurz darauf beendete sie die improvisierte Augenspülung und trat zurück. Chris wischte sich übers Gesicht und blinzelte aus blutunterlaufenen Augen zu ihr hoch.

„Rebecca … Chambers, richtig?“

Sie nickte unglücklich. „Ja. Tut mir wirklich Leid –“

„Ist schon in Ordnung“, erwiderte er und lächelte. „Im Grunde gar keine schlechte Waffe.“

Er stand auf und schaute sich in der kleinen Kammer um.

Es gab nicht viel zu sehen: einen offenen Schrankkoffer voller Papiere, ein Regal, auf dem sich zumeist unbeschriftete Flaschen mit Chemikalien reihten, eine Liege und ein Schreibtisch. Rebecca hatte sich das alles bereits betrachtet, als sie nach etwas gesucht hatte, mit dem sie sich gegen die Kreaturen wehren konnte.

„Was ist mit dem Rest deines Teams?“, fragte Chris.

Rebecca schüttelte den Kopf. „Ich weiß es nicht. Irgendwas stimmte nicht mit dem Hubschrauber, wir mussten landen. Dann wurden wir von Tieren angegriffen, einer Art Hunde, und Enrico befahl uns, Schutz zu suchen.“

Sie hob die Schultern und kam sich auf einmal wie zwölf vor. „Ich habe im Wald die Orientierung verloren und kam an der Eingangstür dieses Hauses heraus. Ich schätze, einer von den anderen hat sie aufgebrochen. Sie war offen …“

Rebeccas Stimme wurde leiser, bis sie schließlich ganz verstummte. Sie wich Chris' brennendem Blick aus. Der Rest lag vermutlich auf der Hand: Sie hatte keine Waffe, sie hatte sich verirrt, sie war hier gelandet. Alles in allem ein ziemliches Armutszeugnis.

„Hey“, sagte er sanft. „Du konntest nichts weiter tun. Enrico sagte: ‚Rennt!‘, und du bist gerannt, hast den Befehl befolgt. Diese Wesen da draußen, diese Zombies … sie treiben sich hier überall herum. Ich hab mich auch verlaufen, und die anderen Alphas könnten sonst wo sein. Glaub mir, schon allein die Tatsache, dass du es so weit geschafft hast –“

Draußen gab eines der Ungeheuer ein tiefes, klagendes Wimmern von sich, und Chris verstummte mit verbissener Miene.

Rebecca schauderte. „Und was machen wir jetzt?“

„Wir schauen uns nach den anderen um und versuchen, einen Ausweg zu finden.“ Seufzend sah er auf seine Waffe hinab. „Aber du hast keine Pistole, und ich hab fast keine Munition mehr …"

Rebeccas Gesicht hellte sich auf. Sie griff in ihre Hüfttasche, zog zwei volle Magazine heraus und reichte sie ihm, froh, ihm helfen zu können.

„Oh! Und das habe ich auf dem Schreibtisch gefunden", sagte sie und kramte einen silberglänzenden Schlüssel hervor, in den ein Schwert eingraviert war. Sie wusste nicht, was sich damit aufsperren ließ, hoffte aber, dass er zu etwas nütze sein würde. Chris betrachtete ihn nachdenklich, dann steckte er ihn in eine seiner Taschen. Er ging zu dem offenen Schrankkoffer, nahm sich die Stöße von Papieren vor, blätterte darin und zog schließlich die Stirn kraus.

„Du hast eine Ausbildung in Biochemie, oder? Hast du dir das hier mal angesehen?"

Kopfschüttelnd trat Rebecca neben ihn. „Nur flüchtig. War ziemlich damit beschäftigt, die Tür im Auge zu behalten."

Er reichte ihr eines der Blätter, und sie überflog es rasch. Es handelte sich um eine Auflistung von Neurotransmittern und Pegel-Indikatoren.

„Gehirnchemie", stellte sie fest. „Aber diese Werte sind völlig absurd. Serotonin und Norepinephrin sind viel zu niedrig … aber hier, schau, der Dopamin-Spiegel liegt über dem Normalwert, wir reden hier von ernsthafter Schizo …"

Sie bemerkte den ungläubigen Ausdruck auf seinem Gesicht und lächelte schwach. Als achtzehnjährige College-Absolventin passierte ihr das häufiger. S.T.A.R.S. hatte sie gleich nach dem Abschluss rekrutiert und ihr ein eigenes Forschungsteam nebst Labor versprochen, wo sie sich dem Studium der Molekularbiologie widmen konnte, ihrer wahren Leidenschaft – vorausgesetzt natürlich, dass sie zunächst die Grundausbildung durchlief und etwas Einsatzerfahrung sammelte. Niemand sonst hatte Interesse daran gezeigt, ein Wunderkind anzuheuern …

An der Tür erklang ein weiches *Bomm!*, und Rebecca verging das Lächeln. Kein Zweifel, sie sammelte Einsatzerfahrung.

Chris fischte den Schlüssel mit dem stilisierten Schwert aus seiner Tasche und musterte Rebecca ernst. „Ich bin an einer Tür vorbei gekommen, über deren Schlüsselloch ein Schwert eingraviert war. Ich geh und seh nach, ob diese Tür zurück in die Haupthalle führt. Du bleibst hier und siehst diese Unterlagen durch. Vielleicht steht etwas drin, was uns weiterhilft."

Ihre Unsicherheit musste auf ihrem Gesicht Niederschlag gefunden haben. Er lächelte milde und sagte in beruhigendem Tonfall: „Dank dir habe ich reichlich Munition, und ich werde nicht lange weg sein."

Sie nickte und versuchte ganz bewusst, sich zu entspannen. Sie fürchtete sich, aber ihm das zu zeigen, hätte ihnen beiden nichts gebracht. Wahrscheinlich ängstigte er sich auch.

Auf dem Weg zur Tür sagte er: „Das RPD müsste auch bald eintreffen. Wenn ich also nicht gleich zurückkomme, warte einfach hier."

Er hob die Waffe und umschloss mit der anderen Hand den Türknauf. „Mach dich bereit. Sobald ich draußen bin, schiebst du den Koffer vor die Tür. Ich mach mich bemerkbar, wenn ich zurückkomme."

Rebecca nickte wieder, und mit einem letzten knappen Lächeln öffnete Chris die Tür. Er schaute sich nach beiden Seiten um, ehe er auf den Gang hinaus trat. Sie schloss die Tür hinter ihm und lehnte sich dagegen, lauschte. Nach langen Sekunden der Stille hörte sie, nicht weit entfernt, das

Krachen von Schüssen, fünf oder sechs – mehr wurden es nicht.

Nach ein paar Minuten bewegte sie den Schrankkoffer vom Fleck, um die Tür zu blockieren. Sie positionierte ihn vor den Angeln, damit sie ihn später leichter beiseite schieben konnte. Dann kniete sie davor nieder und versuchte, ihre Gedanken zu ordnen, während sie sich daranmachte, die Blätter durchzusehen – und sie versuchte, sich nicht so jung und unsicher zu fühlen, wie sie es eigentlich war.

Seufzend zog sie eine Hand voll Papiere heraus und fing an zu lesen.

Sieben

Das Schloss war ein Kinderspiel. Jill hätte es mit ein paar Büroklammern aufbekommen. Der Karte zufolge würde die Tür in einen langen Flur führen …

Tatsächlich. Jill warf noch einen Blick auf das Display des Mini-Computers, dann ließ sie ihn in ihre Tasche gleiten und dachte nach. Es schien, als gäbe es weiter hinten einen Weg nach draußen, der zunächst durch mehrere Gänge und eine Reihe von Zimmern führte. Unterwegs konnte sie nach Wesker und den anderen suchen und gleichzeitig vielleicht einen Fluchtweg sichern. Jill betrat den engen Korridor, die Beretta in der Hand.

Das Bild, das sich ihr bot, war das Musterbeispiel einer unheimlichen Atmosphäre: Der Flur an sich war nicht sonderlich spektakulär. Teppichläufer und Tapeten waren in braunen Grundtönen gehalten, durch die großen Fenster war nur die Dunkelheit draußen zu sehen. Die teilweise offenen Vitrinen jedoch, die sich entlang einer der Wandseiten reihten –

Es waren drei, darüber jeweils eine kleine Lampe, und in jeder waren bleiche Menschenknochen zur Schau gestellt. Die Zahl der Ausstellungsstücke war groß, sie lagen aufgereiht in offenen Fächern, dazwischen gab es kleine obskure Gegenstände. Jill ging den Gang hinab, legte aber vor jeder der bizarren Präsentationen einen kurzen Halt ein. Schädel,

Arm-, Bein-, Hand- und Fußknochen. Insgesamt waren es mindestens drei vollständige Skelette, und zwischen den fahlen, verschrammten Gebeinen fanden sich Federn, Tonkügelchen, knotige Lederstreifen …

Jill hob einen der Lederstreifen auf, legte ihn aber schnell wieder zurück und wischte sich die Finger an der Hose ab. Sie war nicht sicher, aber es hatte sich so angefühlt, wie sie glaubte, dass sich gegerbte und getrocknete Menschenhaut anfühlen musste, steif und irgendwie speckig.

Klirrrr!

Das Fenster hinter ihr barst nach innen, eine geschmeidige, sehnige Gestalt sprang knurrend und um sich schnappend in den Flur. Es handelte sich um einen der mutierten Killerhunde, seine Augen waren ebenso rot wie seine nässende Haut. Er wandte sich sofort Jill zu. Seine Zähne glänzten ähnlich tückisch wie das schartige Glas, das im zertrümmerten Fensterrahmen hing.

Jill wich zwischen zwei Vitrinen zurück und schoss. Der Winkel war ungünstig, die Kugel hackte nur ins Holz des Bodens, und der Hund sprang sie mit einem tiefen kehligen Knurren an.

Er traf sie an den Schenkeln, stieß sie schmerzhaft gegen die Wand und wollte ihr die Zähne ins Fleisch schlagen. Verwesungsgeruch spülte über Jill hinweg, während sie abdrückte, wieder und wieder, und kaum merkte, dass sie vor Angst und Ekel stöhnte. Laute, so kehlig und primitiv wie das wütende, ersterbende Kreischen, das diese Monstrosität von einem Hund ausstieß.

Die fünfte Kugel fuhr der Kreatur direkt in die gewölbte Brust und schleuderte sie davon. Mit einem letzten, fast welpenhaften Jaulen sank sie zu Boden. Blut ergoss sich über den braunen Teppich.

Jill hielt ihre Waffe weiter auf das nun reglose Geschöpf gerichtet, während sie in tiefen, zittrigen Zügen Luft in ihre Lungen würgte. Plötzlich zuckten die Glieder des Hundes, seine kräftigen Krallen scharrten ein flüchtiges Muster in das feuchtrote Gewebe des Bodens, bevor er wieder still lag. Jill entspannte sich, da sie die Bewegung als letzte Zuckung erkannte, mit der der Körper das Leben entließ. Sie selbst würde ein paar blauen Flecken davontragen, aber der Hund war tot.

Jill strich sich das Haar aus den Augen, kniete neben dem Kadaver nieder und begutachtete die merkwürdige offen liegende Muskulatur und die gewaltigen Kiefer. Auf dem Weg zum Haus war es zu dunkel und zu hektisch gewesen, um einen richtigen Blick auf die Biester zu werfen, die Joseph auf dem Gewissen hatten – doch auch im hellen Licht des Korridors änderte sich Jills dort gewonnener erster Eindruck nicht: Das Ungetüm sah aus wie ein gehäuteter Hund.

Sie stand auf und wich nach hinten. Dabei beäugte sie die Fenster des Flures misstrauisch. Offensichtlich boten sie keinen Schutz vor den draußen lauernden Gefahren. Der Korridor vollführte einen scharfen Linksknick. Jill eilte um die Ecke und vorbei an weiteren Vitrinen mit makabrem Inhalt, die entlang der Wand aufgereiht standen.

Die Tür am Ende des langen Gangs war unverschlossen. Sie führte in einen weiteren Flur, der nicht so gut beleuchtet war wie der hinter Jill liegende, aber er war gottlob auch weniger schaurig. An der in gedämpft graugrünem Ton gehaltenen Tapete hingen Gemälde allgemeiner Natur und idyllische Landschaftsbilder – Knochen und Fetische waren nicht zu sehen.

Die erste Tür rechts war zugesperrt. In die Schlossverkleidung war eine Rüstung eingeritzt. Jill erinnerte sich, dass auf der Liste im Computer etwas über „Ritterschlüssel" gestanden hatte, wollte sich aber jetzt nicht damit aufhalten. Laut Trents Karte befand sich hinter der Tür ein Raum, der nirgendwohin führte. Abgesehen davon glaubte sie nicht, dass Wesker, wenn er denn hier entlang gekommen war, Türen hinter sich abgeschlossen hätte.

Klar, und genauso unwahrscheinlich war es, dass Chris verschwinden würde – in diesem Haus gibst du dich am besten keinerlei Mutmaßungen hin.

Die nächste Tür, die sie probierte, öffnete sich in ein kleines Badezimmer. Der Stil war altmodisch, es gab einen Deckenventilator und eine altmodische vierfüßige Wanne. Es fanden sich jedoch keine Anzeichen, dass dieser Raum in jüngster Zeit benutzt worden war.

Einen Moment lang blieb Jill in dem muffigen kleinen Raum stehen, atmete tief durch und spürte die Folgen des Adrenalinstoßes, den sie im Korridor erlitten hatte. Als Heranwachsende hatte sie gelernt, den Kitzel der Gefahr zu genießen, das prickelnde Gefühl, sich in fremde Häuser hinein- und wieder hinauszuschleichen, nur mit einer Hand voll Werkzeug und den eigenen Fähigkeiten gewappnet. Nachdem sie sich S.T.A.R.S. angeschlossen hatte, war diese jugendliche Erregung geschwunden, den Realitäten von Rückendeckung und Schusswaffen gewichen – aber hier war sie wieder, unerwartet und keineswegs unwillkommen. Jill verspürte jene schlichte Freude, die oft folgte, wenn man gerade dem Tod ins Auge gesehen hatte und mit heiler Haut davon gekommen war. Sie fühlte sich … *gut*. Lebendig.

Lass uns mit der Party noch warten, flüsterte ihre innere Stimme sarkastisch. *Oder hast du schon vergessen, dass in diesem Höllenpfuhl S.T.A.R.S.-Mitglieder gefressen werden?*

Jill trat wieder hinaus auf den stillen Flur und bewegte

sich um eine weitere Ecke. Sie fragte sich, ob Barry auf Chris gestoßen war und ob einer der beiden jemanden von den Bravos gefunden haben mochte. Sie glaubte sich der Lagepläne wegen im Vorteil und beschloss, in die Eingangshalle zurückzukehren und dort auf Barry zu warten, sobald sie einen möglichen Fluchtweg ausbaldowert hatte. Mit den Informationen aus Trents Computer konnten sie schneller und gründlicher suchen.

Der Korridor endete vor zwei sich gegenüberliegenden Türen. Die rechte interessierte Jill. Sie drehte den Knauf und wurde mit dem leisen *Klack* des zurückschnappenden Riegels belohnt.

Sie trat in einen dunklen Gang und entdeckte einen der Zombies, der etwa drei Meter entfernt neben einer Tür stand, als klobigen, fahlen Schatten. Als sie die Waffe hob, setzte sich die Kreatur in Bewegung und entließ leise hungrige Laute über die fauligen Lippen. Einer der Arme hing schlaff herunter, und obwohl Jill gezackte Knochen aus der Schulter ragen sah, ballte und öffnete das Geschöpf doch immer noch gierig seine verweste Faust, während es den anderen Arm nach ihr ausstreckte.

Der Kopf – ziel auf den Kopf!

Die Schüsse donnerten ohrenbetäubend laut in der kühlen Düsternis. Der erste riss dem Zombie das linke Ohr ab, Nummer zwei und drei stanzten Löcher in den Schädel, direkt über der bleichen Stirn. Etwas Dunkles, Flüssiges rann über das abblätternde Gesicht. Das Wesen fiel auf die Knie. Seine blanken, leblosen Augen rollten nach hinten, wie in den Schädel hinein.

In den Schatten im rückwärtigen Teil des Flures war behäbige Bewegung auszumachen, genau dort, wo Jill hinwollte. Sie richtete die Pistole ins Dunkel und wartete darauf, dass die Bewegung näher kam. Ihr ganzer Körper stand vor Anspannung wie unter Strom.

Wie viele von diesen Dingern gibt es denn noch?

Als der Zombie aus den Schatten hervortrat, drückte Jill ab. Die Beretta ruckte leicht in ihren schweißnassen Händen. Die Kugel bohrte sich ins rechte Auge des Wesens, und noch in der selben Sekunde schlug es auf das dunkle, geschliffene Holz des Bodens. Der klebrige Brei des zerschossenen Auges sprenkelte sein skelettiertes Gesicht.

Jill wartete, doch abgesehen von den Blutlachen, die sich um die toten Kreaturen herum ausbreiteten, rührte sich nichts. Durch den Mund atmend, um dem ärgsten Gestank auszuweichen, eilte sie ans Ende des Korridors und wandte sich nach rechts in eine kurze, enge Sackgasse, die vor einer rostigen Metalltür endete.

Quietschend schwang sie auf, und frische Luft flutete an Jill vorbei, warm und wunderbar rein nach der gruftartigen Kälte des Hauses. Das Summen von Zikaden und Grillen in der Nachtluft ließ Jill lächeln. Sie hatte die letzte Etappe ihrer kleinen Exkursion erreicht, und auch wenn sie noch nicht draußen war, gaben ihr die Geräusche und Gerüche des Waldes doch neuen Auftrieb.

Jetzt habe ich einen sicheren Weg gefunden, direkt zur Rückseite des Hauses. Von hier aus können wir nach Norden laufen, bis wir auf einen Forstweg stoßen, und dann hinunter zur Straßensperre …

Sie trat hinaus auf einen überdachten Fußweg, ein Mosaik aus grünen Steinen, gesäumt von hohen Betonmauern. Nahe der Dachkonstruktion, die den Weg überragte, gab es in regelmäßigen Abständen schmale Öffnungen, durch die jene schwache Brise herein wehte, die nach Kiefern duftete. Efeu rankte sich von den bogenförmigen Luken herab, wie zur Erinnerung, dass es die Welt *draußen* gab. Jill lief den diffus erhellten Weg entlang. Von der Karte wusste sie, dass am Ende und rechts des Pfades ein einzelner Raum lag, wahrscheinlich ein Lagerschuppen.

Sie bog um die Ecke und blieb vor einer weiteren massiv aussehenden Metalltür stehen. Jills Lächeln erlosch, als sie reflexhaft nach dem Knauf fasste – das Schlüsselloch war verstopft. Sie bückte sich und stocherte in der kleinen Öffnung herum, aber vergeblich. Jemand hatte das Loch mit Epoxydharz verplombt.

Links der Tür war eine Art Diagramm aus mattem Kupfer in den Beton eingelassen. Die flache Metallplatte wies vier sechseckige Vertiefungen auf; jede dieser faustgroßen Mulden war mit der nächsten durch eine dünne Linie verbunden. Aus zusammengekniffenen Augen betrachtete Jill die darunter eingravierte Legende. Sie wünschte, sie hätte eine Taschenlampe besessen, weil sie die Worte nicht entziffern konnte. Nachdem sie eine dünne Staubschicht von den eingeprägten Buchstaben gewischt hatte, versuchte sie es noch einmal.

WENN DIE SONNE … IM WESTEN VERSINKT UND DER MOND IM OSTEN AUFGEHT, ERSCHEINEN STERNE AM HIMMEL … UND WIND STREICHT ÜBER DIE ERDE. DANN WIRD SICH DAS TOR ZU NEUEM LEBEN ÖFFNEN.

Jill blinzelte. Vier Vertiefungen …

Trents Liste! Vier Wappen und irgendwas über ein Tor zu neuem Leben – es ist ein Kombinationsmechanismus für das Schloss. Setz die vier Wappen ein, und die Tür geht auf … allerdings muss ich sie dazu erst mal finden.

Jill drückte gegen die Tür und spürte, wie ihre Hoffnung vollends schwand – nicht einmal ein Klappern ließ sich der Tür abringen, sie gab kein Quäntchen nach. Sie würden sich einen anderen Weg nach draußen suchen müssen, es sei denn, sie fanden die Wappen – was in dieser Villa allerdings *Jahre* dauern konnte.

In der Ferne hob ein einsames Heulen an, in das die hallenden Rufe der Hunde nahe der Villa einfielen. Die seltsamen, jaulenden Laute schnitten durch die sanfte Ruhe des Waldes. Es mussten Dutzende da draußen sein, und Jill wurde sich plötzlich bewusst, dass eine Flucht durch den Hinterausgang wahrscheinlich doch keine so gute Idee war. Sie besaß nur begrenzte Munition für ihre Pistole und hatte keine Zweifel, dass noch mehr Schauergestalten durch die Gänge streiften, in gieriger, geistloser Lautlosigkeit umhertappten auf der Suche nach ihrem nächsten grausigen Mahl …

Sie seufzte schwer und machte sich auf, um ins Haus zurückzukehren. Schon unterwegs fürchtete sie den kalten Gestank des Todes und bereitete sich auf die Gefahren vor, die dort drinnen hinter jeder Ecke lauern mochten.

Das S.T.A.R.S.-Team saß in der Falle.

Chris war sich im Klaren darüber, dass er sparsam mit seiner Munition umgehen musste. Nachdem er Rebecca verlassen hatte, rannte er deshalb so schnell er konnte den düsteren Korridor entlang. Seine Stiefel hämmerten auf dem Holzboden.

Nach wie vor waren es nur drei der Kreaturen. Sie hielten sich nahe der Treppe auf. Problemlos wich er ihnen aus, spurtete den Gang hinunter und um die Ecke. Als er die Tür, die in den anderen Flur führte, erreichte, drehte er sich um und nahm die klassische Schießhaltung ein, stützte die Waffenhand am Gelenk, legte den Finger um den Abzug.

Einer nach dem anderen kamen die Zombies, ächzend und stolpernd, um die Ecke gewankt. Chris nahm sie sorgfältig ins Visier, atmete gleichmäßig, konzentrierte sich …

Er drückte ab, jagte dem ersten Wesen zwei Kugeln durch die brandige Nase. Ohne innezuhalten setzte er dem nächsten Zombie die dritte Kugel mitten in die Stirn. Flüssigkeit und weiches Gewebe sprühten hinter ihnen an die Wand, während die Kugeln ins Holz schlugen.

Als die beiden Getroffenen zu Boden sanken, nahm Chris das dritte Wesen aufs Korn. Zwei weitere gedämpfte Explosionen, und die Stirn des Zombies dellte sich nach innen. Die Kreatur fiel um wie der Sack voll Knochen, der sie letztlich auch war.

Chris senkte die Beretta und empfand einen Anflug von Stolz. Er war ein erstklassiger Schütze, hatte sogar ein paar Auszeichnungen, die dies bewiesen – aber es tat trotzdem gut zu sehen, wozu er fähig war, wenn ihm genügend Zeit zum Zielen blieb. Im Ziehen und aus der Hüfte schießen war er nicht annähernd so gut, das war Barrys Stärke …

Er fasste nach dem Türgriff. Der Gedanke an alles, was auf dem Spiel stand, trieb ihn voran. Er ging davon aus, dass die Alphas auf sich selbst Acht geben konnten. Ihre Chancen standen so gut wie seine – aber für Rebecca war dies der erste Einsatz, und sie hatte nicht einmal eine Waffe; er musste sie hier herausschaffen.

Er trat zurück in das weiche Ganglicht mit der grünen Tapete, sicherte rasch in beide Richtungen. Geradeaus lag der Korridor in tieferem Schatten. Es war unmöglich zu sagen, ob er „sauber“ war.

Zu seiner Rechten befanden sich die Tür mit dem Schwert

auf dem Schließblech und der erste Zombie, den er erschossen hatte; er lag immer noch leblos hingestreckt auf dem Boden. Es erleichterte Chris zu sehen, dass er sich nicht bewegt hatte. Offensichtlich *war* ein Kopfschuss der beste Weg, einen Zombie zu töten – genau wie in den Filmen …

Chris bewegte sich auf die Schwerttür zu, richtete seine Waffe erst nach links, dann nach rechts, dann wieder nach links. Für heute reichten ihm die Überraschungen. Er überprüfte die schmale Abzweigung gegenüber der Tür; von dort drohte keine Gefahr. Dann schob er rasch den schlanken Schlüssel ins Schloss.

Er ließ sich leicht drehen. Chris trat in ein kleines Schlafzimmer, das eine einzelne Lampe auf einem Schreibtisch in der Ecke nur wenig heller machte, als den Korridor. Die Luft war rein, es sei denn, etwas versteckte sich unter dem schmalen Bett … oder vielleicht im Schrank gegenüber dem Schreibtisch …

Fröstelnd schloss Chris die Tür hinter sich. Es waren eines jeden Kindes erste Ängste, und es waren auch seine gewesen – Ungeheuer im Schrank und das Ding, das unter dem Bett hauste, nur darauf lauerte, dass der Fußknöchel eines arglosen Kindes in seine Reichweite geriet …

Und jetzt bist du wie *alt?*

Chris schüttelte die Nervosität ab, peinlich berührt von den Kapriolen, die seine Fantasie schlug. Langsam durchschritt er das Zimmer und hielt Ausschau nach irgendetwas, das hilfreich sein könnte. Es gab keine andere Tür, keinen Rückweg in die Eingangshalle, aber vielleicht fand er ja für Rebecca eine bessere Waffe als eine Dose Insektenspray.

Neben einem Tisch und einem Bücherregal aus Eichenholz gab es noch ein schmales, ungemachtes Bett und einen Schreibtisch, sonst nichts. Chris warf einen schnellen Blick auf die Bücher, dann ging er um das Fußende des Bettes herum zum Schreibtisch. Neben der Lampe lag ein dünnes Buch, dessen Leineneinband keinen Titel trug – ein Tagebuch. Die Schreibtischoberfläche war staubbedeckt, das Tagebuch erst kürzlich bewegt worden, wie die entsprechenden Spuren zeigten.

Gespannt nahm Chris es auf und blätterte vor bis zu den letzten paar Seiten. Vielleicht fand sich dort ein Hinweis darauf, was zum Teufel hier eigentlich vorging. Er setzte sich auf den Rand des Bettes und fing an zu lesen.

9. Mai 1998: Heute Nacht habe ich mit Scott und Alias von der Security und Steve von der Forschung gepokert. Steve war der große Gewinner, aber ich glaube, er hat beschissen. Dieser Drecksack.

Darüber musste Chris ein klein wenig schmunzeln. Sein Blick wanderte weiter zum nächsten Eintrag, und sein Lächeln gefror. Sein Herz schien mitten im Schlag innezuhalten.

10. Mai 1998: Eins von den hohen Tieren hat mich angewiesen, mich um ein neues Experiment zu kümmern. Sieht aus wie ein gehäuteter Gorilla. Laut Fütterungsanweisung musste ich ihm lebende Tiere geben. Ich habe ein Schwein reingetrieben – das Wesen schien damit zu spielen ... riss dem Schwein die Beine ab und die Eingeweide raus, bevor es anfing, es aufzufressen.

Experiment? War es möglich, dass der Schreiber die Zombies meinte? Aufgewühlt von seiner Entdeckung las Chris weiter. Das Tagebuch gehörte offenbar jemandem, der hier arbeitete, so musste es sein – was hieß, dass es sich um eine Vertuschung von weit größerem Ausmaß handelte, als Chris bislang vermutet hatte.

11. Mai 1998: Scott weckte mich gegen 5 Uhr früh. Jagte mir eine Scheißangst ein. Er trug eine Schutzmontur, die wie ein Raumanzug aussah. Er gab mir auch eine und sagte, dass ich sie anziehen solle. Sagte, dass es im Kellerlabor einen Unfall gegeben hätte. Ich habe immer gewusst, dass so was mal passieren würde. Diese Arschlöcher von der Forschung machen nie Pause, nicht mal nachts.

12. Mai 1998: Seit gestern trage ich nun diesen verdammten Raumanzug. Meine Haut wird schwarz und juckt überall. Die gottverdammten Hunde haben mich komisch angeglotzt, deshalb habe ich beschlossen, sie heute nicht zu füttern. Sollen mich am Arsch lecken.

13. Mai 1998: Bin aufs Krankenrevier, weil mein Rücken total geschwollen ist und elend juckt. Sie verbanden ihn und erklärten mir, dass ich den Anzug nicht länger zu tragen brauche. Ich will nur noch schlafen.

14. Mai 1998: Heute morgen fand ich eine weitere Pustel an meinem Fuß. Auf dem Weg zum Zwinger musste ich den Fuß nachziehen. Die Hunde waren den ganzen Tag über ruhig gewesen, was seltsam ist. Dann stellte ich fest, dass ein paar entwischt waren. Wenn das jemand herausfindet, reißt man mir den Kopf ab.

15. Mai 1998: Mein erster freier Tag seit langem und ich fühle mich beschissen. Beschloss, Nancy trotzdem zu besu-

chen, aber als ich das Anwesen verlassen wollte, wurde ich von den Wachen aufgehalten. Sie sagten, laut Firmenanordnung dürfe niemand das Gelände verlassen. Ich kann nicht mal anrufen – alle Telefonanschlüsse wurden gekappt! Was für eine gottverdammte Scheiße läuft hier ab?!

16. Mai 1998: Es geht das Gerücht um, dass ein Forscher, der gestern Nacht zu fliehen versuchte, erschossen wurde. Mein ganzer Körper fühlt sich heiß an und juckt, und ich schwitze jetzt die ganze Zeit. Ich habe an der Schwellung auf meinem Arm gekratzt, und ein Stück faules Fleisch fiel einfach ab. Richtig schlecht wurde mir aber erst, als mir bewusst wurde, dass mich der Geruch hungrig machte.

Die Schrift war zitterig geworden. Chris blätterte um. Die letzten paar Zeilen konnte er kaum noch entziffern. Die Worte waren wie willkürlich über das Papier gekritzelt worden.

19. Mai: Fieber weg, juckt aber. Hungrig. Hundefutter gegessen. Juckt. Juckt. Scott kam … hässliche Visage … also ihn umgebracht. Lecker. 4 // Juckt. Lecker.

Die restlichen Seiten waren leer.

Chris stand auf und verstaute das Tagebuch unter seiner Weste. Seine Gedanken rasten. Ein paar der Puzzleteile fügten sich endlich aneinander – heimliche Forschungen in einem geheim gehaltenen Anwesen; ein Unfall in einem versteckten Labor; irgendein freigesetztes Virus, das die Menschen, die hier arbeiteten, veränderte, sie in Ghuls verwandelte …

Und ein paar davon sind entkommen.

Die Morde und Attacken um Raccoon City hatten Ende Mai begonnen – das stimmte von der zeitlichen Abfolge her mit den Auswirkungen dieses „Laborunfalls" überein. Aber welche Art von Forschung hatte man hier betrieben, und wie tief war Umbrella darin verstrickt?

Wie tief hat Billy seine Finger drin gehabt?

Darüber wollte Chris gar nicht nachdenken, doch kaum hatte er diesen Gedanken aus seinem Kopf verbannt, erwachte ein anderer: Was, wenn *es* immer noch ansteckend war …?

Er stürmte zur Tür, wollte er schleunigst zurück zu Rebecca, um ihr davon zu erzählen. Vielleicht konnte sie mit ihrem Fachwissen herausfinden, was in dem Geheimlabor dieses Anwesens entfesselt worden war.

Chris schluckte hart. Denn er und die anderen S.T.A.R.S.-Mitglieder konnten jetzt schon damit infiziert sein.

Acht

Nachdem sich Jill und Barry getrennt hatten, verharrte Wesker geduckt auf der Galerie der Eingangshalle und überlegte. Er wusste, dass Zeit von entscheidender Bedeutung war, doch er wollte erst ein paar mögliche Szenarien durchspielen, bevor er handelte. Er hatte bereits Fehler gemacht und wollte keine weiteren begehen. Die Raccoon-Alphas waren eine intelligente Truppe, was seinen Spielraum für Fehler erheblich eingrenzte.

Er hatte seine Befehle vor ein paar Tagen erhalten, jedoch nicht damit gerechnet, dass er so bald in der Lage sein würde, sie auszuführen. Die Notlandung des Bravo-Hubschraubers war ein glücklicher Zufall gewesen, ebenso wie Brad Vickers plötzlicher Anflug von Feigheit. Dennoch hätte er besser vorbereitet sein müssen. Mit heruntergelassener Hose erwischt zu werden, wie in diesem Fall, ging Wesker gegen den Strich, es war so … *stümperhaft.*

Seufzend schob er diese Gedanken beiseite. Zeit für Selbstvorwürfe würde später sein. Er hatte nicht erwartet, hier zu landen, aber er war nun einmal hier, und sich selbst wegen mangelnder Voraussicht in den Hintern zu beißen, würde rein gar nichts ändern. Außerdem gab es viel zu tun.

Er kannte das Anwesen ziemlich gut und die Labors wie seine Westentasche. In der Villa allerdings war er nur ein paar Mal gewesen – und kein einziges Mal, seit er „offiziell“ nach Raccoon City versetzt worden war. Das Haus war ein Labyrinth, entworfen von einem genialen Architekten auf Geheiß eines Wahnsinnigen. Spencer war übergeschnappt, daran gab es nichts zu deuteln, und er hatte das Haus mit allen möglichen raffinierten Mechanismen ausstatten lassen, jede Menge von dieser dämlichen Agentenkacke, die in den späten Sechzigern so beliebt gewesen war …

Agentenkacke, die diesen Job doppelt so schwer macht, wie er es eigentlich sein müsste. Versteckte Schlüssel, Geheimtunnel – ich komme mir vor, als säße ich in einem Spionagethriller fest, inklusive wahnsinniger Wissenschaftler und einer tickenden Zeitbombe …

Weskers ursprünglicher Plan hatte vorgesehen, sowohl das Alpha- als auch das Bravo-Team zu dem Anwesen zu führen und das Gebiet zu räumen, bevor er sich den Kellerlaboren zuwandte und die Sache zu Ende brachte. Er hatte natürlich die Generalschlüssel und Codes; sie waren ihm mit seinen Befehlen zugegangen und würden ihm die meisten Türen des Anwesens öffnen. Das Problem war, dass es keinen Schlüssel zu der Tür gab, die in den Garten hinter der Villa führte; sie war mit einem Rätselschloss versehen – und gegenwärtig der einzige Weg, um zu den Labors zu gelangen, wenn man nicht durch den Wald marschieren wollte.

Was ich ganz sicher nicht will. Die Hunde hätten mich angefallen, ehe ich zwei Schritte machen könnte, und wenn die 121er entkommen sind …

Wesker schauderte in Erinnerung an den Zwischenfall mit dem neuen Wachmann, der vor etwa einem Jahr zu dicht an einen der Käfige geraten war. Der Junge war tot gewesen, bevor er auch nur den Mund hatte öffnen können, um nach Hilfe zu brüllen. Wesker hatte nicht die Absicht, wieder hinauszugehen, solange ihm keine Armee den Rücken deckte.

Der letzte Kontakt mit dem Anwesen lag über sechs Wochen zurück – Michael Dees hatte, völlig hysterisch, einen der Schlipsträger aus dem White Office angerufen. Der Doktor hatte die Villa abgeriegelt und die vier Teile des Rätselschlosses versteckt, im fruchtlosen Bemühen zu verhindern, dass weitere Virusträger das Haus erreichten. Zu dem Zeitpunkt waren sie schon alle infiziert und litten unter einer Art paranoidem Wahn, eine der entzückenderen Nebenwirkungen des Virus. Gott allein wusste, mit welchen Tricks und Fallen die Forscher unten in den Labors herumgespielt hatten, während sie langsam den Verstand verloren …

Dees war da keine Ausnahme gewesen, auch wenn er es geschafft hatte, länger durchzuhalten als die meisten anderen. Es hatte irgendetwas mit dem individuellen Metabolismus zu tun, wie man Wesker erklärt hatte. Die Firma hatte bereits beschlossen, einen Radikalschlag vorzunehmen, wenngleich man dem stammelnden Wissenschaftler versichert hatte, dass Hilfe unterwegs sei. *Darüber* hatte Wesker herzlich gelacht. Die White-Jungs würden unter keinen Umständen eine Ausbreitung der Infektion riskieren. Sie hatten fast zwei Monate lang die Hände stillgehalten, während Raccoon längst unter den Folgen litt. Sie hatten das unfähige RPD ermitteln lassen, während das Virus allmählich seine Wirkung verlor – und dann hatten sie ihn, Wesker, hingeschickt, damit er die Sauerei aufwischte. Die mittlerweile beträchtlich war.

Gedankenverloren strich der Captain mit den Fingern über den eleganten Teppich und versuchte sich an die Einzelheiten des Briefings zu Dees' Anruf zu erinnern. Ob es ihm gefiel oder nicht, heute Nacht musste alles erledigt werden. Er musste die verlangten Beweise einsammeln und in die Labors gelangen – was wiederum bedeutete, dass er zunächst einmal die Teile des Rätselschlosses finden musste. Dees hatte größtenteils wirr geredet, von Mörderkrähen und Riesenspinnen gefaselt. Darüber hinaus hatte er behauptet, die Wappenschlüssel zum Rätselschloss seien „versteckt, wo nur Spencer sie finden könnte", und das ergab Sinn. Jeder, der im Haus arbeitete, wusste von Spencers Vorliebe für mysteriöse Mechanismen. Unglücklicherweise hatte Wesker darauf verzichtet, sich groß mit der Villa zu beschäftigen, weil er nie gedacht hätte, dass er derartige Informationen je brauchen würde. Er erinnerte sich an ein paar der auffälligeren Verstecke – die Statue des Tigers mit den ungleichen Augen kam ihm in den Sinn, ebenso der Gas-Saal, in dem die Rüstungen aufgestellt waren, und der Geheimraum in der Bibliothek …

Aber ich habe keine Zeit, sie alle zu durchsuchen, nicht allein.

Plötzlich grinste Wesker. Er stand auf und wunderte sich, dass er nicht eher daran gedacht hatte. Wer sagte denn, dass er es allein erledigen musste? Er hatte sich von den S.T.A.R.S abgesetzt, um einen neuen Plan zu entwerfen und nach den Wappen zu suchen, aber es gab keinen Grund, warum er *alles* machen sollte. Chris kam nicht in Frage, er war zu wild entschlossen, zu übereifrig, und Jill war immer noch eine unbekannte Größe. Barry allerdings … Barry Burton war ein Familienmensch. Und sowohl Jill als auch Chris vertrauten ihm.

Und während sie alle noch im Haus herumtappen, kann ich zum Öffnungsmechanismus gehen und mich hier rausscheren. Auftrag ausgeführt, verdammt noch mal.

Unverändert grinsend ging Wesker zu der Tür, die zur Galerie über dem Speisezimmer führte. Überrascht stellte er fest, dass er sich auf sein kleines Abenteuer regelrecht freute. Es war eine Möglichkeit, seine Fähigkeiten mit dem Rest des Teams zu messen und auch mit den unbeabsichtigten Versuchsobjekten, die hier sicher noch herumtorkelten – ganz zu schweigen vom alten Spencer selbst. Und wenn er die Sache durchgezogen hatte, würde er ein reicher Mann sein.

Das, meinte Wesker, könnte tatsächlich Spaß bringen.

Neun

Kraaah!

Jill lenkte die Beretta in Richtung des klagenden Schreis. Das Kreischen hallte ihr als Echo entgegen, während die Tür hinter ihr zufiel. Dann sah sie, wo der Laut herrührte, und entspannte sich nervös lächelnd.

Was zum Teufel tun die *denn hier?*

Sie hielt sich immer noch im rückwärtigen Teil des Hauses auf und hatte beschlossen, ein paar der anderen Zimmer zu überprüfen, bevor sie in die Eingangshalle zurückkehrte. Die erste Tür, die sie zu öffnen versucht hatte, war abgesperrt gewesen. Auf dem Schließblech hatte sich ein eingravierter Helm befunden. Ihre Dietriche hatten sich als nutzlos erwiesen, da ihr der Schlosstyp unbekannt war. So hatte sie sich entschlossen, ihr Glück mit der Tür auf der anderen Flurseite zu versuchen, die sich mühelos hatte öffnen lassen. Jill war eingetreten, auf alles gefasst – wenn auch das Letzte, womit sie gerechnet hätte, eine Schar Krähen war, die auf dem Träger einer quer durch das Zimmer verlaufenden Beleuchtungsschiene hockte.

Ein weiterer der großen schwarzen Vögel stieß sein verdrießliches Krächzen aus, und das Geräusch ließ Jill erschauern. Es handelte sich um mindestens ein Dutzend Krähen. Sie plusterten ihr glänzendes Gefieder auf und starrten

Jill, als diese den Raum rasch auf irgendwelche Gefahren hin sondierte, aus ihren klugen, perlenartigen Augen an.

Der U-förmige Raum, den sie betreten hatte, war sauber – und so kalt wie der Rest des Hauses. Vielleicht noch kälter. Außerdem enthielt er keine Möbel. Es handelte sich um eine Galerie – Porträts und Gemälde zierten die Wände. Über den abgetretenen Holzboden verstreut lagen schwarze Federn inmitten getrockneten Vogelkots, und Jill fragte sich erneut, wie die Krähen hereingekommen und wie lange sie schon hier hausen mochten. Irgendetwas am Aussehen der Vögel war unbestreitbar absonderlich. Sie wirkten viel größer als normale Krähen und musterten Jill mit einer Intensität, die beinahe … *unnatürlich* schien.

Jill fröstelte abermals und wandte sich zur Tür um. In dem Raum war nichts von Bedeutung, und die Vögel waren ihr nicht geheuer. Nichts, was sie hier hielt …

Auf dem Weg hinaus blickte sie flüchtig auf ein paar der Gemälde, zumeist handelte es sich um Porträts. Dabei fiel ihr auf, dass sich unter den schweren Rahmen Schalter befanden – Jill nahm an, dass sie zum Ein- und Ausschalten der einzelnen Strahler an der Leuchtschiene dienten, auch wenn sie sich nicht vorstellen konnte, warum sich jemand die Mühe machen sollte, so eine aufwändige Galerie für offensichtlich zweitklassige Kunstwerke einzurichten. Ein Baby, ein junger Mann … Die Gemälde waren nicht wirklich schlecht, aber auch alles andere als meisterhaft.

Sie hielt inne, als sie den kühlen Metallknauf berührte und runzelte die Stirn. Rechts der Tür war auf Augenhöhe eine kleine Schalttafel eingelassen und mit „Spotlights“ beschriftet. Jill drückte einen der Knöpfe, und das Zimmer wurde ein wenig dunkler, da einer der Punktstrahler erlosch.

Einige der Krähen krächzten missbilligend, ebenholzfarbene Flügel flatterten. Jill schaltete die Lampe wieder ein und überlegte.

Wenn das also die Lichtschalter sind, wofür sind dann die Schalter unter den Gemälden?

Vielleicht barg dieser Raum doch mehr, als sie zunächst angenommen hatte. Sie ging zum ersten Bild gegenüber der Tür, ein großes Gemälde, das fliegende Engel und sonnendurchstrahlte Wolken zeigte. Der Titel lautete: *Von der Wiege bis zum Grabe*. Darunter befand sich kein Schalter. Jill ging zum nächsten.

Es war das Porträt eines Mannes mittleren Alters, dessen Züge wie vor Erschöpfung schlaff wirkten. Er stand neben einem kunstvoll gearbeiteten Kamin. Dem Schnitt seines Anzugs und seiner mit Pomade nach hinten gekämmten Haare nach zu urteilen, musste das Bild in den späten Vierzigern oder Anfang der Fünfziger gemalt worden sein. Darunter befand sich ein simpler, unbeschrifteter Kippschalter. Jill legte ihn um. Ein elektrisches *Knack* ertönte –

– und hinter ihr explodierten die Krähen zu kreischender Bewegung, stiegen alle gleichzeitig von der Beleuchtungsschiene auf. Das Einzige, was Jill noch hörte, war das Schlagen der dunklen Schwingen und die plötzliche Raserei ihrer eigenen Schreie, als die Vögel auf sie zuschwärmten.

Jill rannte. Die Tür schien eine Million Meilen entfernt zu sein, ihr Herz hämmerte. Die erste Krähe erreichte sie, als sie nach dem Knauf fasste. Die Krallen des Vogels fanden die weiche Haut ihrer Nackenpartie. Sie spürte einen scharfen, stechenden Schmerz direkt hinter dem Ohr und drosch nach dem raschelnden Gefieder, das über ihre Wangen fegte. Sie stöhnte. Umgeben von wütendem Gekreische, schlug sie hinter sich ins Leere und erntete dafür ein gleichermaßen erschrockenes wie überraschtes Keifen. Der Vogel ließ sie los, torkelte davon.

Zu viele! Raus, raus, RAUS …!

Jill zerrte die Tür auf, stürmte in den Gang, fiel und trat im Liegen die Tür zu. Einen Augenblick rührte sie sich nicht vom Fleck, rang um Atem und genoss trotz des Zombiegestanks die kühle Stille des Korridors. Keine der Krähen hatte es geschafft, mit ihr durch die Tür zu schlüpfen.

Als sich ihr Herzschlag annähernd normalisiert hatte, setzte sie sich auf und tastete vorsichtig über die Wunde hinter ihrem Ohr. Sie fühlte Nässe unter den Fingern, aber es war nicht allzu schlimm. Das Blut gerann bereits. Sie hatte Glück gehabt. Wenn sie daran dachte, was hätte passieren können, wenn sie *drinnen* gestolpert und hingefallen wäre …

Warum hatten die Vögel sie angegriffen, was hatte der Schalter ausgelöst? Jill erinnerte sich an das elektrische Klicken, als sie ihn umgelegt hatte, das Geräusch eines Funkenschlags.

Die Beleuchtungsschiene!

Sie empfand einen jähen Anflug widerwilliger Bewunderung für denjenigen, der diese schlichte Falle ersonnen und eingerichtet hatte. Mit dem Drücken des Schalters hatte sie dem Anschein nach die Metallstange, auf der die Krähen gehockt hatten, unter Strom gesetzt. Sie hatte nie von Krähen gehört, die dazu abgerichtet worden waren, Menschen anzugreifen, fand jedoch keine andere Erklärung – was bedeutete, dass sich irgendjemand sehr viel Mühe gemacht hatte, um das geheim zu halten, was sich in dem Raum befinden mochte. Und um herauszufinden, worum es sich dabei handelte, würde sie wieder hineingehen müssen.

Ich kann auf der Türschwelle stehen bleiben und die Vögel der Reihe nach abschießen … Die Idee gefiel ihr nicht sonderlich, denn sie vertraute nicht ausreichend genug auf ihre Zielfähigkeit und würde dabei sicher eine Menge Munition verschwenden.

Nur Narren akzeptieren das Nächstliegende und überlegen nicht weiter – streng deinen Grips an, Jilly.

Jill lächelte leise. Sie glaubte ihren Vater zu hören, der sie an die Ausbildung gemahnte, die sie vor ihrer S.T.A.R.S.-Zeit durchlaufen hatte. In einer ihrer frühesten Erinnerungen sah sie sich und ihren Vater, wie sie sich in den Büschen um das marode alte Haus versteckten, das ihr Vater gemietet hatte, und die dunklen, leeren Fenster betrachteten. Dabei hatte er ihr erklärt, wie man es richtig anstellte, „eine Goldmine auszubaldowern". Dick hatte ein Spiel daraus gemacht, ihr im Laufe der nächsten zehn Jahre die Feinheiten des Einbrechens beizubringen, angefangen damit, wie man Treppen hochstieg, ohne dass sie knarrten, bis hin zum Entfernen von Glasscheiben, ohne sie zu zerbrechen – und er hatte ihr auch eingetrichtert, wieder und immer wieder, dass es für jedes Problem mehr als eine Lösung gab.

Die Vögel zu erschießen war einfach zu naheliegend. Jill schloss die Augen und konzentrierte sich.

Schalter und Porträts … Ein kleiner Junge, ein Säugling, ein junger Mann, einer mittleren Alters …

„Von der Wiege bis zum Grabe."

Wiege zum Grabe …

Als ihr die Lösung einfiel, war ihr deren Einfachheit fast peinlich. Jill stand auf, klopfte sich den Staub von der Kleidung ab und fragte sich, wie lange es wohl dauern mochte, bis die Krähen sich wieder auf der Stange niedergelassen hatten. Wenn sie erst einmal wieder dort hockten, sollte es kein Problem mehr sein, das Geheimnis des Raumes zu lüften.

Sie öffnete die Tür einen Spalt breit, lauschte dem Flüstern schlagender Flügel und schwor sich, dieses Mal vorsichtiger zu sein. In diesem Haus den falschen Knopf zu drücken, konnte tödlich sein.

„Rebecca? Lass mich rein, ich bin's – Chris."

Er hörte, wie etwas Schweres an der Wand vorbei schabte, dann öffnete sich die Tür zur Abstellkammer quietschend. Rebecca trat zurück, als er ins Innere stürmte und dabei seine Entdeckung unter der Weste hervorzog.

„Ich hab dieses Tagebuch in einem der Zimmer gefunden", erklärte er. „Es sieht aus, als sei hier irgendeine Art von Forschung betrieben worden. Ich weiß zwar nicht, was, aber –"

„Virologie", unterbrach ihn Rebecca und hielt lächelnd einen Stapel Papiere hoch. „Du hattest Recht damit, dass wir hier etwas Hilfreiches finden könnten."

Chris nahm die Dokumente entgegen und überflog die erste Seite. Für ihn sah es aus, als wäre alles in einer fremden Sprache geschrieben, ein Mischmasch aus Zahlen und Buchstaben.

„Was ist das für ein Zeug? DH5a-MCR …"

„Was du hier siehst, ist ein Stammdiagramm", erwiderte Rebecca lebhaft. „Es dient zur Erstellung von Gen-Bibliotheken, die methyliertes Zystein enthalten – oder Adeninrückstände, je nachdem."

Chris zwinkerte ihr zu. „Tun wir mal so, als hätte ich keine Ahnung, wovon du redest, und fangen wir noch mal von vorne an. Was hast du gefunden?"

Rebecca errötete etwas und nahm ihm die Papiere wieder ab. „Entschuldige. Im Grunde steht hier drin eine Menge … nun, *Zeug* über virale Infektion."

Chris nickte. „Das kapier ich. Ein Virus …"

Er blätterte im Tagebuch und suchte den ersten Eintrag über den Unfall im Labor. „Am elften Mai wurde in einem Laboratorium auf diesem Anwesen irgendetwas verkleckert, oder es ist etwas ausgebrochen. Innerhalb von acht oder neun Tagen verwandelte sich derjenige, der das geschrieben hat, in eine dieser Kreaturen da draußen."

Rebeccas Augen weiteten sich. „Steht auch drin, wann die ersten Symptome aufgetreten sind?"

„Sieht aus, als hätte der Verfasser oder die Verfasserin nach vierundzwanzig Stunden über Hautjuckungen geklagt. Schwellungen und Pusteln folgten innerhalb von achtundvierzig Stunden."

Rebecca wurde blass. „Das ist … Grundgütiger."

Chris nickte. „Genau das hab ich auch gedacht. Gibt es eine Möglichkeit festzustellen, ob wir infiziert sein könnten?"

„Nicht ohne weitere Informationen. All das –", Rebecca machte eine Geste zu dem mit Unterlagen gefüllten Schrankkoffer hin, „– ist ziemlich alt, zehn Jahre und mehr, und es gibt keine spezifischen Informationen über die Anwendung. Andererseits, wenn sich etwas derart Toxisches, das sich so schnell ausbreitet, noch in der Luft befände und infektiös wäre, dann hätte es mittlerweile wahrscheinlich schon ganz Raccoon City befallen. Ich kann es nicht mit absoluter Gewissheit sagen, aber ich bezweifle, dass es noch ansteckend ist."

Chris war erleichtert, seinetwegen und um der anderen S.T.A.R.S.-Angehörigen willen, aber die Tatsache, dass die „Zombies" alle Opfer einer Seuche waren, war bedrückend, ganz gleich, ob sie die Katastrophe selbst verursacht hatten oder nicht.

„Wir müssen die anderen finden", sagte er. „Sollte einer

von ihnen auf das Labor stoßen, ohne zu wissen, was drin passiert ist …"

Rebecca wirkte betroffen ob dieser Vorstellung, nickte jedoch tapfer und ging rasch in Richtung der Tür. Chris befand, dass sie mit etwas Erfahrung ein erstklassiges S.T.A.R.S.-Mitglied abgeben würde. Offenkundig beherrschte Rebecca ihr Fachgebiet, und selbst ohne Waffe war sie willens, die relative Sicherheit dieses Lagerraums aufzugeben, um dem Rest des Teams zu helfen.

Gemeinsam hasteten sie den dunklen, holzvertäfelten Flur entlang. Rebecca hielt sich dicht neben Chris. Als sie die Tür erreichten, die zurück in den ersten Korridor führte, überprüfte er seine Beretta, dann wandte er sich an Rebecca.

„Bleib hinter mir. Die Tür, zu der wir müssen, liegt rechts am Ende des Flurs. Ich werde wahrscheinlich das Schloss zerschießen müssen, und ich bin sicher, dass da wenigstens ein oder zwei Zombies herumlaufen, deshalb musst du gut die Augen offen halten."

„Ja, Sir", sagte sie leise, und Chris grinste trotz der angespannten Situation. Genau genommen *war* er ihr Vorgesetzter – dennoch war es komisch, direkt darauf gestoßen zu werden.

Er öffnete die Tür und trat hindurch, richtete seine Pistole auf die vor ihm nistenden Schatten und dann nach rechts, den Gang hinab. Nichts rührte sich.

„Los", flüsterte er, dann liefen sie den Korridor entlang und stiegen schnell über die tote Kreatur hinweg, die im Weg lag. Rebecca drehte sich, um das hinter ihnen liegende Stück des Flurs im Auge zu behalten, während Chris am Türknauf rüttelte, in der vergeblichen Hoffnung, sie könnte sich von selbst entriegelt haben.

Er wich von der Tür zurück und zielte sorgfältig. Auf eine verschlossene Tür zu schießen, war nicht so leicht oder ungefährlich, wie es in Filmen weisgemacht wurde. Ein Querschläger, der aus solcher Nähe von Metall abprallte, konnte den Schützen töten.

„Chris!"

Er blickte über die Schulter und sah am anderen Ende des Gangs eine Gestalt, die langsam auf sie zuschlurfte. Selbst im Dämmerlicht konnte Chris erkennen, dass ihr ein Arm fehlte. Der typische Verwesungsgeruch waberte ihnen entgegen, während der Zombie mit schwerer Zunge stöhnend vorwärts taumelte.

Chris wandte sich wieder der Tür zu und schoss zweimal. Der Rahmen splitterte, das eingebaute Metallrechteck kam hinter einer Wolke von Holzspänen zum Vorschein. Er zerrte am Knauf, und das Schloss gab nach, die Tür schwang auf. Er drehte sich um, packte Rebecca am Arm und drängte sie über die Schwelle. Die Beretta hielt er in den Flur gerichtet.

Die Kreatur hatte die Hälfte des Weges zurückgelegt, wurde aber von dem leblosen Zombie aufgehalten, den Chris niedergestreckt hatte. Entsetzt und angewidert sah Chris mit an, wie der einarmige Zombie auf die Knie sank und die ihm verbliebene Hand in den zertrümmerten Schädel des anderen tauchte. Wieder stöhnte das Wesen, und Chris vernahm einen feuchten, schleimigen Laut, dann führte der Untote eine Hand voll matschiger, grauer Substanz an die gierigen Lippen.

O Mann …

Chris fröstelte. Hastig folgte er Rebecca und schloss die Tür, um die grausige Szene auszusperren. Rebecca war blass, wirkte aber gefasst, und abermals bewunderte Chris ihren Mut. Sie war jung, aber tough – tougher als er es mit achtzehn gewesen war …

Mit einem Blick erfasste er den Gang. Die Veränderungen fielen ihm sofort auf. Rechts von ihnen lag in einiger Entfernung ein regloser Zombie, dem die Schädeldecke weggeblasen worden war. Sein Gesicht zeigte nach oben, die tiefen Augenhöhlen waren mit Blut gefüllt. Linker Hand gab es zwei Türen, die Chris auf seinem ersten Erkundungsgang nicht ausprobiert hatte. Die Tür ganz am Ende des Korridors stand offen, dahinter gähnte tiefes Dunkel.

Mindestens einer der S.T.A.R.S.-Angehörigen ist hier lang gekommen, hat wahrscheinlich nach mir gesucht ...

„Mir nach", sagte er leise und bewegte sich auf die offene Tür zu, die Beretta fest umklammert. Er wollte mit Rebecca zurück in die Haupthalle, aber der Umstand, dass ein Mitglied seines Teams durch diese Tür gegangen sein musste, verdiente eine schnelle Überprüfung.

Als sie an der geschlossenen Tür auf der rechten Seite vorbeikamen, zögerte Rebecca. „Neben dem Schloss ist ein Schwert abgebildet", flüsterte sie.

Chris konzentrierte seine Aufmerksamkeit weiter auf die Schwärze hinter der offenen Tür, doch Rebeccas Worte machten ihm bewusst, dass es zu viele Dinge gab, die sie dort vom eigentlichen Ziel ablenken konnten. Er glaubte nicht, dass der Rest des Teams noch auf ihn wartete, aber sein ursprünglicher Befehl hatte gelautet, sich in der Lobby zurückzumelden – er durfte eine unbewaffnete Rekrutin nicht auf ein Terrain führen, das er nicht vorher selbst abgecheckt hatte ...

Chris seufzte und senkte die Waffe. „Lass uns in die Haupthalle gehen", sagte er. „Wir können später hierher zurückkommen und nachsehen."

Rebecca nickte. Gemeinsam gingen sie zum Speisesaal zurück, und Chris hoffte entgegen aller Wahrscheinlichkeit, dass sie dort jemanden antreffen würden.

Barry richtete seinen Colt auf den kriechenden Ghul und schoss. Die großkalibrige Kugel zerstampfte den weichen Schädel des Dings zu Brei, gerade als es nach Barrys Stiefel grapschte. Als der Zombie zuckend verendete, sprühten winzige Tröpfchen in Barrys Gesicht. Verdrossen wischte er sich mit dem Handrücken über die Haut. Die kleinen weißen Fliesen der Küchenwand hatte es noch weit schlimmer erwischt – rote Bäche rannen die Fugen hinab zum verblichenen braunen Linoleum und sammelten sich dort zu Pfützen.

Verdammt ekelhaft. Barry senkte den Revolver und spürte den Schmerz in seiner linken Schulter. Die Tür im Obergeschoss war fest verschlossen gewesen, seine Prellung waren der Beweis dafür – und während er auf das Zombie-Haschee zu seinen Füßen hinabstarrte, wurde ihm klar, dass er wieder hinaufgehen und eine weitere Tür einschlagen musste. Falls er sich vorher noch nicht sicher gewesen war, jetzt war er es – hier war Chris nicht vorbeigekommen. Andernfalls wäre die kriechende Kreatur bereits Geschichte gewesen.

Aber wo zum Teufel steckst du dann, Chris?

Von den drei zugeschlossenen Türen hatte Barry rein instinktiv die am Ende des Gangs gewählt. Er war in einem dunklen, stillen Flur gelandet, der an einem leeren Aufzugsschacht vorbei zu einer schmalen Treppe führte. Die leere Küche an ihrem Ende hatte verlassen gewirkt – auf den Arbeitsflächen dicker Staub und Rostflecke an den Wänden. Keine Anzeichen, dass die Küche in jüngerer Zeit benutzt worden war, keine Spur von Chris, und die Tür gegenüber der Spüle war abgesperrt gewesen. Barry hatte gerade gehen wollen, als er die Spuren im Staub auf dem Boden bemerkt hatte und ihnen gefolgt war …

Mit einem tiefen Seufzer stieg Barry über das stinkende Monster hinweg. Er gestattete sich einen letzten prüfenden Blick, dann machte er sich auf den Weg zu Tür Nummer zwei. Es gab ein paar übereinander gestapelte Kisten und denselben altmodischen Aufzugschacht, ebenfalls leer. Den Rufknopf drückte er erst gar nicht erst, nachdem der im Obergeschoss schon nicht funktioniert hatte. Abgesehen davon hatte, dem Rost auf dem Metallgitter nach zu schließen, den Fahrstuhl seit einer ganzen Weile niemand mehr benutzt.

Barry kehrte um und fragte sich, wie es wohl Jill ergehen mochte. Je eher sie hier weg kamen, desto besser. Noch nie hatte ein Ort Barry so wenig gefallen wie diese Villa. Es war kalt, es war gefährlich, und es roch wie im Kühlhaus eines Schlachthofs, in dem seit mindestens einer Woche Stromausfall herrschte.

Im Allgemeinen war er nicht der Typ, der sich so leicht ins Bockshorn jagen oder seiner Fantasie die Zügel schießen ließ, aber hier rechnete er hinter jeder Ecke damit, irgendeinem Gespenst zu begegnen …

Hinter ihm erklang ein fernes, hallendes Scheppern. Barry wirbelte herum. Einen Angstknoten im Bauch, richtete er den Lauf seiner Waffe ziellos ins Leere. Seine Augen waren weit aufgerissen, sein Mund trocken. Das metallische Klappern wiederholte sich, gefolgt vom tiefen, pochenden Brummen einer Maschine.

Um Fassung bemüht, holte Barry tief Luft und stieß sie langsam wieder aus. Immerhin handelte es sich wohl nicht um einen körperloser Geist – jemand benutzte den Aufzug.

Wer? Chris und Wesker sind verschwunden, und Jill ist im anderen Flügel …

Barry blieb, wo er war und senkte den Colt ein wenig. Er glaubte nicht, dass die Ghuls schlau genug waren, um

Knöpfe zu drücken, geschweige denn, den Zustieg zu öffnen, aber er wollte kein Risiko eingehen. Er befand sich gut fünf Schritte von der Stelle entfernt, an der sich die Kabine öffnen würde, vorausgesetzt sie hielt im Keller. Er würde freie Schussbahn auf denjenigen haben, der heraustrat.

Ein Hoffnungsfunke flackerte durch seine konfusen Gedanken: Vielleicht war es ja einer der Bravos oder jemand, der hier lebte und ihm sagen konnte, was geschehen war …

Mit einem dumpfen *Klank!* stoppte der Aufzug in der Küche. Barry hörte das Kreischen trockener Metallscharniere und Schritte.

Dann trat … Captain Wesker in sein Blickfeld, die unvermeidliche Sonnenbrille auf der gebräunten Stirn.

Barry senkte den Revolver und grinste. Kühle Erleichterung überkam ihn. Wesker blieb stehen und grinste zurück.

„Barry! Genau der Mann, den ich gesucht habe“, sagte er gelassen.

„Mein Gott, haben Sie mich erschreckt! Ich hab gehört, wie der Aufzug sich bewegte, und dachte, ich krieg einen Herzinfarkt …“ Barry verstummte, sein Lächeln gerann.

„Captain“, sagte er langsam, „wo sind Sie gewesen? Als wir zurückkamen, waren Sie weg.“

Weskers Grinsen wurde breiter. „Tut mir Leid. Ich hatte etwas zu erledigen – musste dem Ruf der Natur folgen, Sie wissen schon.“

Barry lächelte wieder, doch die Erklärung befremdete ihn – gefangen auf feindlichem Territorium, und der Mann war pinkeln gegangen?

Wesker schob seine Sonnenbrille von der Stirn auf die Nase, womit er den Augenkontakt unterbrach, und Barry wurde plötzlich leicht nervös. Weskers Grinsen schien noch breiter zu werden. Es sah aus, als blecke er sämtliche Zähne.

„Barry, ich brauche Ihre Hilfe. Haben Sie schon mal von White Umbrella gehört?"

Barry schüttelte den Kopf. Mit jeder Sekunde fühlte er sich unbehaglicher.

„White Umbrella ist ein Sektor von Umbrella Inc., eine sehr wichtige Abteilung. Sie ist auf … biologische Forschung spezialisiert, könnte man wohl sagen. Das Spencer-Anwesen beherbergt ihre Forschungseinrichtungen, und vor kurzem ereignete sich hier ein Unfall."

Wesker wischte ein Stück der Arbeitsfläche in der Mitte der Küche sauber und lehnte sich lässig dagegen. Fast im Plauderton fuhr er fort: „Diese Abteilung von Umbrella hat ein paar Verbindungen zur S.T.A.R.S.-Organisation, und vor kurzem wurde ich gebeten, bei der Handhabung dieser Situation … zu *assistieren*. Es ist eine sehr heikle Angelegenheit, streng geheim. White Umbrella will, dass nicht mal der Hauch eines Gerüchts darüber nach außen dringt. – Nun, meine Aufgabe besteht darin, in die Laboratorien auf diesem Grundstück vorzudringen und eine Reihe ziemlich belastender Beweise zu beseitigen – Beweise dafür, dass White Umbrella verantwortlich ist für den Unfall, der in letzter Zeit so viel Ärger in Raccoon verursacht hat. Das Problem ist, dass ich den Schlüssel zu den Labors nicht habe – *die* Schlüssel, genau genommen. Und hier kommen Sie ins Spiel: Ich brauche Ihre Hilfe, um diese Schlüssel zu finden."

Barry starrte ihn einen Moment lang sprachlos an, seine Gedanken wirbelten. Ein Unfall, ein Geheimlabor für biologische Forschungen …

… und Killerhunde und Zombies, die frei durch die Wälder streifen!

Er hob den Revolver und richtete ihn auf Weskers lächelndes Gesicht, gleichermaßen verblüfft und wütend. „Sind Sie *wahnsinnig?* Sie glauben, ich helfe Ihnen dabei, Beweismaterial zu vernichten? Sie durchgeknallter Hurensohn!“

Wesker schüttelte langsam den Kopf und tat gerade so, als stünde ihm in Barry ein Kind gegenüber. „Ah, Barry, Sie verstehen nicht – Ihnen bleibt in dieser Sache keine Wahl. Sehen Sie, ein paar meiner Freunde von White Umbrella stehen derzeit vor Ihrem Haus und sehen Ihrer Frau und Ihren Töchtern beim Schlafen zu. Wenn Sie mir *nicht* helfen, wird Ihre Familie sterben.“

Barry konnte regelrecht fühlen, wie ihm das Blut aus dem Gesicht wich. Er spannte den Hahn des Colts, verspürte plötzlich einen brutalen, jede Faser seines Seins erfüllenden Hass auf Wesker.

„Bevor Sie abdrücken, sollte ich erwähnen, dass, wenn ich mich nicht bald wieder melde, meine Freunde den Befehl haben, die Exekution durchzuführen.“

Die Worte schnitten durch den roten Nebel, der Barrys Denken geflutet hatte. Seine Hände waren klamm vor Entsetzen.

Kathy – die Kinder …

„Sie bluffen“, flüsterte er, und endlich verschwand Weskers Grinsen, seine Miene wurde wieder zu jener unlesbaren Maske, die er für gewöhnlich trug.

„Tu ich nicht“, versetzte er kalt. „Lassen Sie es darauf ankommen. Sie können sich später bei den Grabsteinen Ihrer Lieben entschuldigen.“

Für einen Augenblick bewegte sich keiner von ihnen. Die Stille war etwas beinahe Greifbares in der eisigen Luft. Dann entspannte Barry langsam den Hahn und ließ die Waffe sinken. Seine Schultern sackten nach unten. Er konnte … er *würde* es nicht riskieren. Seine Familie bedeutete ihm alles.

Wesker nickte und fasste in eine seiner Taschen, aus der er ein Schlüsselbund hervorholte. Sein Gebaren war mit einem Mal forsch und geschäftsmäßig. „Irgendwo im Haus befinden sich vier Kupferplatten. Jede davon hat in etwa die Größe einer Untertasse. Auf einer Seite ist jeweils ein Bild eingraviert – Sonne, Mond, Sterne und Wind. In der Villa gibt es eine Tür mit einem Schloss, zu dem diese vier Wappen gehören."

Er hakte einen Schlüssel vom Ring, legte ihn auf den Tisch und schob ihn Barry zu. „Der hier sollte alle Türen im anderen Flügel öffnen oder zumindest die wichtigen, im Erdgeschoss und ersten Stock. Finden Sie diese Teile für mich, und Ihrer Familie wird nichts passieren."

Mit tauben Fingern griff Barry nach dem Schlüssel. Er fühlte sich schwach und von mehr Angst erfüllt als je zuvor in seinem Leben. „Chris und Jill …"

„ … werden Ihnen zweifellos bei der Suche helfen wollen. Wenn Sie einen der beiden sehen, sagen Sie ihnen, dass die Hintertür, die Sie entdeckt haben, ein Fluchtweg sein könnte. Ich bin sicher, dass sie Ihrem vertrauenswürdigen Freund, dem guten alten Barry, nur zu gern behilflich sein werden. Sie sollten in der Tat möglichst jede Tür aufschließen, um eine optimale Suche zu gewährleisten."

Wesker lächelte wieder – ein freundliches, schiefes Grinsen, das im Widerspruch zu seinen Worten stand. „Wenn Sie ihnen natürlich erzählen, dass Sie mich getroffen haben, könnte das die Angelegenheit verkomplizieren. Denn wenn mir etwas zustößt, wenn ich, sagen wir mal, von hinten erschossen würde … nun, genug geredet. Behalten wir das Ganze einfach für uns."

In den Schlüssel war ein kleines Bild eingraviert, der Brustpanzer einer Rüstung. Barry ließ ihn in seine Tasche gleiten. „Wo werden Sie sein?"

„Oh, ich bleibe in der Nähe, keine Sorge. Ich melde mich rechtzeitig."

Barry sah Wesker flehentlich an, unfähig, das angstvolle Schwanken seiner Stimme zu unterdrücken. „Sie sagen denen doch, dass ich Ihnen helfe, oder? Sie werden nicht vergessen, sich bei Ihren … Leuten zu melden?"

Wesker wandte sich ab, ging auf den Fahrstuhl zu und rief über die Schulter zurück: „Vertrauen Sie mir, Barry. Tun Sie, was ich Ihnen sage, und Sie haben keinen Grund zur Sorge."

Die Aufzugtür öffnete und schloss sich scheppernd, dann war Wesker verschwunden.

Barry blieb noch einen Moment lang stehen, starrte auf die leere Stelle, an der Wesker eben noch gestanden hatte, und suchte nach einer Möglichkeit, dem Verhängnis zu entgehen. Vergebens. Es gab kein Abwägen zwischen Ehre und Familie – ohne Ehre konnte er leben, aber …

Er reckte das Kinn vor und kehrte zur Treppe zurück, entschlossen zu tun, was er tun musste, um Kathy und die Mädchen zu retten. Wenn das hier jedoch überstanden war, wenn er sicher sein konnte, dass ihnen nichts mehr zustoßen konnte, dann –

Dann wird es kein Versteck auf der ganzen Welt geben, in dem Sie sich verkriechen können, „Captain".

Barry ballte seine riesigen Fäuste, bis die Knöchel weiß hervortraten, und schwor sich, dass Wesker für seine Verbrechen bezahlen würde. Mit Zins und Zinseszins.

Zehn

Jill schob das schwere Kupferwappen mit dem eingravierten Stern in die dafür vorgesehene Vertiefung des Diagramms über den drei anderen Öffnungen. Mit einem leisen *Klick!* rastete es bündig mit der Metallplatte ein.

Eins weniger ... Triumphierend lächelnd trat Jill von dem Rätselschloss zurück.

Die Krähen hatten sie beobachtet, als sie durch den Raum mit den Gemälden gegangen war, ohne sich von der Beleuchtungsschiene zu erheben. Sie hatten nur ab und zu gekrächzt, während Jill das Rätsel löste. Es waren insgesamt sechs Porträts gewesen, von der Wiege zum Grabe – von einem neugeborenen Baby bis hin zu einem recht streng dreinblickenden alten Mann. Jill nahm an, dass sie alle Lord Spencer zeigten, wenn sie auch nie ein Foto von ihm gesehen hatte.

Das letzte Gemälde war ein Todesszenario gewesen, ein bleicher Mann, der still dalag, von Trauernden umringt. Als Jill den Schalter darunter umgelegt hatte, war das Bild von der Wand gefallen, herausgedrückt von winzigen Metallstiften an jeder Ecke. Dahinter hatte sich eine kleine, mit Samt ausgeschlagene Öffnung befunden, mit dem Kupferwappen darin. Jill hatte den Raum ohne weitere Schwierigkeiten verlassen; falls die Vögel enttäuscht waren, hatten sie es sich nicht anmerken lassen.

Sie nahm noch einen tiefen Atemzug von der angenehmen Nachtluft, ehe sie in die Villa zurückkehrte. Im Gehen zog sie Trents Computer aus der Tasche, und während sie vorsichtig über den im halbdunklen Flur zu Boden gesunkenen Leichnam stieg, studierte sie die Karte, um festzustellen, wo sie ihr Glück als Nächstes versuchen sollte.

Wie es aussah, würde es wohl das Beste sein, den Weg zurückzugehen, den sie auch gekommen war. Durch die Doppeltür, welche die Korridore miteinander verband, trat sie zurück in den gewundenen, graugrünen Flur mit den Landschaftsgemälden. Der Karte zufolge führte die gegenüber liegende Tür in einen kleinen, quadratischen Raum, dem sich ein größerer anschloss.

Angespannt griff sie nach dem Knauf, drückte die Tür auf, duckte sich und hielt ihre Beretta bereit. Der kleine Raum war tatsächlich quadratisch – und völlig leer.

Sich aufrichtend, betrat Jill die Kammer, taxierte kurz deren schlichte Eleganz und wandte sich der Tür zu ihrer Rechten zu. Der Raum hatte eine hohe, lichte Decke, die Wände waren aus cremefarbenem, goldgesprenkeltem Marmor – wunderschön. Und teuer, um es milde auszudrücken. Mit vagem Wehmut dachte Jill an die alten Zeiten mit Dick, an all ihre großen Pläne und Hoffnungen, die sie an jeden Einbruch geknüpft hatten. Hier sah sie, was sich mit *richtigem* Geld kaufen ließ …

Sie machte sich bereit, umfasste das kalte, schimmernde Metall des Riegels und drückte die Tür auf. Ein schneller Halbkreis mit der Beretta, und Jill spürte, wie sie sich entspannte. Sie war allein.

Es gab einen aufwändig gearbeiteten Kamin, direkt unter einem reich verzierten, rotgoldenen Gobelin, und auf einem dunkelorangefarbenen Teppich in orientalischem Design standen eine niedrige moderne Couch mit einem dazu passenden ovalen Tisch. An der Rückwand hing … eine Pumpgun, mit zwei Haken befestigt. Sie glänzte im Licht der antiken Lampen darüber. Jill grinste und durchquerte rasch das Zimmer. Sie konnte ihr Glück kaum fassen.

Bitte, sei geladen, bitte, sei geladen …

Als sie vor der Waffe stehen blieb, erkannte sie das Modell. Gewehre waren zwar nicht ihre Stärke, aber das hier entsprach genau dem Modell, das auch die S.T.A.R.S.-Mitglieder benutzten: eine Remington M870, fünf Schuss.

Sie schob die Beretta ins Holster und nahm, immer noch lächelnd, das Gewehr mit beiden Händen von der Wand ab. Doch ihr Lächeln schwand, als die beiden Halterungshaken, des Gewichts der Waffe entledigt, klickend nach oben schnappten. Gleichzeitig ertönte jenseits der Wand ein schwereres Geräusch, ein Laut wie von ausgewogenem Metall, das nun seine Lage veränderte.

Jill wusste nicht, was es bedeutete, aber es gefiel ihr nicht. Schnell drehte sie sich um und sondierte das Zimmer auf Bewegung. Doch alles war so still, wie sie es vorgefunden hatte, keine kreischenden Vögel, keine plötzlichen Sirenen oder blinkenden Lichter, keines der Bilder fiel von der Wand. Hier existierte keine Falle …

Erleichtert überprüfte sie die Waffe und fand sie geladen, das Magazin voll. Jemand hatte sie gepflegt, der Lauf war sauber und roch schwach nach einem Reinigungsmittel und Öl; im Augenblick war dies der beste Geruch, den Jill sich vorstellen konnte. Das schwere Gewicht in ihren Händen verlieh ihr Sicherheit, das Gefühl von Macht.

Sie durchsuchte den übrigen Raum und war enttäuscht, dass sie keine weiteren Patronen fand. Dennoch, der Fund der Remington war ein Glücksfall. Die S.T.A.R.S.-Westen waren mit einem Rückenholster für eine Flinte oder ein Gewehr ausgestattet, und wenn sie auch nicht allzu gut darin war, eine Waffe über die Schulter zu ziehen, konnte Jill sie auf diese Weise doch wenigstens tragen, ohne sich quasi selbst die Hände zu binden.

Ansonsten gab es nichts Interessantes in dem Zimmer. Jill ging zur Tür und konnte es kaum noch erwarten, in die Haupthalle zurückzukehren, um Barry über ihre Entdeckungen zu unterrichten. Auf dieser Seite des Erdgeschosses hatte sie jeden Raum, den sie öffnen konnte, überprüft. Wenn er im anderen Flügel dasselbe geschafft hatte, konnten sie sich nach oben wenden, um ihre Suche nach den Bravos und ihren verschollenen Teamkameraden abzuschließen. *Und um dann, hoffentlich, gemeinsam mit ihnen aus diesem elenden Leichenschauhaus zu verschwinden.*

Sie schloss die Tür hinter sich, schritt über den schieferfarbenen Marmor, fasste nach dem Knauf und hoffte, dass Barry inzwischen Chris und Wesker gefunden hatte. *Hier sind sie bestimmt nicht gewesen.*

Die Tür war abgeschlossen. Stirnrunzelnd versuchte Jill, den kleinen goldenen Knauf zu drehen. Er ließ sich eine Idee bewegen, gab aber nicht genügend nach. Schlagartig beunruhigt, äugte Jill durch den winzigen Spalt, wo die Tür auf den Rahmen traf.

Da war er, neben dem Griff, der dicke Stahlbolzen, der auf einen Innenriegel hinwies, einen äußerst massiven noch dazu; der ganze Bereich drum herum war verstärkt. *Aber nur ein Schlüsselloch, und das ist für das reguläre Schloss …*

Klick! Klick! Klick!

Von oben regnete Staub herab, als das Geräusch sich drehender Zahnräder den Raum zu erfüllen begann, das tiefe, rhythmische Rattern von Metall, irgendwo hinter den Wänden aus Stein.

Was …?

Erschrocken blickte Jill nach oben – und spürte, wie sich ihr Magen gleichsam in sich selbst verkroch, wie ihr der Atem in der Kehle stockte. Die hohe Decke, die sie vorhin noch bewundert hatte, bewegte sich. Der Marmor an den Ecken zerpulverte mit dem schweren Knirschen von Stein auf Stein zu Staub. Die Decke senkte sich.

Wie der Blitz war Jill wieder an der Tür des Zimmers, aus dem sie die Pumpgun genommen hatte. Sie schnappte nach der Klinke, drückte sie hinunter …

… und fand diese Tür ebenso fest verschlossen wie die andere.

Ach du Scheiße! Böse Sache! Böse Sache!

Panik breitete sich in ihr aus. Sie rannte zurück zur anderen Tür. Jills angstvoller Blick wurde von der sich herabsenkenden Decke angezogen. Bei fünf bis sieben Zentimetern pro Sekunde würde sie in weniger als einer Minute den Boden erreichen.

Jill hob die Pumpgun und zielte auf die Tür zum Korridor. Sie versuchte nicht daran zu denken, wie viele Schüsse es brauchen würde, um einen verstärkten Stahlriegel in Stücke zu fetzen – es war alles, was ihr noch übrig blieb. Die Dietriche würden ihr bei diesem Schloss nicht weiterhelfen.

Die erste Kugel explodierte an der Tür. Splitter stoben auf und enthüllten genau das, was Jill befürchtet hatte. Die Metallplatte, die den Riegel verstärkte, erstreckte sich über das halbe Türblatt.

Ihre rasenden Gedanken suchten nach einer Lösung und stießen doch immer nur ins Leere. Sie hatte nicht genug Patronen, um sich durch die Tür zu schießen, und in der Beretta steckten Hohlspitzgeschosse, die beim Aufschlag abflachten.

Vielleicht kann ich die Tür wenigstens schwächen und dann einschlagen …

Sie drückte wieder ab, diesmal zielte sie auf den Rahmen. Der donnernde Schuss zerfetzte Holz und riss Splitter aus dem Marmor. Aber es reichte nicht einmal annähernd aus. Die Decke senkte sich ratternd weiter herab, befand sich jetzt keine drei Meter mehr über ihrem Kopf. Sie würde zu Tode gequetscht werden.

Lieber Gott, lass mich nicht so sterben!

„Jill? Bist du das?"

Eine gedämpfte Stimme rief von draußen, vom Korridor, und Jill fühlte bei ihrem Klang, wie jähe, verzweifelte Hoffnung in ihr erwachte.

Barry!

„Hilfe! Barry, schlag die Tür ein, mach schnell!" Sie schrie es mit schriller, bebender Stimme.

„Geh zurück!"

Jill taumelte nach hinten. Dann hörte sie, wie ein schwerer Hieb die Tür traf. Das Holz erzitterte, hielt aber stand. Jill stieß einen leisen Schrei aus, der ihre hilflose Enttäuschung verriet. Ihr furchtsamer Blick huschte zwischen Tür und Decke hin und her.

Ein weiterer massiver, die Tür erschütternder Schlag, und die Decke war noch zwei Meter entfernt.

Mach schon, MACH SCHON!

Der dritte wuchtige Hieb wurde vom Knirschen und Splittern des Holzes begleitet. Die Tür flog auf. Barry erschien im Rahmen, das Gesicht rot und verschwitzt. Er streckte die Hand nach Jill aus.

Sie warf sich nach vorne. Er packte sie an den Handgelenken, riss sie buchstäblich von den Füßen und zog sie hinaus auf den Gang. Als sie gemeinsam auf dem Boden aufschlugen, wurde hinter ihnen die Tür aus den Angeln gequetscht. Holz und Metall kreischten, während sich die Decke gemächlich weiter senkte. Die Tür zerbarst mit einem scharfem Krachen und Knacken.

Ein letztes, nachschwingendes *Bomm!* – dann setzte die Decke auf dem Boden auf. Vorbei. Das Haus war wieder still wie eine Gruft.

Wankend kamen sie auf die Beine. Jill starrte auf die Türöffnung. Der gesamte Rahmen wurde vom massiven Steinblock der Decke ausgefüllt. Ein paar Tonnen Fels, mindestens.

„Bist du in Ordnung?“, fragte Barry.

Jill antwortete nicht sofort. Sie starrte auf die Pumpgun, die noch in ihren zitternden Händen lag, erinnerte sich, wie überzeugt sie gewesen war, nicht schon wieder auf eine Falle gestoßen zu sein – und zum ersten Mal hatte sie ihre Zweifel, diesem Höllenhaus je wieder entkommen zu können.

Sie befanden sich in der leeren Eingangshalle – Chris lief auf dem Teppich vor der Treppe hin und her, Rebecca stand nervös am Geländer. Das gewaltige Foyer war so kalt und bedrohlich, wie Chris es schon beim ersten Hier sein empfunden hatte. Die stummen Wände gaben keines ihrer Geheimnisse preis. Die S.T.A.R.S.-Angehörigen waren verschwunden, und es gab keinen Hinweis auf das Wohin und Warum.

Von irgendwo tief aus der Villa drang ein schwerfälliges Rumpeln, als würde ein riesiges Tor zugeworfen. Sie legten beide den Kopf schief und lauschten, doch das Geräusch wiederholte sich nicht. Chris konnte nicht einmal sagen, aus welcher Richtung es gekommen war.

Toll, einfach großartig. Zombies, verrückte Wissenschaftler und jetzt auch noch Dinge, die in der Nacht rumpeln. Wunderbar.

Er lächelte Rebecca zu und hoffte, dass er weniger verwirrt aussah, als er es war. „Tja, keine Nachricht. Ich schätze, das bringt uns zu Plan B."

„Was ist Plan B?"

Chris seufzte. „Verflucht, wenn ich das mal wüsste. Aber wir könnten damit anfangen, diesen anderen Raum mit dem Schwertschlüssel zu überprüfen. Vielleicht stoßen wir noch auf etwas Interessantes, solange wir darauf warten, dass sich das Team wieder sammelt – eine Karte oder etwas in der Art."

Rebecca nickte, und so kehrten sie in das Speisezimmer zurück. Chris ging voran. Der Gedanke, Rebecca weiteren Gefahren auszusetzen, gefiel ihm nicht, aber er wollte sie auch nicht allein lassen, zumindest nicht in der Haupthalle; dort schien es ihm nicht sicher.

Als sie die tickende Standuhr passierten, knackte etwas Kleines, Hartes unter Chris' Stiefel. Er bückte sich und hob ein dunkelgraues Stückchen Gips auf. In der Nähe lagen zwei oder drei weitere Bröckchen.

„Sind dir die aufgefallen, als wir vorhin hier durchgingen?", fragte er.

Rebecca schüttelte den Kopf, und Chris beugte sich vor, um nach weiteren zu suchen. Auch er konnte sich nicht erinnern, dass sie vorhin schon hier gelegen hätten. Auf der anderen Seite des Tisches befand sich ein ganzer Haufen solcher Gipsfragmente. Rebecca und Chris eilten um das Ende des langen Tisches, vorbei an dem kunstvoll verzierten Kamin und blieben vor dem Haufen stehen. Chris stieß mit der Stiefelspitze gegen die grauen Bruchstücke. Den Bruchkanten und der Form nach zu schließen, hatte es sich einmal eine Art Statue gehandelt.

Was es auch war, *jetzt ist es Müll.*

„Ist es wichtig?“, fragte Rebecca.

Chris zuckte mit den Achseln. „Vielleicht, vielleicht auch nicht. Jedenfalls einen Blick wert. In einer Situation wie dieser weiß man nie, was sich noch als wichtige Spur entpuppt.“

Das hallende Ticken der alten Uhr folgte ihnen bis zur Tür und hinaus in den Geruch von Fäulnis, der den engen Gang dahinter erfüllte. Während sie sich nach rechts wandten, zog Chris den silbernen Schlüssel aus der Tasche – und blieb stehen. Schnell zog er seine Beretta. Die Tür am Ende des Korridors war geschlossen. Als sie vorhin hier durchgekommen waren, hatte sie offen gestanden.

Er hatte nicht das Gefühl, beobachtet zu werden, machte keine Bewegung im Flur aus, aber irgendjemand musste hier lang gegangen sein, während sie sich in der Lobby aufgehalten hatten. Der Gedanke war beunruhigend und bestärkte Chris in dem Gefühl, dass überall um sie herum geheimnisvolle Dinge geschahen. Die tote Kreatur links von ihnen lag noch so da wie zuvor. Ihre blutgefüllten Augen starrten blind zur Decke empor, und Chris fragte sich abermals, wer sie getötet haben mochte. Er wusste, dass er die Leiche und ebenso den ungesicherten Bereich hinter ihr untersuchen musste, wollte jedoch nicht allein losziehen, bis er Rebecca irgendwo in Sicherheit gebracht hatte.

„Komm“, flüsterte er, und sie traten auf die verschlossene Tür zu. Chris gab Rebecca den Schlüssel, damit er den Gang im Auge behalten konnte. Mit einem leisen Klicken schnappte der Schließriegel der mit komplizierten Mustern übersäten Tür zurück, und Rebecca drückte sie behutsam auf.

Ein rascher prüfender Blick zeigte Chris, dass in dem Raum alles in Ordnung war. Mit einer Geste bedeutete er Rebecca hineinzugehen. Das Zimmer war wie eine Pianobar eingerichtet, dominiert von einem Stutzflügel, der gegenüber einer eingebauten Theke stand. An diese wiederum reihten sich Barhocker, die am Boden verschraubt waren. Vielleicht waren es das weiche Licht und die gedämpften Farben, die dem Raum eine Atmosphäre erhabener Stille verliehen. Woran es auch liegen mochte, Chris befand, dass es der angenehmste war, den er bislang betreten hatte.

Und vielleicht ein guter Platz, an dem Rebecca bleiben kann, während ich nach den anderen suche …

Rebecca ließ sich auf der Kante der staubigen schwarzen Klavierbank nieder, während sich Chris gründlicher in dem Raum umsah. Es gab einige Topfpflanzen, einen kleinen Tisch und eine winzige Nische in der Wand hinter dem Klavier, in die ein paar Bücherregale geschoben worden waren. Der einzige Zugang war der, durch den sie hereingekommen waren. Ein idealer Unterschlupf für Rebecca.

Chris steckte seine Waffe ins Holster, trat zu Rebecca ans Klavier und versuchte, seine Worte mit Bedacht zu wählen; er wollte sie mit dem Vorschlag, allein hier zu bleiben, nicht ängstigen. Zögerlich lächelte sie zu ihm auf und sah dabei noch jünger aus, als sie es war. Ihre roten Ponyfransen verstärkten den Eindruck, dass sie nur ein Kind war …

Ein Kind, das weniger Zeit fürs College brauchte als du für den Pilotenschein – tu nicht so gönnerhaft, sie ist wahrscheinlich schlauer als du.

Chris seufzte innerlich und erwiderte ihr Lächeln. „Würde es dir etwas ausmachen, hier zu bleiben, während ich mich im Haus umsehe?“

Ihr Lächeln verblasste um eine Nuance, seinen Blick jedoch erwiderte sie fest. „Klingt vernünftig“, sagte sie. „Ich habe keine Waffe, und solltest du in Schwierigkeiten geraten, würde ich dir nur ein Klotz am Bein sein …“

Sie lächelte breiter und fügte hinzu: „Aber wenn dir ein mathematisches Theorem die Hölle heiß macht, heul hinterher nicht mir die Ohren voll.“

Chris lachte, über seine unzutreffende Annahme ebenso sehr wie über ihren Scherz. Rebecca war nicht zu unterschätzen. Er ging zur Tür und hielt inne, die Hand schon am Knauf.

„Ich komm zurück so schnell ich kann“, sagte er. „Sperr die Tür hinter mir zu und geh nicht weg, okay?“

Rebecca nickte, und er trat wieder hinaus auf den Gang, zog die Tür fest hinter sich zu. Er wartete, bis er hörte, wie Rebecca abschloss, dann zog er seine Beretta. Die letzte Spur seines Lächelns schwand, als er rasch den Korridor hinabschritt.

Je näher er der verwesenden Kreatur kam, desto übler wurde der Gestank. Als er die Leiche erreichte, atmete er flach. Bevor er den Toten nach Einschüssen untersuchte, trat er an ihm vorbei, um zu schauen, ob sich der Gang fortsetzte.

Und dann gefror er inmitten seiner Bewegung, weil er auf einen zweiten Leichnam starrte, der in der Nische lag – enthauptet und mit Blut bedeckt. Chris musterte die schlaffen, leblosen Züge des Gesichts. Der Kopf befand sich eine Fußlänge entfernt, und Chris erkannte in dem Toten Kenneth Sullivan. Er spürte, wie ihn beim Anblick des toten Bravos eine Welle aus Wut und neuer Entschlossenheit durchlief.

Das ist alles so was von unfair! Joseph, Ken, Billy wahrscheinlich auch – wie viele sind noch gestorben? Wie viele müssen noch leiden wegen eines dämlichen Unfalls?

Endlich wandte er sich ab und schritt entschlossen auf die Tür zu, die in den Speisesaal führte. Er würde in der Haupthalle anfangen und jeden möglichen Weg überprüfen, den die S.T.A.R.S.-Mitglieder genommen haben konnten – und dabei jede Kreatur töten, die ihm bei seiner Suche über den Weg lief.

Seine Teamgefährten sollten nicht umsonst gestorben sein. Dafür wollte Chris sorgen, und wenn es das Letzte war, was er je tat.

Nachdem Chris gegangen war, sperrte Rebecca die Tür ab und wünschte ihm im Stillen viel Glück, bevor sie wieder zu dem staubigen Piano zurückkehrte und sich hinsetzte. Sie wusste, dass er sich für sie verantwortlich fühlte, und fragte sich abermals, wie sie nur so amateurhaft hatte sein können, ihre Waffe zu verlieren.

Wenn ich wenigstens eine Pistole hätte, dann müsste er sich nicht so viel Sorgen um mich machen. Ich mag vielleicht unerfahren sein, aber ich habe die Grundausbildung wie jeder andere durchlaufen …

Ziellos fuhr sie mit einem Finger über die staubigen Tasten, kam sich nutzlos vor. Sie hätte ein paar dieser Akten aus der Abstellkammer mitnehmen sollen. Sie wusste zwar nicht, ob sie noch viel Wissenswertes enthielten, aber zumindest hätte sie etwas zu lesen gehabt. Im Stillsitzen war sie nicht sonderlich gut, und nichts zum Zeitvertreib zu haben, machte es noch schwerer.

Du könntest ja üben, schlug eine Stimme in ihrem Kopf aufmunternd vor. Rebecca lächelte schwach und sah auf die

Tasten hinunter. *Nein danke.* Sie hatte als Kind vier Jahre lang Unterricht durchlitten, ehe ihre Mutter sie endlich wieder hatte aufhören lassen.

Sie stand auf und schaute sich im Raum nach etwas um, mit dem sie sich beschäftigen konnte. Sie ging zum Tresen und beugte sich darüber, sah jedoch nur ein paar Regale mit Gläsern und einen Stoß Servietten, alles fein mit Staub bedeckt. Auf der Theke hinter der Bar standen einige zumeist leere Spirituosenflaschen und ein paar ungeöffnete, teuer aussehende Weinflaschen …

Rebecca verwarf den Gedanken, noch während er sich in ihr zu artikulieren begann. Sie trank ohnehin nicht viel, und jetzt war kaum die geeignete Zeit, um sich zu betrinken. Seufzend drehte sie sich um und inspizierte den Rest des Raumes.

Außer dem Klavier gab es nicht viel zu sehen. Links von ihr hing das kleine Gemälde einer Frau an der Wand – ein farbloses Porträt in dunklem Rahmen. Auf dem Boden neben dem Flügel stand eine vor sich hin kümmernde Laubpflanze, wie Rebecca sie häufig in hübschen Restaurants gesehen hatte. Darüber hinaus gab es noch einen an der Wand befestigten Tisch mit einem umgedrehten Martini-Glas darauf. In Anbetracht all dessen wirkte das Klavier dann fast schon wieder interessant.

Rebecca ging an dem Stutzflügel vorbei und lugte in die Öffnung zu ihrer Rechten. An einer Seite standen zwei leere Bücherregale.

Mit gerunzelter Stirn trat sie näher an die Regale heran. Das kleinere, außen stehende war leer, das dahinter jedoch …

Sie legte ihre Hände gegen das vordere Regal und schob es nach vorne. Es war nicht schwer und ließ sich leicht bewegen. Auf dem Holzboden blieben Spuren im Staub zurück.

Rebeccas Blick schweifte über die Fächer des zweiten Regals. Enttäuschung stieg in ihr auf. Ein zerbeultes altes Jagdhorn, ein verstaubtes Bonbonglas, einige Nippesvasen und ein paar Notenblätter mit Klaviermusik, die in einem kleinen Ständer steckten … Sie besah sich den Titel und verspürte einen plötzlichen Hauch nostalgischer Wärme, weil sie an die Zeit zurückdenken musste, als sie selbst noch gespielt hatte – es war die *Mondschein-Sonate*, eines ihrer Lieblingsstücke.

Rebecca nahm die vergilbten Blätter und erinnerte sich der Stunden, die sie darauf verwandt hatte, es zu lernen. Damals war sie zehn oder elf Jahre alt gewesen, und es war genau dieses Stück gewesen, das ihr zu der Einsicht verholfen hatte, nicht zur Pianistin geschaffen zu sein. Es war eine wunderschöne, zarte Melodie, und sie hatte sie jedes Mal, wenn sie auf der Bank Platz genommen hatte, ziemlich verdorben.

Mit der Komposition in der Hand ging sie zurück und betrachtete den Flügel nachdenklich. Es war ja nicht so, dass sie gerade etwas Besseres zu tun gehabt hätte …

Und außerdem hört es vielleicht jemand vom Team und kommt dann, um dem Ursprung des schrecklichen Lärms auf den Grund zu gehen.

Grinsend staubte sie die Bank ab, setzte sich und stellte die Blätter aufgeschlagen auf den Notenständer. Ihre Finger fanden die richtige Haltung, während sie die einleitenden Noten las, fast automatisch – gerade so, als hätte sie das Klavierspielen nie aufgegeben. Es war ein gutes Gefühl, eine willkommene Ablenkung von den Schrecknissen, die in der Villa lauerten.

Langsam, zögerlich begann sie zu spielen. Als die ersten melancholischen Töne in die Stille drangen, spürte Rebecca, wie sie sich entspannte, wie Druck und Furcht verflogen. Sie war noch immer nicht allzu gut, ihr Tempo so daneben wie eh und je – aber sie traf die richtigen Noten, und die Kraft der Melodie machte ihre mangelnde Finesse mehr als wett.

Wenn nur die Tasten nicht so schwergängig wären …

Hinter ihr bewegte sich etwas.

Rebecca sprang auf, stieß in der Drehung die Bank um und suchte hastig nach dem vermeintlichen Angreifer. Was sie sah, traf sie so unerwartet, dass sie für ein paar Sekunden erstarrte, unfähig zu begreifen, was sie sah.

Die Wand *bewegt sich!*

Noch während die letzten Noten in der kühlen Luft schwangen, glitt ein quadratmetergroßes Paneel der kahlen Wand zu ihrer Rechten nach oben in die Decke und kam mit einem Rumpeln sanft zum Halten.

Rebecca rührte sich einen Moment lang nicht, wartete darauf, dass etwas Schreckliches geschah – doch nichts bewegte sich, und die Sekunden verstrichen. Der Raum war so still und bar aller Bedrohung wie zuvor.

Versteckte Notenblätter. Seltsam steife Klaviertasten …

… als wären sie womöglich mit einer Art Mechanismus verbunden?

Hinter der schmalen Öffnung lag eine bis dahin verborgene Kammer, etwa von der Größe eines begehbaren Schrankes, genauso sanft erhellt wie der Rest des größeren Vorraumes. Bis auf eine Büste und einen Sockel war sie leer.

Rebecca trat auf die Öffnung zu und verharrte. Gedanken an Todesfallen und Giftpfeile wirbelten ihr durch den Sinn. Was war, wenn sie hineinging und dabei irgendeine Katastrophe auslöste? Was, wenn sich die Tür schloss und sie da drinnen festsaß – und Chris nicht zurückkam?

Was, wenn du das einzige Mitglied von S.T.A.R.S. wärst, das bei dieser Mission einen feuchten Schmutz gebacken kriegt? Zeig mal ein bisschen Rückgrat!

Rebecca wappnete sich für die Konsequenzen, trat ein und sah sich vorsichtig um. Wenn hier eine Gefahr lauerte, dann war sie nicht zu erkennen. Die glatten Stuckwände hatten die Farbe von Milchkaffee und waren mit Leisten aus dunklem Holz abgesetzt. Das Licht drang aus einem Fenster zur Rechten. Dahinter lag ein winziges Treibhaus. Hinter dem schmutzigen Glas war eine Handvoll absterbender Pflanzen auszumachen.

Rebecca näherte sich dem Sockel im hinteren Teil der Kammer und stellte fest, dass die Steinbüste darauf Beethoven darstellte. Sie erkannte das strenge Gesicht und die hohe Stirn des Komponisten der *Mondschein-Sonate*. Am Postament selbst prangte ein goldenes Emblem, das wie ein Schild oder Wappen geformt und etwa von der Größe eines Tellers war.

Rebecca ging neben der schlichten Säule in die Hocke und betrachtete das Emblem. Es war massiv und dick; entlang des oberen Randes verlief ein königlich anmutendes Muster in blasserem Gold. Es wirkte vertraut. Rebecca hatte dasselbe Muster schon an anderer Stelle im Haus gesehen …

Im Speisezimmer, über dem Kamin!

Ja, das war es – nur dass das Teil über dem Kaminsims aus Holz bestanden hatte, dessen war sie sich sicher. Es war ihr aufgefallen, während Chris sich die zerbrochene Statue angesehen hatte.

Neugierig berührte sie das Emblem, fuhr das Muster nach, das sich darüber zog – und dann packte sie die leicht erhabenen Kanten mit beiden Händen und hob es an. Die massive Plakette ließ sich leicht bewegen, beinahe so, als gehörte sie dort nicht hin –

– und hinter Rebecca rumpelte die Geheimtür herab und schloss sie ein.

Schnell drehte sie sich um, stellte das Emblem zurück in seine Vertiefung – und das Wandteil hob sich wieder, glitt sanft in verborgenen Führungen nach oben. Erleichtert blickte Rebecca hinab auf das schwere Goldemblem und dachte nach.

Jemand hatte all das konstruiert, nur um diese Medaille zu versteckten, also musste sie von Bedeutung sein – aber wie ließ sie sich von dort entwenden? Öffnete das über dem Kamin hängende Emblem ebenfalls einen geheimen Durchgang?

Oder … ist das über dem Kamin von gleicher Größe?

In dem Punkt war Rebecca unsicher, aber sie glaubte es – und sie wusste instinktiv, dass es die richtige Antwort war. Wenn sie die beiden austauschte, das Holzemblem verwendete, um die Tür dieser Kammer offen zu halten, und das goldene über dem Kaminsims platzierte, dann …

Ohne den Gedanken zu Ende zu führen, kehrte Rebecca, ein Lächeln auf den Lippen, ins Klavierzimmer zurück. Chris hatte sie angewiesen, sich nicht von der Stelle zu rühren, aber sie würde auch nicht länger als ein, zwei Minuten fort sein – und wenn er zurückkam, hatte sie ja vielleicht etwas vorzuweisen, einen echten Beitrag zur Lösung der Geheimnisse, die diese Villa umrankten.

Und einen Beweis dafür, dass sie nicht völlig nutzlos war.

ELF

Barry und Jill standen auf dem überdachten Fußweg vor dem Rätselschloss und atmeten die klare Nachtluft. Jenseits der hohen Mauern summten Grillen und Zikaden ihr endloses Lied, eine beruhigende Erinnerung daran, dass da draußen immer noch eine normale Welt existierte.

Die flüchtige Begegnung mit dem Verhängnis hatte bei Jill ein Schwindelgefühl und leichte Übelkeit hinterlassen. Barry hatte sie zartfühlend zum Hinterausgang geführt, weil er der Meinung war, frische Luft würde ihr gut tun. Er hatte weder Chris noch Wesker gefunden, schien allerdings sicher, dass sie noch am Leben waren. Er informierte Jill über den verschlungenen Weg, den er durch das Haus genommen hatte. Jill lehnte währenddessen an der Mauer und sog die laue Luft in tiefen Zügen ein.

„… und als ich die Schüsse hörte, bin ich losgerannt." Wie geistesabwesend rieb sich Barry über seinen kurzen Bart. Zögernd lächelte er ihr zu. „Das war dein Glück. Ein paar Sekunden später, und du wärst nur noch ein Jill-Sandwich gewesen."

Jill lächelte dankbar zurück und nickte. Ihr entging jedoch nicht, dass er etwas angespannt war. Sein Humor wirkte aufgesetzt. Seltsam, sie hätte Barry nicht als jemanden eingeschätzt, der im Angesicht von Gefahr verkrampfte.

Ist das ein Wunder? Wir sitzen hier fest, wir können das Team nicht finden, und die ganze Villa scheint nur dem einen Zweck zu dienen – uns zu erledigen. Nicht unbedingt ein Grund für Fröhlichkeit …

„Ich hoffe, ich kann mich dafür revanchieren, wenn's für dich mal eng wird", sagte sie leise. „Ehrlich, du hast mir das Leben gerettet."

Barry sah weg und wurde errötete sogar leicht. „Bin froh, dass ich helfen konnte", sagte er rau. „Sei einfach vorsichtiger. Dieses Haus ist verdammt gefährlich."

Sie nickte abermals und dachte daran, wie knapp sie dem Tod entronnen war. Fröstelnd schob sie die Erinnerung beiseite. Sie mussten sich jetzt auf Chris und Wesker konzentrieren. „Du glaubst also, dass sie noch leben?"

„Ja. Außer den Patronenhülsen lagen im anderen Flügel mehrere dieser Ghuls sauber mit Kopfschuss niedergestreckt. Das muss Chris gewesen sein – im Obergeschoss war ich allerdings gezwungen, selbst noch ein paar umzunieten, deshalb geh ich davon aus, dass er sich unterwegs irgendwo verschanzt hat …"

Barry nickte zu dem in die Wand eingelassenen Kupferdiagramm hin. „War das Sternwappen schon drin?"

Jill zog die Stirn kraus. Der plötzliche Themenwechsel überraschte sie ein wenig. Chris war einer von Barrys besten Freunden. „Nein. Ich hab es in einem anderen Raum gefunden, der auch mit einer Falle gesichert war. Dieses Haus scheint voller Tücken zu sein. Vielleicht sollten wir zusammen nach Wesker und Chris suchen – wer weiß, wo sie reingestolpert sind oder was einem allein sonst noch passieren könnte."

Barry schüttelte den Kopf. „Ich weiß nicht. Ich meine, du hast Recht, wir sollten aufpassen, wo wir hintreten – aber das sind ’ne Menge Zimmer, und unser wichtigstes Ziel sollte sein, einen Fluchtweg zu finden. Wenn wir uns trennen, können wir gleichzeitig nach den restlichen Wappen und Chris suchen. Und nach Wesker.“

Auch wenn sich an seinem Verhalten nichts änderte, gewann Jill doch plötzlich den Eindruck, dass Barry sich unbehaglich fühlte. Er hatte sich umgedreht, um das Kupferdiagramm genauer zu studieren, aber es erweckte beinahe den Anschein, als versuche er nur, ihrem Blick auszuweichen.

„Außerdem“, fuhr er fort, „wissen wir jetzt, womit wir es zu tun haben. Solange wir unseren gesunden Menschenverstand einsetzen, wird uns schon nichts passieren.“

„Barry, bist du okay? Du wirkst – müde.“ Das war nicht das passende Wort, aber das einzige, das ihr einfiel.

Er seufzte, und endlich sah er sie an. Seine Müdigkeit war tatsächlich nicht zu übersehen. Unter den Augen lagen dunkle Ringe, und er ließ die breiten Schultern hängen.

„Nein, mir geht’s gut. Mach mir höchstens Sorgen um Chris …“

Jill nickte, wurde aber das Gefühl nicht los, dass Barry ihr nicht die volle Wahrheit sagte. Seit er sie aus der Falle gezogen hatte, machte er einen ungewohnt niedergeschlagenen Eindruck, mehr noch, er war hochnervös.

Bist du paranoid? Du redest hier von Barry Burton, dem Rückgrat des Raccoon-S.T.A.R.S. – und obendrein dem Mann, der dir gerade das Leben gerettet hat. Was sollte er denn zu verbergen haben?

Jill wusste, dass sie wahrscheinlich übertrieben misstrauisch reagierte – dennoch beschloss sie, vorerst kein Wort über Trents Computer zu verlieren. Nach allem, was hinter ihr lag, brachte sie niemandem uneingeschränktes Vertrauen entgegen. Und es klang, als hätte Barry ohnehin schon eine recht gute Vorstellung von der Raumaufteilung der Villa, weshalb er diese Informationen nicht zwingend *brauchte* …

Gut so, denk nur weiter ganz rational. Als Nächstes beschuldigst du dann Captain Wesker, die ganze Sache eingefädelt zu haben.

Jill machte sich innerlich über sich selbst lustig, während sie sich von der Wand abdrückte und mit Barry langsam zum Haus zurückging. Das jedenfalls *war* paranoid.

An der Tür blieben sie stehen. Jill nahm noch ein paar Atemzüge von der wohltuenden Luft, als Balsam für ihr angegriffenes Nervenkostüm. Barry hatte seinen Colt Python gezogen. Mit grimmiger Miene lud er die leeren Kammern.

„Ich hab mir gedacht, dass ich noch mal in den Ostflügel geh und zuseh, ob ich die Fährte von Chris finde", sagte er. „Warum gehst du nicht schon nach oben und suchst die anderen Wappen? Auf die Weise könnten wir alle Räume abchecken und uns zur Haupthalle zurückarbeiten …"

Jill nickte, und Barry öffnete die Tür. Die rostigen Angeln quietschten protestierend. Eine Woge kalter Luft rollte über sie hinweg, und Jill bereitete sich mit einem Seufzer darauf vor, sich neuerlich einem Labyrinth aus eisigen, schattenerfüllten Gängen zu stellen – und weiteren Türen, hinter denen unschöne Überraschungen lauerten.

„Du kommst schon klar", meinte Barry in sanftem Ton, legte ihr seine warme Hand auf die Schulter und geleitete sie zurück ins Haus. Kaum hatte sich die Tür hinter ihnen geschlossen, hob er die Hand lächelnd zu einem lässigen Salut.

„Viel Glück", sagte er, und ehe Jill etwas erwidern konnte, drehte er sich um und eilte, die Waffe in der Hand, davon. Er schlüpfte durch die Doppeltür am Ende des Korridors und war verschwunden.

Jill schaute ihm nach, einmal mehr allein in der Stille des düsteren Flures. Sie bildete es sich nicht nur ein – Barry verheimlichte ihr tatsächlich etwas. Aber war es etwas, weswegen sie sich Sorgen machen musste, oder versuchte er nur, sie zu beschützen?

Vielleicht hat er Chris oder Wesker tot aufgefunden und wollte es mir nicht sagen …

Das war kein schöner Gedanke, aber er hätte Barrys seltsames Verhalten erklärt. Er wollte offensichtlich, dass sie so schnell wie möglich aus dem Haus herauskamen und sie, Jill, auf der Westseite blieb. Dazu kam die Art und Weise, wie er auf den Rätselmechanismus fixiert war – er schien sich mehr um einen Ausweg zu sorgen als um den Verbleib von Chris und Wesker …

Jill sah auf die beiden zusammengesunkenen Gestalten, die im Flur lagen, umgeben von langsam trocknenden roten Lachen mit klebriger Flüssigkeit. Vielleicht versuchte sie zu sehr, ein Motiv zu finden, das es gar nicht gab. Vielleicht hatte Barry, genau wie sie, einfach nur Angst und die Nase voll von dem Wissen, dass der Tod jederzeit zuschlagen konnte.

Vielleicht sollte ich endlich aufhören, darüber nachzudenken, und meinen Job tun. Ob wir die anderen nun finden oder nicht, er hat Recht, wenn er sagt, wir müssen hier raus. Die Leute in der Stadt müssen erfahren, was hier draußen los ist …

Jill straffte die Schultern, ging zu der hinter der Treppe liegenden Tür, und zog ihre Waffe. Sie hatte es so weit gebracht, da konnte sie es wohl auch noch ein bisschen weiter schaffen und versuchen, das Geheimnis zu lüften, das so viele das Leben gekostet hatte.

Oder bei dem Versuch sterben, wisperte es verhalten in ihrem Kopf.

Forest Speyer war tot. Den gut gelaunten, feinen alten Knaben aus dem Süden, der stets verschlissene Klamotten und ein lockeres Grinsen zur Schau getragen hatte, gab es nicht mehr. Dieser Forest war fort, und zurückgelassen hatte er einen blutüberströmten Doppelgänger, der zusammengesunken an der Wand lag.

Auf dieses „Double“ starrte Chris hinab. Die fernen Geräusche der Nacht gingen unter in einem plötzlichen Windstoß, der ums Gesims peitschte und heulend durch das Geländer der Dachterrasse fuhr. Es waren gespenstische Laute, doch Forest konnte sie nicht hören; Forest würde nie wieder etwas hören.

Chris ging neben dem reglosen Körper in die Hocke. Behutsam wand er die Beretta aus den kalten Fingern. Er nahm sich vor, nicht hinzuschauen, doch als er nach Forests Gürteltasche langte, begegnete sein Blick doch der furchtbaren Leere, dort, wo einmal die Augen des Bravos gewesen waren.

Herrgott, was ist geschehen? Was ist mit dir passiert, Mann?

Forests Leiche war mit Wunden übersät, die meisten drei bis fünf Zentimeter durchmessend und gesäumt von rohem, blutigem Gewebe – als sei Hunderte Male mit einem stumpfen Messer auf ihn eingestochen worden und als habe jeder dieser brutalen Hiebe Fetzen aus seiner Haut und seinem Fleisch gerissen. Ein Teil des Brustkorbs war grausam entblößt. Knochenhelle Streifen stachen von der aufgebrochenen Röte ab. Forests augenloses Starren setzte dem Entsetzen die Krone auf. Als habe sich der Mörder nicht damit begnügen können, ihm das Leben zu nehmen, sondern seine Seele noch dazu gewollt …

In Forests Tasche fanden sich drei Magazine für die Beretta. Chris steckte sie ein und stand rasch auf. Er riss den

Blick gewaltsam von dem verheerten Leichnam los. Schweratmend sah er hinaus über den dunklen Wald. Seine Gedanken waren ein heilloses Durcheinander. Sie suchten nach Halt, nach einer Erklärung, und waren doch außerstande, sich an die klar ersichtlichen Fakten zu klammern.

Zurück in der Haupthalle hatte Chris beschlossen, sämtliche Türen zu überprüfen, um herauszufinden, welche davon abgesperrt waren – und als er den blutigen Handabdruck in der kleinen Diele im Obergeschoss bemerkt und die klagenden Vogelschreie gehört hatte, war er losgestürmt, bereit, der Gerechtigkeit zu einem ersten Teilsieg zu verhelfen …

Krähen. Es klang wie Krähen, wie eine ganze Schar … Oder ein Schwarm, um es genau zu sagen. Ja, ein Rudel Hunde, eine Rotte Wildschweine, ein Schwarm Krähen …

Chris blinzelte und lenkte seinen müden Geist auf dieses Stückchen offenbar belangloses Wissen. Mit gerunzelter Stirn kniete er noch einmal neben Forests verstümmeltem Körper nieder und besah sich die ausgefransten Wunden näher. Zwischen den schweren Schnittverletzungen lagen Dutzende winziger Kratzer – Kratzer, die Linien bildeten.

Klauen. Krallen …

Just als der Gedanke in ihm aufstieg, vernahm Chris das unruhige Schlagen von Flügeln. Langsam drehte er sich um, Forests Beretta immer noch in seiner Hand, die plötzlich so kalt wie die des Toten geworden war.

Ein geschmeidiger, unnatürlich großer Vogel hockte auf dem Geländer, gerade mal einen Schritt entfernt, und musterte ihn aus klugen schwarzen Augen. Die weichen Federn schimmerten matt auf dem aufgedunsenen Leib und von seinem Schnabel hing etwas wie ein rotes, feuchtes Band herab.

Der Vogel neigte den Kopf zur Seite und stieß ein fürchterliches Kreischen aus. Der Fetzen Fleisch aus Forests Körper fiel auf das Geländer. Von überall her fluteten die Antwortschreie der versammelten Artgenossen des Vogels durch die Nacht. Ein wütendes Flüstern übergroßer Flügel hob an, als Dutzende dunkler, flatternder Schemen unter dem Dachgesims hervorbrachen, schreiend und mit zuckenden Krallen.

Chris rannte, den Anblick von Forests leeren Augenhöhlen tief in sein hämmerndes Denken eingebrannt. Kopfüber floh er, stolperte auf den kleinen Flur hinaus und schmetterte dem lauter werdenden Gekreische der Vögel die Tür entgegen. Adrenalin pumpte stoßweise in heißen Wogen durch seine Adern.

Er atmete tief durch, dann noch einmal, und nach einem Moment verlangsamte sich sein Herzschlag auf normales Tempo. Das Vogelgeschrei entfernte sich, wurde vom leise wimmernden Wind verweht.

Gott, wie blöd kann ich mich denn noch anstellen? Das war dumm, das war so was von leichtsinnig …

Er war auf die Terrasse hinausgestürmt, hatte den Kampf gesucht, den Tod der anderen S.T.A.R.S.-Mitglieder rächen wollen – doch was er vorgefunden hatte, hatte ihn dermaßen geschockt, dass er nicht mehr zu denken imstande gewesen war. Im Angesicht von Forests Leiche hatte er die Nerven verloren, sonst hätte er die Verbindung zwischen den Vögeln und der Art der Verletzungen schon eher hergestellt – und die sich zusammenrottenden Fleischfresser vielleicht bemerkt, die ihn auf der Suche nach ihrem nächsten Opfer aus den Schatten heraus belauert hatten.

Wütend auf sich selbst, weil er sich unvorbereitet in eine so heikle Situation gestürzt hatte, kehrte Chris zur Tür zurück, die in die Haupthalle führte. Er konnte es sich nicht leisten, fortwährend Fehler zu machen, seine Aufmerksamkeit schleifen zu lassen. Das hier war kein Spiel, bei dem er eine *Reset*-Taste drücken konnte, wenn etwas schief gelaufen war, um noch einmal von vorne zu beginnen. Menschen starben, *Freunde* starben.

Und wenn du dir nicht endlich in den Arsch trittst und vorsichtiger bist, wirst du dich ihnen bald anschließen – ein weiterer zerfetzter, lebloser Körper sein, irgendwo in einem kalten Flur – ein weiteres Opfer des Wahnsinns, der in diesem Haus nistet!

Chris brachte das quälende Flüstern in sich zum Verstummen und holte tief Luft. Dann trat er erneut hinaus auf die Galerie, die im Obergeschoss das Foyer umlief, und schloss die Tür hinter sich. Sich mit Selbstvorwürfen zu geißeln war auch nicht sinnvoller, als in einer fremden und gefährlichen Umgebung blindlings herumzustürmen und Vergeltung üben zu wollen. Er musste sich auf das konzentrieren, was wichtig war, auf die vermissten Alphas und auf Rebecca.

Er steuerte die Treppe an und klemmte sich Forests Waffe fest hinter seinen Hosenbund. Zumindest würde Rebecca sich damit nun selbst ihrer Haut erwehren können …

„Chris."

Erschrocken blickte er nach unten, wo er das junge S.T.A.R.S.-Mitglied am Ende der breiten Stufen entdeckte. Rebecca lächelte zu ihm empor.

Er eilte die Treppe hinunter. Obwohl sich etwas in ihm dagegen sperrte, war er froh, sie zu sehen. „Was ist passiert? Ist alles in Ordnung?"

Als er bei ihr anlangte, hielt Rebecca, immer noch breit lächelnd, einen silbernen Schlüssel hoch. „Ich habe etwas gefunden und dachte, dass du es vielleicht brauchen könntest."

Er nahm den Schlüssel. Bevor er ihn in seine Weste gleiten ließ, bemerkte er, dass eine winzige Schrift darauf eingraviert war. Rebecca strahlte; ihre Augen funkelten vor Aufregung.

„Nachdem du gegangen warst, spielte ich auf dem Flügel, und da öffnete sich diese Geheimtür in der Wand. Darin war dieses Goldemblem, eine Art Wappenschild. Ich vertauschte es mit dem im Speisezimmer – und die Standuhr bewegte sich. Dahinter fand ich diesen Schlüssel …"

Unvermittelt brach sie ab. Ihr Lächeln verblasste, als sie sein Gesicht betrachtete. „Tut mir Leid … Ich weiß, ich hätte das Zimmer nicht verlassen sollen, aber ich dachte, ich könnte dich noch einholen, bevor du zu weit –"

„Schon in Ordnung", sagte er mit gezwungenem Lächeln. „Ich war nur überrascht, dich zu sehen. Hier, ich hab was für dich. Ist ein bisschen besser als eine Dose Insektenspray."

Er reichte ihr die Beretta zusammen mit einem Ersatzmagazin. Rebecca betrachtete die Waffe nachdenklich.

Als sie wieder zu ihm aufsah, war ihr Blick ernst und eindringlich. „Wem hat sie gehört?"

Chris erwog zu lügen, sah aber, dass sie es ihm nicht abkaufen würde. Mit einem Mal erkannte er, was in ihm das Bedürfnis weckte, sie zu beschützen, sie von der traurigen und widerlichen Wahrheit fernzuhalten.

Claire.

Ja, das war es. Rebecca erinnerte ihn an seine kleine Schwester – angefangen bei ihrem wildfanghaften Sarkasmus über ihre Klugheit bis hin zu der Art, wie sie ihr Haar trug.

„Hör zu", sagte sie in ruhigem Ton, „ich weiß, du fühlst dich für mich verantwortlich, und ich gebe zu, dass das alles noch ziemlich neu für mich ist. Aber ich bin ein Mitglied dieses Teams, und mich in Watte zu packen, könnte meinen Tod bedeuten. Also – wem hat sie gehört?"

Chris starrte sie einen Augenblick lang schweigend an, dann seufzte er. Sie hatte Recht. „Forest. Ich hab ihn draußen gefunden. Er wurde von Krähen zerhackt. Kenneth ist auch tot."

Ein Ausdruck von Schmerz blitzte durch ihre Augen, aber sie nickte beherrscht und wich seinem Blick nicht aus. „Okay. Und was machen wir jetzt?"

Chris konnte sich ein ganz leichtes Lächeln nicht verkneifen, während er sich zu erinnern versuchte, ob er jemals so jung gewesen war.

Mit einer Geste wies er die Stufen hinauf und hoffte, dass er nicht im Begriff war, einen weiteren Fehler zu begehen. „Ich schätze, wir versuchen es mit einer anderen Tür …"

Wesker schnappte nicht viel von dem Gespräch zwischen Barry und Jill auf, aber nach einem gedämpften „Viel Glück" von Mr. Burton hörte er, wie nicht weit entfernt eine Tür schlug – und einen Moment später ertönte das hohle Hämmern von Stiefeltritten auf Holz, gefolgt vom Klang einer weiteren sich schließenden Tür. Die Luft im Gang draußen war rein, sein Team unterwegs mit dem Auftrag, die restlichen Kupferwappen zu finden.

Sieht aus, als hätte ich mir den richtigen Raum zum Warten ausgesucht …

Wesker hatte den Schlüssel mit dem eingravierten Helm benutzt, um sich in ein Studierzimmer nahe der Hintertür einzuschließen. Es war der perfekte Ort, um das Vorankommen des Teams zu überwachen. Nicht nur, dass er seine Leute kommen und gehen hören konnte, er würde von hier aus auch einen Vorsprung zu den Labors haben.

Grinsend hielt Wesker das schwere Windwappen ins Licht der Schreibtischlampe. Es war beinahe schon zu einfach gewesen. Auf dem Rückweg nach seiner Unterhaltung mit Barry war er auf die Gipsstatue gestoßen und hatte sich daran erinnert, dass sie irgendwo ein Geheimfach besaß. Anstatt wertvolle Zeit mit der Suche danach zu vergeuden, hatte er das scheußliche Ding kurzerhand von der Galerie über dem Speisesaal gestoßen. Es war zwar keines der Wappen darin versteckt gewesen, doch das Funkeln des blauen Juwels inmitten der Trümmer war fast ebenso gut gewesen. Ganz in der Nähe des Esszimmers gab es einen Raum, in dem eine Tigerstatue mit einem roten und einem blauen Auge stand. Das war einer der wenigen Mechanismen, an den sich Wesker von einem früheren Besuch her erinnern konnte. Ein kurzer Abstecher zu der Statue hatte seine Annahme bestätigt: Beide Augen hatten gefehlt, und nachdem das grellblaue Juwel von ihm in die passende Augenhöhle eingesetzt worden war, hatte sich der Tiger zur Seite gedreht und ihm das Wappen offenbart. So war Wesker der Erfüllung seiner Mission auf einfachste Weise einen weiteren Schritt näher gekommen.

Wenn sich die anderen drei Wappen an Ort und Stelle befinden, warte ich, bis Barry und Jill weg sind, um nach dem letzten zu suchen. Danach schleiche ich mich zur Tür hinaus.

Er spielte mit dem Gedanken, jetzt schon hinauszugehen, um das Diagramm zu überprüfen, verwarf ihn jedoch. Das Haus war groß, aber nicht *so* groß, und es bestand kein Grund, sich dem Risiko einer Entdeckung auszusetzen. Außerdem hatten sie es wahrscheinlich noch nicht geschafft, eines der anderen Wappen zu finden. Es war schon knapp gewesen, als er nach unten gegangen war, um das Juwel zu bergen – dabei wäre er beinahe Chris Redfield über den Weg gelaufen. Chris hatte die Rekrutin gefunden; die beiden tappten ohne Sinn und Verstand umher und suchten vermutlich nach „Hinweisen“ …

Abgesehen davon ist dieses Zimmer wirklich gemütlich. Vielleicht mache ich ein Nickerchen, solange ich drauf warte, dass andere meinen Job erledigen.

Zufrieden mit dem bislang Erreichten, lehnte Wesker sich im Schreibtischsessel zurück. Was zur Katastrophe hätte werden können, lief nun doch recht rund – weil er schnell überlegt und gehandelt hatte. Er hatte bereits eines der Wappen gefunden, Barry und Jill arbeiteten für ihn – und darüber hinaus hatte er das Glück gehabt, in der Bibliothek Ellen Smith über den Weg zu laufen …

Stopp, falsch: Es muss Doktor *Ellen Smith heißen, jawohl.*

Nachdem er das Windwappen geholt hatte, war er in die Bibliothek gegangen, um den kleinen Nebenraum zu überprüfen, von dem aus man den Heliport des Anwesens überblickte und dessen Zugang hinter einem Bücherschrank verborgen lag. Eine rasche Durchsuchung hatte nichts Nützliches zutage gefördert, und Wesker war gerade im Begriff gewesen, sich das Hinterzimmer vorzunehmen, als Dr. Smith erschienen war, um ihn zu „begrüßen“.

Seit er nach Raccoon gezogen war, hatte er mit ihr ausgehen wollen, hingerissen von ihren langen Beinen und ihrem platinblonden Haar. Er hatte schon immer eine Schwäche für Blondinen gehabt, vor allem für solche mit Köpfchen. Und diese ganz Spezielle hatte ihn nicht nur wiederholt abblitzen lassen, sie hatte sich dabei nicht einmal um die Grundregeln der Höflichkeit bemüht. Er hatte sie mit Ellen angesprochen und war von ihr kühl darauf hingewiesen worden, dass sie seine Vorgesetzte sei *und* den Doktortitel besitze. Ein Eisklotz, durch und durch. Wäre sie nicht so verdammt gutaussehend gewesen, hätte er es überhaupt gar nicht erst versucht, mit ihr anzubandeln.

Aber, ach je, wie schnell Ihre Schönheit doch verwelkte, Dr. Ellen ...

Wesker schloss voll Genugtuung die Augen und rief sich die Begegnung noch einmal in Erinnerung. Es waren die schmutzigen blonden Haarsträhnen gewesen, an denen er Ellen identifiziert hatte, als sie hinter einem der Regale hervorschlurfte und ächzend die Hände nach ihm ausstreckte. Ihre Beine waren immer noch lang gewesen, aber sie hatten viel von ihrer Klasse eingebüßt gehabt – ganz zu schweigen von einer beträchtlichen Menge Haut ...

„Sie haben sich für ein prächtiges Parfüm entschieden, Dr. Ellen." Mit dieser höhnischen Begrüßung hatte Wesker ihr zwei Kugeln in den Schädel gejagt, und sie war in einem Blut- und Knochenregen zu Boden gegangen. Wesker sah sich selbst nicht gern als einen Mann von niederen Instinkten, aber auf dieses arrogante Miststück zu schießen, war herrlich gewesen – zutiefst befriedigend.

Das Tüpfelchen auf dem i, ein kleiner Bonus dafür, dass ich die Sache in die Hand nehme. Wenn ich Glück habe, treffe ich unten in den Labors vielleicht auch noch auf Sarton, diesen Pisser ...

Nach einem Weilchen stand Wesker auf. Er streckte sich und wandte sich dem Regal hinter dem Schreibtisch zu, um ein paar der Bücher darin in Augenschein zu nehmen. Er brannte darauf, weiterzumachen, aber die S.T.A.R.S.-Mitglieder mochten eine Zeit lang brauchen, um den Rest der Puzzleteile aufzuspüren, und es gab nun einmal nichts, was er hätte tun können, um diesen Prozess zu beschleunigen. Also konnte er sich zwischenzeitlich ebenso gut mit etwas anderem beschäftigen.

Mit gefurchter Stirn versuchte er die Bedeutung der Buchtitel zu ergründen, zum Beispiel *Phagen: Alpha-Komplementvektoren* oder *cDNS-Bibliotheken und elektrophoretische Konditionen.*

Biochemische und medizinische Abhandlungen … Vielleicht kam er ja doch zu seinem Nickerchen. Allein die Titel zu lesen, machte ihn schläfrig.

Sein Blick fiel auf einen dicken Wälzer, der in einer der unteren Regalreihen stand und in feines rotes Leder gebunden war. Wesker nahm den Folianten heraus und war froh, auf dem Deckel einen Titel zu finden, den er verstand – auch wenn er albern war: *Adler des Ostens, Wolf des Westens.*

Moment – genau das Gleiche steht doch auf dem Brunnen …

Wesker starrte die Worte an und spürte, wie sich seine gute Laune verabschiedete. Es konnte unmöglich sein – die Forscher waren zwar durchgedreht, aber sie hatten sicher nicht die Labors verbarrikadiert. Dazu gab es keinen Grund.

Am Rande der Verzweiflung schlug Wesker das Buch auf, betend, dass er sich irrte.

Als er sah, was in der Buchattrappe mit den zusammengeklebten Seiten versteckt war, stieß er ein hilfloses Stöhnen aus. In dem ausgeschnittenen Fach zwischen den Deckeln lag ein Messing-Medaillon mit einem eingravierten Adler – Teil eines Schlüssels zu einem weiteren von Spencers verrückten Schlössern.

Es war wie die Pointe eines grausamen Witzes. Um aus dem Haus zu gelangen, musste er die Wappen finden. War er einmal draußen auf dem Hof, musste er sich seinen Weg durch ein Labyrinth verschlungener Tunnel suchen, das in einem versteckten Teil des Gartens begann; ein alter Steinbrunnen markierte dort den Zugang zu den unterirdischen Labors. Der Brunnen war eine von Spencers bizarren Schöpfungen, ein Wunderwerk der Technik, das geöffnet und geschlossen werden konnte, um die Einrichtung darunter zu tarnen – vorausgesetzt natürlich, man besaß die passenden Schlüssel: Zwei Medaillons, eines mit einem Adler, das andere mit einem Wolf darauf.

Und dass er, Wesker, nun den Adler gefunden hatte, bedeutete, dass der Zugang geschlossen war. Was wiederum hieß, dass der Wolf sonst wo sein konnte – und dass seine, Weskers, Chance, das Labor überhaupt zu erreichen, soeben drastisch gesunken war. Sie lag jetzt irgendwo bei Null …

Unfähig, die Beherrschung zu wahren, schnappte Wesker sich die Medaille und schleuderte das Buch wutentbrannt gegen den Schreibtisch. Die Lampe darauf fiel um, zerbrach und tauchte das Zimmer schlagartig in Finsternis.

Es machte nicht länger Sinn, das Windwappen zurückzuhalten. Sein perfekter Plan war ruiniert. Er musste seinen Vorteil aufgeben und darauf hoffen, dass einer der anderen zufällig für ihn über die Wolfsmedaille stolperte, die irgendwo auf dem riesigen, weitläufigen Anwesen versteckt war.

Das bedeutet erhöhtes Risiko, eine aufwändigere Suche – und die Möglichkeit, dass einer von ihnen die Labors vor mir erreicht.

Wutschäumend stand Wesker, die Fäuste geballt, in der tintenschwarzen Stille und zwang sich, nicht laut loszuschreien.

Zwölf

Jill hörte etwas, das wie zerbrechendes Glas klang, verhielt sich ganz still und lauschte. Die Akustik der Villa war sonderbar, die langen Korridore und der ungewöhnliche Grundriss erschwerten die Feststellung, woher ein Geräusch kam.

Falls du überhaupt etwas gehört hast …

Jill seufzte und ließ den Blick ein letztes Mal durch die von Büchern umrahmte Lounge am oberen Ende der Treppe schweifen. Die anderen drei Räume entlang der Galerie hatte sie bereits inspiziert, ohne etwas von Interesse zu finden – ein spartanisches Schlafzimmer mit zwei Betten, ein Büro und ein leeres Zimmer mit einer abgeschlossenen Tür und einem Kamin darin. Die einzigen Schalter, die sie hatte entdecken können, waren Lichtschalter gewesen. Trotzdem war sie beim Anblick eines ziemlich unheilvoll aussehenden schwarzen Knopfes, den sie an einer Wand des Büros gefunden hatte, in helle Aufregung geraten. Bis sie ihn gedrückt und herausgefunden hatte, dass dadurch lediglich der Abflussmechanismus eines leeren Aquariums, das in der Ecke stand, in Gang gesetzt worden war.

Sie hatte etwas Munition für die Remington gefunden und dachte, dass sie zumindest dafür dankbar sein sollte – ein Dutzend Patronen in einer Metallschachtel unter einem der

Betten im Schlafzimmer. Aber wenn hier irgendwo Wappen versteckt waren, dann hatte Jill sie übersehen.

Sie zog Trents Computer hervor und bestimmte auf der Karte ihren Standort am oberen Treppenende. Direkt hinter der zweiten Tür der Lounge lag ein breiter, U-förmiger Korridor, der im Bogen zurück zu dieser Galerie über der Eingangshalle führte. Außerdem lagen auf jenem Gang zwei Räume – einer war eine Sackgasse, und der andere führte in ein paar weitere.

Jill steckte den kleinen Computer weg, zog die Beretta und nahm sich einen Moment Zeit, um ihren Kopf klar zu bekommen, bevor sie auf den Korridor hinaus trat. Es fiel ihr nicht leicht. Sie war hin- und hergerissen zwischen dem Bemühen herauszufinden, was in dem Haus vorgefallen war – wer diese Monster erschaffen hatte –, und der Sorge um ihr Team. Beides brachte Jills Gedanken ziemlich durcheinander.

Ich hätte mir diese Papiere genauer ansehen sollen.

Das Büro war schlicht gewesen: ein Schreibtisch, ein Bücherregal. Nahe der Tür hatte ein Regal mit Laborkitteln gestanden, und bei den Papieren, die über dem Schreibtisch verstreut gelegen hatten, handelte es sich in der Hauptsache um Listen aus Zahlen- und Buchstabenkolonnen. In Chemie kannte Jill sich gerade soweit aus, um festzustellen, dass diese Papiere etwas mit Chemie zu *tun* hatten. Deshalb hatte sie sich nicht damit aufgehalten, sie zu lesen – doch seit sie diese Papiere gefunden hatte, hielt sie die Zombies für das Ergebnis eines missglückten Experiments. Die Villa war zu gut instandgehalten, als dass private Gelder dahinterstecken konnten, und die Tatsache, dass ihr wahrer Zweck so lange hatte geheim gehalten werden können, war ein weiteres Indiz für eine gezielte Verschleierung. Jill schätzte, dass auf ziemlich allem hier Monate alter Staub lag – was zeitlich mit den ersten Angriffen in Raccoon zusammenpasste. Wenn die Leute in diesem Haus verdeckte Forschungen betrieben hatten und dabei etwas schief gelaufen war …

Etwas, das sie in Fleisch fressende Schauergestalten verwandelt hat? Das ist ein bisschen weit hergeholt, oder?

Aber es war immer noch in sich stimmiger als alles andere, was ihr dazu einfallen wollte. Trotzdem würde sie ihr Denken auch für andere Möglichkeiten offen halten. Was ihre Besorgnis um das Team anging, nun, Barry benahm sich merkwürdig, Chris und Wesker waren noch immer verschollen. Diesbezüglich gab es also keine neuen Erkenntnisse.

Und es wird auch keine geben, wenn du nicht endlich durchstartest.

Richtig. Jill ließ das Grübeln sein und trat auf den Gang hinaus.

Den Geruch bemerkte sie, noch ehe sie den Zombie sah, der ein Stück weit entfernt am Boden lag. Die kleinen Wandleuchter warfen einen unsteten Schimmer über die Leiche, weil ihr Licht von dunkelrotem Zierholz reflektiert wurde und der Korridor in dunkelroter Farbe gehalten war. Jill richtete ihre Waffe auf den reglosen Körper – und hörte, wie sich irgendwo, unweit entfernt, eine Tür schloss.

Barry?

Er hatte zwar gesagt, dass er in den anderen Flügel der Villa gehen würde, aber vielleicht hatte er ja etwas gefunden und war gekommen, um nach ihr zu suchen. Oder sie würde endlich auf ein anderes Team-Mitglied stoßen …

Diese Vorstellung zauberte ein Lächeln auf Jills Lippen. Sie eilte den düsteren Flur hinunter und brannte darauf, einem vertrauten Gesicht zu begegnen.

Als sie sich der Ecke näherte, trieb ihr eine neuerliche Woge von Verwesungsgestank entgegen –

– und die zu ihren Füßen liegende Kreatur grapschte nach ihrem Stiefel!

Als die Hand kraftvoll ihren Knöchel umschloss, breitete Jill erschrocken die Arme aus und kämpfte um ihr Gleichgewicht. Angeekelt schrie sie auf, als der sabbernde Zombie sein verrottendes Gesicht Zentimeter um Zentimeter auf ihren Stiefel zubewegte. Die sich auflösenden, teilweise bereits skelettierten Finger kratzen über das dicke Leder, suchten nach festerem Halt …

Instinktiv trat Jill mit ihrem anderen Stiefel nach dem Hinterkopf des Zombies. Das grobe Profil schrammte mit einem abscheulichen schmatzenden Laut über den Schädel, riss ein breites Stück der Kopfhaut ab und entblößte schimmernden Knochen. Die Kreatur fühlte keinen Schmerz und setzte ihr Bemühen, sich festzukrallen, unbeeindruckt weiter fort.

Jills zweiter und dritter Tritt trafen den Nacken des Ungetüms – beim vierten spürte und hörte sie ein dumpfes Krachen, wie von einem morschen Zweig, als das Genick unter ihrem Stiefelabsatz brach.

Die bleichen Hände zuckten noch einmal, ehe der Zombie erstickt röchelnd auf dem miefigen Teppich erstarrte.

Jill trat über den schlaffen Körper hinweg und hetzte, einen gallebitteren Geschmack auf der Zunge, um die nächste Ecke. Sie war inzwischen überzeugt, dass es sich bei den Mitleid erregenden Gestalten, die durch die Flure strichen, um *Opfer* handelte – ähnlich wie Becky und Pris es damals gewesen waren. Sie tat den entmenschten Kreaturen einen Gefallen, wenn sie sie in den Tod entließ. Nichtsdestotrotz blieben diese Wesen auch eine Bedrohung – ganz davon abgesehen, dass jede Begegnung mit ihnen gehörig auf den Magen schlug … Jill nahm sich vor, noch vorsichtiger zu sein.

Rechts von ihr lag eine Tür aus massivem Holz. Sie war mit schnörkelreichen Metallverzierungen versehen. Über dem Schließblech befand sich die Abbildung einer Rüstung, doch im Gegensatz zu den anderen Türen, an denen Jill im Obergeschoss vorbei gekommen war, war diese hier nicht zugeschlossen.

In dem hell erleuchteten Raum befand sich niemand, doch Jill zögerte; mit einem Mal war sie kaum noch gewillt, ihre Suche nach demjenigen fortzusetzen, der sich ebenfalls in diesem Bereich der Villa herumtrieb. An zwei Wänden des großen Raumes reihten sich jeweils acht Ritterrüstungen, und im rückwärtigen Teil stand eine kleine Vitrine. Nicht zu übersehen war außerdem ein großer roter Schalter in der Mitte des graugefliesten Bodens.

Eine weitere Falle? Oder ein neues Rätsel?

Gespannt betrat Jill den Raum und ging auf die Glasfront der Vitrine zu. Die laut- und leblosen Wächter schienen jede ihrer Bewegungen zu verfolgen. Im Boden befanden sich sonderbare, mit Gittern gesicherte Löcher, je eines auf jeder Seite des roten Schalters. Vielleicht dienten sie zur Belüftung …

Jill spürte, wie ihr Herz schneller zu schlagen begann. Plötzlich war sie sicher, auf eine weitere Falle gestoßen zu sein.

Bei der Untersuchung der staubigen Vitrine fand Jill keine Möglichkeit, sie zu öffnen. Die Glasfront bestand aus einer dicken Scheibe. Und in einer dunklen Ecke am Boden schimmerte etwas wie stumpfes Kupfer …

Ich soll diesen Knopf drücken und glauben, dass er die Vitrine öffnet … Und was dann?

Auf einmal sah sie klar und deutlich vor ihrem geistigen Auge, wie sich die vergitterten Öffnungen luftdicht schlossen und die Tür automatisch zuglitt – damit wäre der Tod durch langsames Ersticken in einer hermetisch abgedichteten Kammer vorprogrammiert gewesen … Oder der Raum konnte sich mit Wasser füllen – oder irgendeinem toxischen Gas.

Jill schaute sich um. Sie überlegte, ob sie versuchen sollte, die Tür zu blockieren, oder ob vielleicht in einer der leeren Rüstungen ein weiterer Schalter verborgen sein konnte.

Jedes Rätsel hat mehr als eine Lösung, Jilly, vergiss das nicht.

Plötzlich grinste sie. Warum sollte sie den Knopf überhaupt drücken?

Sie ging neben der Vitrine in die Knie und umfasste ihre Pistole fest am Lauf. Das Glas zersprang klirrend, dünne Linien breiteten sich spinnennetzartig um die Stelle herum aus, die Jill getroffen hatte. Mit dem Kolben der Waffe schlug Jill ein größeres Stück heraus und griff dann vorsichtig durch das entstandene Loch.

Sie bekam etwas zu fassen, was sich beim Herausziehen als sechseckiges Kupferwappen entpuppte, in das eine altertümlich anmutende lächelnde Sonne eingraviert war. Selbstzufrieden erwiderte Jill das Lächeln. Offensichtlich ließen sich einige Tücken des Hauses umgehen, vorausgesetzt man ignorierte die Regeln des Fairplay. Wie auch immer, Jill eilte zur Tür zurück – sie wollte sich erst freuen, wenn sie diesen Saal sicher wieder hinter sich gelassen hatte.

Als sie in den düsterrot gehaltenen Korridor zurückkehrte, verharrte sie einen Moment mit dem Wappen in der Hand und wog ihre Möglichkeiten ab. Sie konnte entweder weiter nach demjenigen suchen, der die andere Tür geschlossen hatte, oder zu dem Rätselschloss zurückgehen, um das Wappen einzusetzen. So sehr sie ihr Team auch wiederfinden wollte, Barry hatte Recht, wenn er meinte, dass sie schnellstens aus der Villa verschwinden mussten. Wenn noch andere S.T.A.R.S. am Leben waren, würden sie bestimmt ebenfalls nach einem Fluchtweg suchen …

Jills nachdenklicher Blick fiel auf die abscheulich riechende Kreatur, die sie getötet hatte. Die dunkle Lache, die den schorfigen Kopf des Geschöpfes umgab, breitete sich langsam aus, und mit einem Mal begriff Jill, wie verzweifelt sie sich danach sehnte, dieses Haus zu verlassen – seiner verdorbenen Luft und den ekelerregenden Ungeheuern, die durch seine kalten, staubigen Gänge schlichen, zu entkommen. Sie wollte *weg*, und das so rasch wie menschenmöglich.

Auf diese Weise motiviert, eilte Jill den Weg zurück, den sie gekommen war. Das schwere Wappen hielt sie fest umklammert. Sie hatte bereits zwei andere Stücke entdeckt, die gebraucht wurden, um der Villa zu entrinnen. Und auch wenn sie noch nicht wusste, *wohin* sie fliehen würden, musste jeder andere Ort zwangsläufig besser sein als das, was sie hier hinter sich ließen …

„Richard!" Rebecca ließ sich neben dem Bravo auf die Knie fallen. Mit zitternder Hand suchte sie an seinem Hals nach einem Puls.

Chris starrte stumm auf den schwerverletzten Körper. Er wusste bereits, dass Rebecca keinen Herzschlag mehr finden würde – die klaffende Wunde an Richard Aikens rechter Schulter trocknete bereits, es floss kein frisches Blut mehr aus dem zerfetzten Gewebe nach. Richard war tot.

Chris beobachtete, wie Rebeccas schmale Hand langsam vom Hals des Bravos herabrutschte, dann nach oben glitt, um die gläsern starren Augen zu schließen. Ihre Schultern sanken herab. Der Fund verursachte auch Chris Übelkeit. Der Kommunikations-Experte war ein netter, lebensfroher Kerl gewesen – und gerade mal dreiundzwanzig Jahre alt geworden …

Chris sah sich in dem stillen Raum um und suchte ziellos nach einem Hinweis darauf, wie Richard umgekommen war. Das Zimmer, das von der Galerie im Obergeschoss erreichbar war, präsentierte sich schmucklos und leer. Außer Richard befand sich rein gar nichts darin.

Mit gerunzelter Stirn ging Chris ein paar Schritte auf die zweite Tür des Zimmers zu, bückte sich und strich über den dunklen Fliesenboden. Zwischen Richards Leiche und der schlichten, drei Meter entfernten Holztür gab es auf dem Boden eine getrocknete Blutkruste in Form eines Stiefelabsatzes. Chris musterte die Tür nachdenklich und umfasste die Beretta noch fester.

Was immer ihn umgebracht hat, es ist auf der anderen Seite und wartet wahrscheinlich schon auf weitere Opfer …

„Chris, sieh dir das an!"

Rebecca kniete noch immer neben Richard, den Blick auf die blutige Masse gerichtet, die einmal die Schulter des Bravos gewesen war. Chris ging zu ihr, ohne eine Vorstellung davon zu haben, was er sich ansehen sollte. Die Wunde war ausgefranst und schmutzig, das Fleisch dunkelgrau verfärbt. Seltsam war allerdings, dass die Verletzung nicht sehr tief zu sein schien.

„Siehst du diese violetten Linien, die von der Verletzung ausgehen? Und wie der Muskel punktiert wurde, hier und hier?" Rebecca zeigte auf zwei dunkle Löcher, etwa fünfzehn Zentimeter auseinander liegend und jeweils umsäumt von Haut, die wie von einer Entzündung gerötet war.

Rebecca setzte sich auf die Fersen und blickte zu Chris auf. „Ich glaube, er wurde vergiftet. Sieht aus wie ein Schlangenbiss.“

Chris sah sie an. „Was für eine Schlange erreicht denn eine solche Größe …?“

Im Aufstehen zuckte Rebecca die Achseln. „Auch wieder wahr. Vielleicht war es etwas anderes. Aber die Verletzung allein hätte ihn nicht so schnell getötet. Ich bin ziemlich sicher, dass er vergiftet wurde.“

Chris zollte ihr Respekt. Sie besaß einen guten Blick für Details und hielt sich in Anbetracht der Umstände bemerkenswert tapfer.

Er unterzog Richards Kleidung einer schnellen Durchsuchung, die ein weiteres volles Magazin und ein Kurzwellenfunkgerät zutage förderte. Beides reichte er an Rebecca weiter, Richards leere Beretta klemmte er sich hinter den Gürtel.

Nach einem Blick zur Tür, wandte er sich wieder an Rebecca. „Was ihn auch umgebracht hat, es könnte hinter dieser Tür stecken …“

„Dann müssen wir vorsichtig sein“, sagte sie. Ohne ein weiteres Wort näherte sie sich der Tür, blieb stehen und wartete, dass er zu ihr aufschloss.

Ich muss aufhören, in ihr ein Kind zu sehen. Sie hat bereits die meisten ihres Teams überlebt. Sie braucht weder meinen Schutz noch ist es nötig, sie aufzufordern, sich hinter mir zu halten …

Chris stellte sich neben die Tür und nickte Rebecca zu. Sie drehte den Knauf und drückte die Tür auf. Sie hoben ihre Waffen, als sie in einen schmalen Flur eindrangen.

Geradeaus befanden sich ein paar Holzstufen, die zu einer weiteren geschlossenen Tür führten. Links lag eine kurze

Abzweigung des Ganges, und am Ende befand sich ebenfalls eine Tür. Die Wände zu beiden Seiten der Stufen waren blutverschmiert, und Chris war plötzlich sicher, dass es sich dabei um Richards Blut handelte – sein Mörder befand sich hinter dieser Barriere.

Chris zeigte in den kurzen Seitengang und flüsterte: „Du nimmst diesen Raum. Wenn du auf Schwierigkeiten stößt, kommst du wieder hierher und wartest. Sei aber auf jeden Fall in fünf Minuten wieder hier."

Rebecca nickte und bewegte sich den engen Flur hinab. Chris wartete, bis sie den Raum betreten hatte, ehe er die Stufen emporstieg. Sein Herz schlug hart gegen seine Rippen.

Die Tür war abgeschlossen, doch Chris sah, dass neben dem Schlüsselloch ein winziger Wappenschild eingraviert war. Rebecca erwies sich als nützlicher, als er es sich je hätte vorstellen können. Er zog den Schlüssel hervor, den sie ihm gegeben hatte, und sperrte die breite Tür auf. Bevor er hineinging, prüfte er noch kurz die Bereitschaft seiner Beretta.

Es war ein großer Dachboden, in seiner Schlichtheit der völlige Kontrast zum übrigen Prunk der Villa. Hölzerne Stützbalken ragten vom Boden bis zur schrägen Decke empor, und bis auf ein paar Kisten und Fässer an den Wänden war der Raum leer.

Chris trat tiefer ein, blieb aber abwehrbereit, während er nach einer verdächtigen Bewegung Ausschau hielt. Auf der anderen Seite des langen Raumes befand sich eine niedrige Mauer, ein paar Fußlängen von der Rückwand des Dachbodens entfernt. Das Ganze erinnerte an die Box in einem Pferdestall. Gleichzeitig war es der einzige Bereich, der sich nicht einsehen ließ.

Langsam bewegte sich Chris darauf zu. Seine Stiefeltritte auf dem Holzboden verursachten hohle Echos in der kühlen Luft.

Er drückte sich an die hüfthohe Mauer und schob klopfenden Herzens die Mündung seiner Beretta über den Rand hinweg, während er den Kopf vorstreckte.

Es gab keine Schlange dahinter. Dafür ein Loch über den Dielenbrettern der rückwärtigen Wand, etwa ein Fuß hoch und vier, fünf breit – und ein beißender, moschusartiger Geruch, wie von einem wilden Tier, strömte davon aus. Chris furchte die Stirn, wollte zurückweichen, hielt aber dann doch inne und beugte sich noch weiter vor.

Neben dem Loch lag ein rundes Stück Metall, geformt wie ein Penny, aber von der Größe einer kleinen Faust. Darauf war etwas eingeprägt, etwas Sichelförmiges …

Chris ging um die Teilmauer herum und betrat die „Stallbox". Er hielt das Loch scharf im Auge, während er sich bückte und das Metallstück aufhob. Es handelte sich um eine sechseckige Kupferscheibe mit einer Mondsichel darauf, eine künstlerisch durchaus anspruchsvolle Arbeit, die –

Aus dem Loch ertönte ein weiches, gleitendes Geräusch. Chris trat den Rückzug an und richtete die Beretta auf die Öffnung. So wich er nach hinten, bis seine Schultern die Wand des Dachbodens streiften. Als er sich seitwärts wandte, schoss etwas Röhrenförmiges blitzartig aus der Öffnung. Seine Spitze prallte nur knapp neben Chris' rechtem Bein gegen die Wand. Holz splitterte unter der Schwere der Wucht.

Verdammt, das ist *eine Schlange – und was für eine!*

Der Durchmesser ihres Körpers war so groß wie ein Essteller … Chris stolperte davon, während das riesige Reptil noch mehr von seinem langen, dunklen Leib aus der Wand zog. Zischelnd richtete es sich auf, hob den Kopf bis er auf Höhe von Chris' Brust war und entblößte tropfende Giftzähne.

Chris spurtete bis zur Mitte des Raumes, wirbelte dann herum und schoss auf die große, diamantförmige Schädelpartie. Die Schlange stieß einen seltsamen fauchenden Schrei aus, als die Kugel seitlich durch das weit aufgerissene Maul fuhr und ein Loch in die straff gespannte Haut riss.

Das Ungetüm ließ sich zu Boden fallen und katapultierte sich mit einem einzigen wellenartigen Stoß seines muskulösen, langen Leibes auf Chris zu. Er schoss erneut, traf und schlug einen Batzen geschuppten Fleisches aus dem Schlangenrücken. Dunkles Blut sprudelte aus der Wunde. Das Ungeheuer war gut dreimal so lang wie ein ausgewachsener Mann.

Mit einem weiteren brüllenden Zischen bäumte sich das Reptil neuerlich vor Chris auf, bis der monströse Schädel nur noch ein, zwei Handspannen von der Pistolenmündung entfernt war. Aus dem Loch im Maul des Giganten strömte noch immer Blut.

Die Augen. Halt auf seine Augen …

Chris zog den Stecher durch, und die Schlange prallte auf ihn, riss ihn mit zu Boden. Ihr Leib zuckte wie entfesselt. Das Schlangenende drosch so heftig gegen einen der dicken Stützbalken, dass er brach. Derweil war Chris bemüht, seine eingeklemmten Arme frei zu bekommen, um dem Ungeheuer wenigstens noch mehr Schmerzen zuzufügen, bevor es ihn dahinraffte.

Doch plötzlich erschlaffte der kalte, schwere Körper.

„Chris!" Rebecca stürmte in den Raum und blieb dann, auf das ungeheuerliche Reptil starrend, wie angewurzelt stehen. „Boah …"

Chris fand mit dem Fuß an einem der Holzbalken Halt, und schaffte es, sich so abzudrücken, dass er sich unter dem dicken Leib hervorwinden konnte. Mit noch immer vor Staunen geweiteten Augen reichte Rebecca ihm die Hand, um ihm aufzuhelfen.

Kurz darauf starrten beide auf die Wunde, die das Tier getötet hatte – das schwarze, nasse Loch, wo sich einmal sein rechtes Auge befunden hatte. Ein Neunmillimetergeschoss hatte es zerstört.

„Bist du okay?“, fragte Rebecca besorgt.

Chris nickte, obwohl er wahrscheinlich ein paar gequetschte Rippen hatte, aber was spielte das unter diesen Umständen für eine Rolle? Er war dem Tod nur um Haaresbreite entronnen, hatte sich in höchste Lebensgefahr gebracht, um –

Er hob die Hand, die immer noch das Kupferwappen hielt, und musste seinen Klammergriff um das dicke Metall fast gewaltsam lösen. Er hatte es auch während der Auseinandersetzung festgehalten, ohne sich dessen bewusst zu sein, und als er es jetzt betrachtete, hatte er das sichere Gefühl, dass es von Bedeutung war …

Das glaubst du doch nur, weil du beinahe zu Schlangenfutter verarbeitet worden wärst, als du es dir unter den Nagel gerissen hast.

Rebecca nahm es und ließ die Fingerkuppe über den eingravierten Mond gleiten.

„Hast du auch etwas gefunden?“, fragte Chris.

Rebecca schüttelte den Kopf. „Nur einen Tisch, ein paar Regale … Was meinst du, was das hier ist?“

Chris zuckte die Achseln, hatte den Blick immer noch auf das blutige Loch gerichtet, wo sich einmal das glänzende Auge der Schlange befunden hatte. Ihn schauderte bei der

Vorstellung, was passiert wäre, wenn er diesen letzten Schuss daneben gesetzt hätte …

„Vielleicht finden wir es unterwegs heraus“, meinte er leise. „Komm, lass uns jetzt von hier verschwinden.“

Rebecca reichte ihm das Wappen zurück, und gemeinsam verließen sie den kalten Dachboden. Als er die Tür hinter ihnen schloss, wusste Chris, dass er, obwohl sie ihn früher nie gekümmert hatten, künftig einen großen Bogen um jede Art von Schlangen machen würde.

Schwerfällig stieg Barry die Treppe zur Haupthalle hinauf. Der Angstknoten in seiner Magengrube zog sich mit jedem Schritt enger zusammen. Er hatte jeden Raum des Ostflügels durchsucht, der zu öffnen gewesen war, und stand nun trotzdem mit leeren Händen da.

Wieder und wieder tummelten sich in seinem Kopf dieselben entsetzlichen Bilder, während er die Stufen emporstapfte: Kathy und Moira und Poly Anne, voller Furcht und von Fremden gepeinigt, in ihrem eigenen Haus. Kathy kannte die Kombination zu seinem Waffensafe im Keller, aber die Chance, dass sie es die Treppe hinunter schaffte, bevor sie von dem oder den Einbrechern überwältigt wurde, war verschwindend klein.

Barry erreichte den ersten Treppenabsatz und rang zittrig nach Luft. Kathy würde nicht einmal auf den Gedanken kommen, eine Waffe zu holen, wenn sie hörte, wie jemand durch ein Fenster oder eine Tür eindrang. Sie würde zuallererst zu den Mädchen laufen, um sicherzugehen, dass diese okay waren.

Nur – wenn ich nicht bald diese Wappen auftreibe, wird gar nichts mehr *okay sein.*

Er hatte nirgends im Haus ein Telefon oder Funkgerät gesehen. Und wenn Wesker nicht in dieses verfluchte Laboratorium hinein gelangen konnte, wie sollte er dann in der Lage sein, Kontakt zu den Leuten von White Umbrella aufzunehmen, um die Killer zurückzupfeifen …?

Barry erreichte die Tür am oberen Treppenabsatz, die in den Westflügel führte. Seine einzige Hoffnung war, dass entweder Jill oder Wesker die drei fehlenden Stücke inzwischen gefunden hatten. Er wusste nicht, wo Wesker sich aufhielt (wenn er auch keinen Zweifel daran hatte, dass dieser Bastard nur zu bald wieder auftauchen würde), aber Jill suchte vermutlich immer noch im Obergeschoss. Sie konnten sich die Räume, die sie noch nicht überprüft hatte, teilen und zumindest die unwahrscheinlichsten Bereiche ausklammern. Wenn sie die Wappen nicht fanden, würde er noch einmal den Ostflügel durchkämmen und anfangen müssen, das Mobiliar auseinander zu nehmen.

In Gedanken versunken öffnete er die Tür zu dem ganz in Rottönen gehaltenen Korridor – und stieß beinahe mit Chris Redfield und Rebecca Chambers zusammen, als sie aus der rechts von ihm gelegenen Tür kamen.

Chris' Gesicht hellte sich zu einem breiten Grinsen auf. „Barry!"

Der jüngere Mann trat vor und umarmte ihn ungestüm, dann rückte er, unverändert feixend, wieder von ihm ab. „Herrgott, tut das gut, dich zu sehen! Ich war schon drauf und dran zu glauben, dass Rebecca und ich die Einzigen sind, die noch leben. – Wo sind Jill und Wesker?"

Während Barry nach einer Antwort suchte, die ihm geeignet schien, setzte er ebenfalls ein Lächeln auf. Dabei war ihm fast schlecht vor Schuldgefühl. Jill zu belügen war schon nicht einfach gewesen, aber Chris kannte er seit *Jahren*.

Aber Kathy und die Mädchen – wenn sie umgebracht werden ...

„Jill und ich sind dir nachgegangen. Aber alle Türen auf diesem Flur waren zugesperrt – und als wir zurück in die Lobby kamen, war der Captain verschwunden. Seitdem suchen wir nach euch beiden und nach einem Weg hier raus ...“ Barry lächelte eine Spur weniger starr, als er hinzufügte: „Bin auch froh, dich wiederzusehen. Euch beide.“

Wenigstens das *ist wahr.*

„Wesker ist also einfach verschwunden?“, hakte Chris nach.

Barry nickte unbehaglich. „Ja. Und wir haben Ken gefunden. Eines dieser zombieartigen Ungeheuer hat ihn erwischt.“

Chris seufzte. „Hab's gesehen. Forest und Richard sind auch tot.“

Barry verspürte tiefe Trauer und schluckte hart. Plötzlich hasste er Wesker noch mehr. Die Leute, für die Wesker arbeitete, hatten das angerichtet, und jetzt wollten sie alles vertuschen, um keine Verantwortung für ihr Tun übernehmen zu müssen.

Und ob's mir passt oder nicht, ich werde ihnen dabei brav helfen ...

Barry atmete tief ein und aus, während er vor seinem geistigen Auge das Bild seiner Frau und seiner Kinder fixierte. „Jill hat eine Hintertür gefunden. Wir glauben, dass es ein Weg nach draußen sein könnte – da ist nur dieses Trickschloss, so eine Art Puzzle, und wir brauchen erst alle Teile, bevor wir es öffnen können. Es gibt vier Wappen aus Kupfer – Jill hat schon eins davon, aber die restlichen müssen irgendwo in der Villa versteckt sein ...“

Er verstummte, weil Chris plötzlich noch jungenhafter grinste und unter seine Weste griff. „Etwas in der Art hier?“

Barry glotzte das Wappen an, das Chris hervorgeholt hatte. Sein Herzschlag beschleunigte. „Ja, das ist eins davon! Wo hast du's gefunden?"

Rebecca ergriff scheu lächelnd das Wort. „Er musste mit einer großen Schlange darum kämpfen – einer *wirklich* großen Schlange. Ich glaube, sie war von den Auswirkungen des Unfalls betroffen, obwohl … ein artübergreifendes Virus, so etwas kommt eher selten vor."

In vorgetäuschter Gelassenheit griff Barry nach dem Wappen und furchte die Stirn. „Unfall?", fragte er.

Chris nickte. „Wir sind auf eindeutige Indizien gestoßen, dass sich auf dem Anwesen so was wie eine geheime Forschungseinrichtung befindet – und dass ein Virus, an dem dort gearbeitet wurde, ausgebrochen ist."

„Eins, das offenbar Säugetiere und Reptilien infizieren kann", ergänzte Rebecca. „Nicht nur unterschiedliche Spezies, sondern ganz verschiedene *Familien.*"

Meine bedroht es jedenfalls ganz sicher, dachte Barry düster.

Die Furchen auf seiner Stirn wurden noch tiefer. Während er allgemeine Nachdenklichkeit vortäuschte, suchte er lediglich nach einer plausibel klingenden Ausrede, um sich wieder absetzen zu können. Der Captain würde nicht mit ihm in Kontakt treten, solange er mit anderen zusammen war. Und er wollte dringend das Kupferstück in das Diagramm einsetzen, um zu demonstrieren, dass er noch mitspielte, kooperierte – und dass er den Rest des Teams dazu gebracht hatte, ihm bei der Suche zu helfen. Er konnte spüren, wie die Sekunden verrannen. Das Metall wurde warm unter seinen schwitzigen Fingern.

„Wir müssen das FBI hinzuziehen", sagte er schließlich. „Umfassende Ermittlungen sind unumgänglich – militärische Unterstützung. Das Gebiet muss unter Quarantäne gestellt werden …"

Chris und Rebecca nickten, und wieder fühlte sich Barry von seinen Schuldgefühlen nahezu erdrückt. Gott, wenn sie doch nur nicht so *arglos* ihm gegenüber gewesen wären!

„ … aber dazu müssen wir erst die übrigen Wappen finden", fuhr er fort. „Jill könnte inzwischen noch eins aufgestöbert haben, vielleicht sogar beide."

Ich kann nur beten, dass es so ist.

„Weißt du, wo sie sich aufhält?", fragte Chris.

Barry nickte geistesgegenwärtig. „Ich bin ziemlich sicher, aber dieses Haus ist ja der reinste Irrgarten … Warum wartet ihr beide nicht unten in der Haupthalle, während ich sie holen gehe? Dann könnten wir unsere Suche besser organisieren und effektiver vorgehen."

Er lächelte und hoffte inständig, dass es überzeugender wirkte, als es ihm vorkam. „Sollten wir nicht umgehend auftauchen, sucht erst mal weiter nach diesen Dingern. Die Hintertür liegt am Ende der Korridore im Westflügel – Erdgeschoss."

Chris schaute ihn einen Moment lang an, und Barry konnte sehen, wie sich in dem wachen Blick Fragen formten – Fragen, auf die Barry keine sehr überzeugenden Antworten hätte geben können: Warum sollten wir uns überhaupt trennen? Was ist mit der Suche nach dem vermissten Captain? Wie konnte er sicher sein, dass die Hintertür ein Fluchtweg war?

Bitte, tut einfach, was ich sage …

„Okay", sagte Chris widerstrebend. „Wir warten. Aber wenn sie nicht dort ist, wo du glaubst, kommst du zurück und holst uns. Unsere Chancen, heil durch dieses Haus zu kommen, stehen besser, wenn wir zusammenbleiben."

Barry nickte und wartete keine weitere Bemerkung von Chris ab, sondern drehte sich um und trabte den dämmrigen Gang hinunter. Er hatte das Zögern in Chris' Augen gesehen, die Unsicherheit in seiner Stimme gehört – und bei seinen eigenen Worten hatte Barry gespürt, wie verzweifelt er seinen Freund vor Weskers Verrat hatte warnen wollen. Abrupt zu gehen, war die einzige Möglichkeit gewesen zu verhindern, dass er etwas sagte, was er womöglich bereut hätte. Etwas, das seine Familie das Leben kosten konnte.

Als er hörte, wie sich die Tür zur Galerie schloss, beschleunigte er sein Tempo und rannte um die Biegungen. Nahe der Tür zur Treppe lag ein toter Zombie. Barry setzte über ihn hinweg. Der damit verbundene Gestank blieb erst hinter ihm zurück, als er durch den Verbindungsgang stürmte. Drei Stufen auf einmal nehmend, hetzte er die Hintertreppe hinab, und ebenso unablässig wie mitleidlos erinnerte ihn sein Gewissen an den Verrat, den er beging.

Du bist ein elender Lügner, Barry – du benutzt deine Freunde genauso, wie Wesker dich *benutzt, spielst mit ihrem Vertrauen. Du hättest ihnen sagen können, was wirklich läuft, hättest dir von ihnen helfen lassen können, dieser verdammten Sache einen Riegel vorzuschieben …*

Als er die Tür zum überdachten Fußweg erreichte, drosch Barry das schwere Metallhindernis förmlich zur Seite. Er konnte und *würde* es nicht riskieren, seine Freunde einzuweihen. Was, wenn Wesker in der Nähe war und alles mitangehört hatte? Er hatte Barrys Familie, um diesen damit zu erpressen, und wenn Chris und die anderen die Wahrheit erst einmal kannten – was sollte Wesker dann noch davon abhalten, sie einfach umzubringen? Nein, wenn er Wesker half, die Beweise zu vernichten, stellte das S.T.A.R.S.-Team keine Gefahr mehr dar, und der Captain konnte es bedenkenlos laufen lassen!

Barry erreichte das Diagramm neben der Tür, blieb stehen und starrte darauf. Erleichterung überkam ihn, kühl und wohltuend. Drei der vier Vertiefungen waren bereits belegt, Wind-, Sonnen- und Sternen-Wappen befanden sich schon an der vorgesehenen Stelle. Es war vorbei.

Jetzt kann Wesker zum Labor und seine Leute zurücktrommeln, er braucht uns nicht mehr! Ich kann wieder ins Haus gehen und das Team ablenken, derweil er tut, was er denkt tun zu müssen. Schließlich wird das RPD aufkreuzen, und wir können vergessen, dass diese Scheißgeschichte jemals passiert ist …

Barry war in solcher Hochstimmung, dass er die gedämpften Schritte auf den Steinplatten hinter sich überhörte und nicht erkannte, dass er nicht mehr allein war – bis Weskers sanfte Stimme neben ihm ertönte.

„Warum vollenden Sie das Puzzle nicht, Mister Burton?“

Barry fuhr erschrocken herum. Er funkelte Wesker feindselig an, verabscheute das selbstgefällige Gesicht hinter der Sonnenbrille. Lächelnd nickte Wesker in Richtung des Wappens in Barrys Hand.

„Ja, sicher“, murmelte Barry finster und setzte das letzte fehlende Teil ein. In der Tür ertönte ein dumpfer metallischer Laut.

Wesker trat an Barry vorbei und drückte die Tür auf. Dahinter lag ein kleiner Geräteschuppen. Barry warf einen Blick hinein und sah den Ausgang in der gegenüberliegenden Wand. Es gab kein weiteres Diagramm, keine weiteren verrückten Rätsel, die zu lösen waren.

Kathy und die Mädchen waren gerettet.

Mit einer tiefen Verbeugung und einem Wink bedeutete

Wesker ihm, in den Schuppen zu gehen. Immer noch lächelnd sagte er: „Die Zeit ist knapp, Barry, und wir haben noch viel zu tun."

Barry blickte ihn verwirrt an. „Wovon reden Sie? Sie können jetzt ins Labor –"

„Es hat sich eine geringfügige Änderung des Plans ergeben. Sehen Sie, es hat sich herausgestellt, dass ich noch etwas anderes finden muss, und ich habe einen Verdacht, wo es sein könnte. Aber die Sache ist nicht ohne Risiken … und Sie haben bisher so gute Arbeit geleistet, dass ich Sie gerne mit einbeziehen möchte."

Weskers Lächeln verwandelte sich in ein haifischartiges Grinsen, eine kalte, erbarmungslose Erinnerung an das, was für Barry auf dem Spiel stand.

„Ich fürchte", fügte er hinzu, „dass ich auf Ihre Unterstützung *bestehen* muss."

Und nach einem schrecklich langen Moment löste sich Barrys Erstarrung in einem hilflosen Nicken.

Dreizehn

Meine liebste Alma,
ich sitze hier und überlege, wo ich anfangen soll, wie ich mit ein paar einfachen Worten all das erklären soll, was sich in meinem Leben ereignet hat, seit wir zuletzt miteinander sprachen – und schon versage ich. Ich hoffe, dieser Brief erreicht dich bei bester Gesundheit und dass du mir die Sprunghaftigkeit meiner Gedanken verzeihst; das Ganze fällt mir nicht leicht. Selbst während ich schreibe, spüre ich, dass mir die einfachsten Zusammenhänge entgleiten; wie ich sie verliere an das Gefühl von Verzweiflung und Verwirrung. Doch ich muss dir sagen, was in meinem Herzen ist, ehe ich Ruhe finden kann. Habe Geduld und glaube mir, dass das, was ich dir erzähle, die Wahrheit ist.

Wollte ich dir die ganze Geschichte erzählen, bräuchte ich Stunden, und die Zeit ist knapp, also akzeptiere diese Dinge als Tatsache: Vorigen Monat ereignete sich ein Unfall im Labor, und das Virus, das wir untersuchten, brach aus. Alle meine Kollegen, die infiziert wurden, sind tot oder liegen im Sterben, und die Natur dieser Krankheit ist solcherart, dass diejenigen, die noch leben, ihren Verstand verloren haben. Das Virus beraubt seine Opfer ihres Menschseins und zwingt sie in ihrer Krankheit, Leben aufzuspüren und dieses zu vernichten. Selbst jetzt, da ich diese Worte schreibe, kann ich die anderen hören, sie drücken gegen meine verschlossene Tür wie geistlose, hungrige Tiere und schreien verlorenen Seelen gleich.

Es gibt keine Worte, die ehrlich und tief genug wären, um das Bedauern und die Scham auszudrücken, die ich empfinde ob des Wissens, dass ich an ihrer Erschaffung beteiligt war. Ich glaube zwar, dass sie jetzt nichts mehr spüren, weder Angst noch Schmerz – aber dass es sie nicht zu erschrecken vermag, was aus ihnen wurde, nimmt nicht die Last der Schuld von mir. Ich bin, zum Teil jedenfalls, verantwortlich für den Albtraum, der mich umgibt.

Trotz dieser Bürde, die sich mir ins Innerste gebrannt hat und die mich mit jedem Atemzug heimsucht, hätte ich doch versucht zu überleben, und sei es nur, um dich wiederzusehen. Doch auch mein stärkstes Bemühen konnte das Unvermeidliche nur hinauszögern; ich bin infiziert, und für das, was folgt, gibt es keine Heilung. Ich kann nur mein Leben beenden, bevor ich das Einzige verliere, was mich noch von den anderen unterscheidet: meine Liebe zu dir.

Bitte verstehe, bitte glaube mir, dass es mir Leid tut.

Martin Crackhorn

Jill seufzte und legte das zerknitterte Blatt Papier behutsam auf den Schreibtisch. Diese Kreaturen *waren* Opfer ihrer eigenen Forschung. Es sah aus, als hätte sie den richtigen Verdacht gehabt hinsichtlich dessen, was in der Villa geschehen war – doch diesen innigen Brief zu lesen, dämpfte allen Stolz, den sie aufgrund ihrer detektivischen Fähigkeiten vielleicht empfunden hätte. Nachdem das Sonnen-Wappen ins Diagramm eingesetzt gewesen war, hatte Jill beschlossen, dass das Büro im Obergeschoss eine eingehendere Betrachtung verdiente – und nachdem sie dort ein wenig herumgewühlt hatte, war sie in einer Schublade auf das letzte hingekritzelte Bekenntnis von Crakkhorn gestoßen.

Crackhorn, Martin Crackhorn – das war einer der Namen auf Trents Liste …

Jill runzelte die Stirn und ging langsam zur Tür des Büros. Aus irgendeinem Grund wollte Trent, dass S.T.A.R.S. vor allen anderen herausfand, was in der Villa vorgefallen war. Aber da er doch offensichtlich umfassend darüber Bescheid wusste, warum hatte er es nicht freiheraus gesagt? Und was gewann er, wenn er überhaupt etwas darüber in Umlauf brachte?

Jill durchquerte den kleinen Bürovorraum und trat, immer noch in Gedanken versunken, hinaus auf den Gang. Barry hatte sich zuvor merkwürdig verhalten, und sie musste herausfinden, weshalb. Vielleicht würde sie eine ehrliche Antwort bekommen, wenn sie ihn einfach auf den Kopf zu fragte.

Vielleicht aber auch nicht. Aber es wird mir in jedem Fall Aufschluss geben.

An der Hintertreppe hielt Jill inne, atmete tief durch – und hatte das Gefühl, dass etwas anders geworden war. Unsicher sah sie sich um, versuchte herauszufinden, was ihr Instinkt ihr mitteilen wollte.

Es ist wärmer. Nur ein bisschen, aber es ist definitiv wärmer. Und die Luft riecht nicht mehr ganz so abgestanden.

Als hätte jemand ein Fenster geöffnet. Oder vielleicht eine Tür.

Jill drehte sich um und lief die Stufen hinab. Es zog sie förmlich zu dem Rätselschloss, mit aller Macht. Am Fuß der Treppe angelangt sah sie, dass die Tür, die einen Flur mit dem nächsten verband, offen stand. Von fern vernahm sie das Zirpen von Grillen; frische Nachtluft wehte durch die kalte Modrigkeit des Hauses zu ihr.

Sie eilte in den dunkleren Korridor und dann nach rechts, versuchte ihre Hoffnungen nicht zu hoch zu schrauben. Ein weiterer scharfer Rechtsschwenk, dann konnte sie sehen, dass die Tür zu dem überdachten Fußweg offen war.

Vielleicht ist das ja schon alles. Es muss nicht zwangsläufig bedeuten, dass das Rätsel gelöst ist …

Jill begann zu rennen, spürte die belebende Wärme der Sommerluft auf ihrer Haut, als sie die Biegung des Mosaikwegs nahm –

– und stieß ein kurzes, triumphierendes Lachen aus, als sie die vier eingesetzten Wappen neben der offenen Tür entdeckte. Eine warme Brise fuhr durch den Raum, den das Puzzle geöffnet hatte – ein kleiner Schuppen für Gartengeräte. Die Metalltür in der gegenüberliegenden Wand stand offen, und Jill sah Mondlicht, das jenseits der rostigen Angeln über eine Ziegelwand kroch.

Barry hatte Recht gehabt, die Tür führte hinaus. Jetzt konnten sie Hilfe holen, einen sicheren Weg durch den Wald suchen oder zumindest ein Signal abgeben.

Aber wenn Barry die fehlenden Teile gefunden hat, warum hat er mich dann nicht verständigt?

Jills Lächeln verblasste, als sie den Schuppen betrat und geistesabwesend die staubigen Kisten und Fässer musterte, die entlang der grauen Steinmauern standen. Barry hatte gewusst, wo sie war, hatte selbst vorgeschlagen, dass sie sich die erste Etage des Westflügels vornahm.

Vielleicht war es ja nicht Barry, der die Tür geöffnet hat.

Genau. Es konnte auch Chris oder Wesker gewesen sein, oder einer der Bravos. Falls das der Fall war, hätte sie wohl besser wieder hineingehen und nach Barry suchen sollen …

Oder ich sehe mich erst etwas um und verschaffe mir einen Eindruck, ob es überhaupt der Mühe wert ist.

Das klang ein bisschen nach einer Rechtfertigung, aber Jill musste sich eingestehen, dass der Gedanke, in die Villa zurückzukehren, nun, da ein möglicher Fluchtweg existierte, nicht allzu verlockend war. Entschlossen nahm sie ihre Beretta aus dem Holster und ging auf die nach draußen führende Tür zu.

Das Erste, was sie bemerkte, war das Rauschen fließenden Wassers, das die sanfte Geräuschkulisse des Waldes übertönte und die kühlende Luft erfüllte. Es klang wie von einem Wasserfall. Das Zweite und Dritte waren die beiden Hunde, die auf einem gewundenen Steinpfad lagen. Erschossen.

Würde drauf wetten, dass einer aus dem S.T.A.R.S.-Team hier lang gekommen ist …

Jill tat einen Schritt in einen von hohen Mauern umrahmten Hof hinaus. Niedrige Hecken wuchsen auf jeder Seite in ziegelsteingesäumten Beeten. Über ihr hingen, drückend tief, dunkle Wolken. Auf der anderen Seite der offenen Fläche gab es ein eisernes Gittertor, unmittelbar hinter einer Gruppe von Sträuchern. Zu ihrer Linken lag ein schnurgerader Weg, von hohen Mauern überschattet, die ihn begrenzten. Das sanfte Rauschen des Wasserfalls schien aus dieser Richtung zu kommen, obwohl der Pfad abrupt vor einem mehrere Fuß hohen Metalltor endete.

Vielleicht geht dahinter eine Treppe hinunter?

Jill zögerte, sah wieder zu dem rostigen Bogentor, das vor ihr lag, dann auf die verkrümmten Leiber der mutierten Hunde. Sie befanden sich beide näher beim Tor als am Pfad, und davon ausgehend, dass sie bei einem Angriff getötet worden waren, musste der Schütze also in diese Richtung gegangen sein …

Plötzlich erklang das Geräusch von heftig spritzendem Wasser und nahm Jill die Entscheidung ab. Sie wandte sich um, lief den mondbeschienenen Weg hinunter. Sie hoffte, einen Blick auf das zu erhaschen, was immer dieses Geräusch verursachte.

Sie erreichte das Ende des Steinpfads, lehnte sich über das Tor – und zog sich sofort wieder etwas zurück, überrascht von dem abrupt gähnenden Tiefe dahinter. Es gab keine Treppe. Hinter dem Tor lagen eine vergleichsweise winzige Aufzugsplattform und, etliche Fuß darunter, ein weitläufiger Hof.

Die platschenden Laute kamen von rechts. Jill schaute gerade noch rechtzeitig in und über den weiten Hof, um zu sehen, wie eine schemenhafte Gestalt durch den Wasserfall ging, den sie gehört hatte, und hinter dem Wasservorhang verschwand, der die Westwand herabströmte.

Was zum Teufel –

Sie fixierte den kleinen Wasserfall, blinzelte, weil sie nicht ganz sicher war, ob ihre Augen ihr einen Streich spielten. Das Spritzen und Platschen verklang, kaum dass die Person verschwunden war, und Jill war ziemlich sicher, dass sie sich das alles nicht nur eingebildet hatte – was bedeutete, dass das rauschende Wasser einen geheimen Durchgang verbarg.

Großartig, das ist genau das, was noch gefehlt hat. Drinnen hatte ich weiß Gott noch nicht genug fiese Überraschungen.

Die Steuerung des offenen Ein-Personen-Aufzugs befand sich an einer Metallstrebe neben dem rostigen Tor, die Plattform selbst unten im Hof. Jill legte den Einschalthebel um, aber nichts geschah. Sie musste einen anderen Weg hinunter finden – und Zeit vergeuden, während die geheimnisvolle Person, die hinter dem Wasserfall verschwunden war, ihren Vorsprung vergrößern konnte.

Es sei denn …

Jill schaute den engen Aufzugschacht hinab, ein Quadrat, das an der dem Hof zugewandten Seite offen war. Heraufzuklettern wäre schwierig gewesen, aber hinunter? Eine Kleinigkeit. Sie konnte den Abstieg in längstens einer Minute schaffen, wenn sie ihr Gewicht mit Rücken und Beinen abstützte.

Als sie zur Vorbereitung der Kletterpartie das Gewehr vom Rücken nahm, kam ihr ein beunruhigender Gedanke: *Falls* die Person, die durch den Wasserfall gegangen war, zum S.T.A.R.S.-Team gehörte – woher hatte sie gewusst, dass es diese versteckte Passage gab?

Eine gute Frage, aber keine, mit der sich Jill lange befassen wollte. Die Pumpgun fest umklammert, drückte sie das Tor auf und machte sich vorsichtig an den Abstieg.

Sie hatten Barry volle fünfzehn Minuten gegeben, bevor sie sich aufmachten in das Gewirr der Gänge des Westflügels und die offene Hintertür fanden. Dort standen sie jetzt und besahen sich die Kupferplatte mit den vier eingravierten Wappen.

Chris starrte verwirrt und mehr als nur ein wenig besorgt auf den Halbmond, den Barry mitgenommen hatte. Barry war einer der ehrlichsten, geradlinigsten Männer, die er kannte. Wenn er sagte, dass er nach Jill suchen und dann zu ihnen zurückkommen wollte, würde er genau das tun.

Aber er ist *nicht zurückgekommen. Und wenn er in Schwierigkeiten geraten ist, wie ist dann das Teil, das ich ihm gegeben habe, hierher gekommen?*

Ihm gefiel keine der Erklärungen, die ihm sein Verstand offerierte. Jemand konnte es Barry abgenommen haben; er konnte es selbst eingesetzt haben und dann irgendwie verletzt worden sein … Die Zahl der Möglichkeiten schien unendlich, und keine davon bedeutete Gutes.

Seufzend wandte sich Chris von dem Diagramm ab und sah Rebecca an. „Was auch immer mit Barry passiert ist, wir sollten weitergehen. Das ist vielleicht der einzige Weg, der hier raus führt."

Rebecca lächelte leicht. „Soll mir recht sein. Es wäre einfach ein gutes Gefühl, von hier wegzukommen …"

„Wem sagst du das", erwiderte er mitfühlend. Bis sie das Haus verlassen hatten, war ihm nicht einmal aufgefallen, wie sehr er sich schon an die kalte und bedrückende Atmosphäre darin gewöhnt hatte. Der Unterschied war wirklich erstaunlich.

Sie durchquerten den ordentlich aufgeräumten Lagerschuppen und blieben vor der anderen Tür stehen. Beide atmeten tief durch. Rebecca überprüfte ihre Beretta zum ungefähr hundertsten Mal, seit sie die Haupthalle verlassen hatten, und nagte nervös an ihrer Unterlippe. Chris konnte sehen, wie angespannt sie war, und überlegte, ob es irgendetwas gab, das sie wissen musste; etwas, das ihr helfen würde, falls sie zum Kampf gezwungen würden. Das S.T.A.R.S.-Training deckte zwar alles Grundlegende ab, aber es blieb letztlich wirklichkeitsfremd, wie gekonnt auch immer, mit einer Spielzeugpistole auf einen Video-Monitor zu schießen.

Plötzlich grinste er. Er erinnerte sich an die weisen Worte, die er bei seiner ersten Mission zu hören bekommen hatte, einer Auseinandersetzung mit durchgeknallten Survivalisten im Norden des Staates New York. Er hatte Angst gehabt und war verzweifelt bemüht gewesen, es nicht zu zeigen. Beim einsatzleitenden Captain hatte es sich um eine eisenharte Sprengstoffexpertin gehandelt, eine außergewöhnlich kleine

Frau namens Kaylor. Kurz vor dem Zugriff hatte sie ihn beiseite genommen, von oben bis unten gemustert und ihm den allerbesten Rat gegeben, den er je bekommen hatte.

„Sohn“, hatte sie gesagt, *„ganz egal, was passiert – wenn die Schießerei losgeht, versuch dir nicht in die Hosen zu scheißen.“*

Diese Bemerkung hatte ihn in seiner Nervosität dermaßen überrascht, war so vollkommen bizarr gewesen, dass er buchstäblich gezwungen gewesen war, einen Teil seiner Angst sausen zu lassen, um Raum für ihre Worte zu schaffen …

„Warum grinst du so?“

Chris schüttelte den Kopf. Sein Lächeln verging. Irgendwie glaubte er, dass der Spruch bei Rebecca nicht funktionieren würde – und die Gefahren, mit denen sie es hier zu tun hatten, schossen auch nicht zurück. „Lange Geschichte. Komm, gehen wir.“

Sie traten in die Nacht hinaus. Das schläfrige Summen von Grillen und Zikaden erfüllte den umliegenden Wald. Sie befanden sich in einer Art Hinterhof, auf jeder Seite ragten hohe Ziegelsteinmauern empor, links von ihnen gab es einen abzweigenden Fußweg. Chris konnte ganz in der Nähe das Rauschen von Wasser hören und von weiter weg drang der klagende, einsame Ruf eines Hundes oder Kojoten zu ihnen vor.

Apropos Hunde …

Zwei davon lagen niedergestreckt vor ihnen auf den Steinen. Weiches Mondlicht schimmerte auf ihren feuchten, sehnigen Leibern. Chris trat neben einen, bückte sich und berührte die Flanke des Tieres. Rasch zog er die Hand wieder zurück. Ein angewiderter Ausdruck erschien auf seinem Gesicht. Der mutierte Hund war klebrig und warm, als wäre er in eine dicke Schleimschicht gepackt.

Chris stand auf und wischte sich die Hand an der Hose ab. „Ist noch nicht lange tot“, sagte er leise. „Nicht länger als eine Stunde jedenfalls.“

Vor ihnen, hinter ein paar Hecken, war ein verrostetes Tor auszumachen. Chris nickte Rebecca auffordernd zu, und während sie darauf zugingen, steigerte sich das Rauschen des Wassers zu einem dumpfen Dröhnen.

Chris drückte gegen das Tor. Es schwang laut in seinen Angeln quietschend auf und offenbarte ein gewaltiges, aus Stein gehauenes Becken von der Größe mehrerer Swimmingpools. An den Seiten wucherten tiefe Schatten, hervorgerufen von der scheinbar undurchdringlichen Mauer aus dunkelgrünen Bäumen und üppiger Vegetation, die durch das umkränzende Geländer zu brechen drohte.

Sie gingen weiter und verharrten am Rand des weitläufigen Beckens. Offenbar wurde der Pegel gerade gesenkt; der tosende Lärm rührte von dem Wasser her, das in einem schmalen Strom durch ein hochgezogenes Schott an der Ostseite abfloss. Es gab keinen Rundweg um das Becken, aber Chris sah, dass ein Steg den Pool teilte, der bei randvollem Becken etwa mannstief unter der Wasseroberfläche liegen musste. An beiden Seiten befanden sich verschraubte Leitern, und der Steg hatte offenbar bis vor kurzem noch unter Wasser gelegen – das Gestein war voller nassglänzender Algen.

Chris betrachtete das ungewöhnliche Szenario für einen Augenblick und fragte sich, wie man bei Höchststand des Wassers hinübergekommen sein mochte. Ein weiteres Rätsel auf der immer länger werdenden Liste unbeantworteter Fragen.

Wortlos kletterten sie hinab und eilten hinüber. Ihre Stiefel patschten über den rutschigen Stein, feuchte Luft umgab sie. Rasch erklomm Chris die Leiter, dann fasste er hinunter, um Rebecca bei Aufstieg zu helfen.

Der überschattete Pfad war mit Ästen und Kiefernnadeln bedeckt. Er begrenzte, über das offene Schleusentor verlaufend, das östliche Ende des Reservoirs. Sie hielten auf den künstlichen Wasserfall zu, waren aber erst ein paar Schritte weit gekommen, als es zu regnen begann.

Plop ... Plop-plop ...

Chris runzelte die Stirn. Eine innere Stimme setzte ihn sachlich darüber in Kenntnis, dass er eigentlich nicht in der Lage hätte sein dürfen, durch das Dröhnen des ablaufenden Wassers hindurch ein paar Regentropfen zu hören.

Er spähte nach oben und sah, wie ein verdrehter Ast aus dem Laubwerk, das über das Geländer hing, fiel. Ein Ast, der auf dem Stein aufschlug – und geschmeidig davonglitt.

D*as ist kein Ast ...*

Es befanden sich schon Dutzende andere „Äste" auf dem glitschigen Boden, schlängelten sich darüber, zischelten und wanden sich, während immer mehr aus den Bäumen fielen.

Rebecca und er waren von Schlangen umzingelt.

„O Shit!"

Erschrocken drehte sich Rebecca zu Chris um. Sie fühlte, wie kaltes Entsetzen in ihr hochschoss und ihr Herz mit eisigem Griff umklammerte, als ihr Blick auf den Weg hinter Chris fiel. Der Boden war in Aufruhr geraten. Schwarze Schemen schlängelten sich auf ihre Füße zu und weitere fielen von oben herab wie lebender Regen.

Rebecca war im Begriff, ihre Pistole zu heben, als sie, wie betäubt, einsehen musste, dass es zu viele waren. Chris packte sie grob am Arm.

„Lauf!“

Sie taumelten vorwärts. Rebecca schrie auf, als ein dicker, sich windender Leib auf ihre Schulter fiel und kühle Schuppen ihren Arm berührten, während er schwer an ihr herabglitt und auf den Stein prallte.

Der Pfad verlief im Zickzack. Sie rannten durch die wogenden Schatten. Ihre Sohlen knarrten über gummiartiges, sich bewegendes Fleisch. Immer wieder mussten sie um ihr Gleichgewicht ringen. Schlangen schossen vor, versuchten nach ihren Stiefeln zu schnappen. Chris und Rebecca rannten über einen stählernen Steg, unter dem schwarzes, schäumendes Wasser donnerte. Das Geräusch ihrer Schritte auf dem Metall ging im Tosen unter.

Vor ihnen waren die Steine klarer zu erkennen – aber der Weg fiel auch steil ab. Eine kleine Aufzugsplattform markierte sein Ende. Es war der einzige Weg, der ihnen blieb.

Sie drängten sich auf die winzige Plattform, und Rebecca griff nach der Steuerung. Ihr Atem floh in panischen Stößen. Chris drehte sich um und drückte mehrmals mit seiner Waffe ab. Die Schüsse übertönten das tobende Wasser. Rebecca drosch auf den Knopf, der den Aufzug in Bewegung setzte.

Die Plattform erzitterte, dann senkte sie sich, glitt vorbei an felsigen Wänden und auf einen weiten, leeren Hof zu. Rebecca wandte sich um und hob die Beretta, um Chris zu unterstützen.

Doch dann merkte sie, wie ihre Kinnlade herunterklappte, wie sich ihre Kehle angesichts der grausigen Szene verengte. Es mussten Hunderte sein!

Der Weg war fast vollständig bedeckt von den hin- und hergleitenden Körpern, die sich in abnormer Raserei wanden, zischten und wie wild aufeinander einpeitschten. Als

Rebecca es endlich schaffte, die Lähmung abzustreifen, war das abscheuliche Bild aus ihrem Blickfeld entschwunden.

Die Fahrt mit dem Lift schien ewig zu dauern. Beide starrten sie angespannt zum Rand des Weges hinauf, den sie hinter sich gelassen hatten. Atemlos warteten sie darauf, dass die Leiber herabfielen. Als der Aufzug nur noch ein paar Fuß vom Boden entfernt war, sprangen sie ab und taumelten, so schnell sie konnten, von der Wand weg.

Keuchend lehnten sie sich gegen den kühlen Fels. Zwischen zittrigen Atemzügen ließ Rebecca ihren Blick durch den Hof schweifen, in den sie entkommen waren, und das Geräusch des plätschernden Wasserfalls beruhigend auf ihre Nerven einwirken. Es war ein weiter, offener Raum aus Ziegelstein und nacktem Fels – die Farben im schwachen Licht verwaschen, fast nebelhaft. Das Wasser aus dem Reservoir über ihnen floss in zwei steinerne Becken, die nicht weit entfernt lagen, und ihnen gegenüber befand sich ein Tor.

Und hier sind keine Schlangen.

Noch einmal holte Rebecca tief Atem und stieß ihn wieder aus, dann wandte sie sich Chris zu.

„Haben sie dich gebissen?“

Er schüttelte den Kopf. „Dich?“

„Nein“, sagte sie. „Aber wenn es dir nichts ausmacht, würde ich lieber nicht auf diesem Weg zurückgehen. Ich bin eigentlich mehr ein Katzentyp.“

Chris sah sie einen Moment lang an, dann grinste er und stieß sich von der Wand ab. „Komisch, ich hätte bei dir eher auf Laborratten getippt. Ich –“

Biep-biep.

Das Funkgerät!

Rebecca griff danach. Es hing an ihrem Gürtel. Plötzlich waren die Schlangen vergessen. Auf diesen Ton hatte sie gehofft, seit sie Richard gefunden hatten. Jemand rief nach ihnen, vielleicht eine Suchmannschaft …

Rebecca drückte die Empfangstaste mit dem Daumen und hielt das Gerät so, dass sie beide hören konnten, was aus dem Lautsprecher drang. Zunächst war es nur statisches Knistern, dazu das leise Heulen eines unsteten Signals. Dann: *„ … hier Brad! … Alpha-Team … hören? Wenn … hören könnt … “*

Die Stimme ging in statischem Rauschen unter. Rebecca drückte die Sendetaste und rief: „Brad? Brad, kommen!“

Das Signal war weg. Sie lauschten beide noch einen Moment, aber es kam nichts mehr.

„Er muss außer Reichweite sein“, meinte Chris. Seufzend trat er weiter auf den offenen Hof hinaus und sah zum dunklen, bewölkten Himmel empor.

Rebecca befestigte das wieder stumme Funkgerät an ihrem Gürtel. Sie verspürte trotz des Scheiterns nun mehr Hoffnung als die ganze bisherige Nacht über. Der Pilot war irgendwo da draußen, kreiste und suchte nach ihnen. Jetzt, da sie nicht mehr in der Villa waren, konnten sie sein Signal empfangen.

Vorausgesetzt er kommt zurück.

Rebecca ignorierte den Gedanken und ging zu Chris, der eine weitere kleine Aufzugsplattform gefunden hatte. Sie lag versteckt in einer Ecke, dem Wasserfall gegenüber. Eine rasche Überprüfung ergab jedoch, dass der Lift ohne Strom war.

Chris wandte sich in Richtung des Tores und rammte ein neues Magazin in seine Beretta. „Sollen wir nachsehen, was hinter Tor Nummer eins ist?“

Es war eine rhetorische Frage. Wenn sie die Schlangen meiden wollten, blieb ihnen nur dieser Weg als Alternative.

Nichtsdestotrotz lächelte und nickte Rebecca, um ihm zu zeigen, dass sie bereit war – und sie hoffte inständig, dass sie es, sollte ihre Entschlossenheit auf die Probe gestellt werden, auch tatsächlich sein würde.

Vierzehn

Jill stand am Rand einer Grube, die inmitten des dunklen Tunnels gähnte, und starrte hilflos zu der Tür auf der anderen Seite hinüber. Die Grube war zu breit für einen sicheren Sprung, und es gab keine Möglichkeit, hinunterzuklettern, zumindest fand Jill keine. Sie würde umkehren und es mit der Tür an der Leiter versuchen müssen.

Ihr frustriertes Seufzen ging in ein Frösteln über. Dazu hätte schon die feuchte Kälte genügt, die von den Steinwänden ausging, aber zu allem Überfluss war Jill auch noch tropfnass.

Toller Geheimeingang. Um ihn zu nutzen, muss man eine Lungenentzündung in Kauf nehmen.

Sie drehte sich um. Ihre Füße schmatzten in den nassen Stiefeln, und noch in der Bewegung fing ihr Blick ein metallisches Schimmern auf. Jill wischte sich eine nasse Strähne aus den Augen und sah genauer hin. Es handelte sich um eine kleine Eisenplatte, die in den Stein eingelassen war; in der Mitte befand sich ein sechseckiges Loch von der Größe einer 25-Cent-Münze. Nachdenklich blickte sie zur Tür zurück.

Vielleicht lässt sich irgendwie eine Brücke ausfahren, oder es senkt sich eine Treppe herab …?

Es war egal, da sie ja kein Gerät besaß, das man dazu hätte einsetzen können. Sie war in einer Sackgasse gelandet.

Aber davon abgesehen war es auch unwahrscheinlich, dass derjenige, den sie durch den Wasserfall hatte gehen sehen, es geschafft haben sollte, da hinüber zu kommen.

Jill kehrte durch den gewundenen Tunnel zurück zum Einstieg. Sie war nach wie vor beeindruckt von dem, was sie hinter dem Wasservorhang vorgefunden hatte. Unter dem Anwesen schien ein regelrechtes Netz von Tunneln zu verlaufen. Die Wände waren rau und uneben; Brocken sandigen Kalksteins ragten in sonderbaren Winkeln hervor – der Arbeitsaufwand, um diese unterirdischen Gänge einzurichten, musste immens gewesen sein.

Jill erreichte die Metalltür neben der Leiter. Sie riss sich zusammen, um nicht mit den Zähnen zu klappern, als oben vom Hof ein eisiger Luftzug herunterwehte. Das Geräusch des Wasserfalls klang seltsam gedämpft. Der stete, hallende Rhythmus von Wasser, das auf den Felsboden tropfte, war viel lauter und verlieh dem Tunnelsystem eine fast mittelalterliche Atmosphäre …

Jill zog die Tür auf – und erstarrte. Gemischte Gefühle bestürmten sie, als Barry Burton zu ihr herumwirbelte, den Revolver in der Hand. Die Verblüffung gewann letztlich die Oberhand.

„Barry?“

Rasch senkte er die Waffe. Er sah so erschrocken aus, wie sie sich fühlte – und war auch in etwa gleich nass. Sein T-Shirt klebte ihm auf den breiten Schultern, das kurze Haar lag wie hingegossen am Kopf.

„Jill! Wie bist du hier runter gekommen?“

„Offenbar auf demselben Weg wie du. Aber woher wusstest du –?“

Mit erhobener Hand bedeutete er ihr, still zu sein. „Horch!“

In angespannter Stille standen sie da. Jill lauschte nach beiden Seiten des steinernen Korridors, konnte jedoch nichts hören, worauf Barry sie offenbar hinweisen wollte. An jedem Ende des Gangs lagen Metalltüren. Sie wurden von den trüben Deckenlampen in Schatten gehüllt.

„Ich dachte, ich hätte was gehört“, sagte Barry schließlich. „Stimmen …“

Ehe Jill auch nur eine Frage stellen konnte, wandte er sich um und sah sie mit einem unsicheren Lächeln an. „Hey, tut mir Leid, dass ich nicht auf dich gewartet habe, aber ich habe gehört, wie jemand in den Garten rausging und musste einen Blick riskieren. Das hier habe ich zufällig gefunden, bin praktisch drüber gestolpert – und reingefallen … Na, jedenfalls bin ich froh, dass du da bist. Schauen wir uns um. Mal sehen, was wir aufstöbern.“

Jill nickte, beschloss allerdings, vorerst ein wachsames Auge auf Barry zu halten. Vielleicht *war* sie ja paranoid, aber entgegen seiner Behauptung schien er überhaupt nicht froh über ihr unverhofftes Wiedersehen …

Aufpassen und abwarten, flüsterte es in ihrem Kopf. Im Moment konnte sie nicht mehr tun.

Mit erhobenem Colt näherte sich Barry der rechten Tür. Er zog am Griff und öffnete sie – dahinter lag ein weiterer düsterer Tunnel.

Ein paar Schritte entfernt befand sich rechter Hand noch eine Metalltür. Ihr gegenüber führte der Gang in fast vollkommene Finsternis. Barry zeigte auf die Tür, und Jill nickte. Er drückte die Tür auf, und gemeinsam betraten sie einen weiteren stillen Korridor.

Jill seufzte insgeheim, als sie die nackten Felswände musterte, und wünschte sich, sie hätte ein Stück Kreide besessen. Der Tunnel, in dem sie sich jetzt befanden und der nach links hin anstieg, unterschied sich kaum von den anderen. Sie kam sich schon jetzt verloren vor und hoffte, dass es nicht allzu viele Kurven und Abzweigungen gab.

„Hallo? Wer ist da?“ Irgendwo vor ihnen erklangen die Rufe einer tiefen, vertrauten Stimme. Die Worte hallten im Gang wider.

„Enrico?“, rief Jill.

„Jill? Bist du das?“

Aufgeregt rannte Jill die wenigen Schritte bis zur Gangbiegung und weiter. Barry war dicht hinter ihr. Der Führer des Bravo-Teams war also noch am Leben. Irgendwie hatte es ihn hier herunter verschlagen …

Jill bog um die nächste Ecke und sah Enrico Marini an der Wand sitzen. Der Tunnel verbreiterte sich an der Stelle und mündete in einen schattenerfüllten Alkoven.

„Stehen bleiben! Keinen Schritt weiter!“

Jill erstarrte, den Blick auf die Beretta gerichtet, die Enrico auf sie richtete. Er war verletzt, Blut tropfte von seinem Bein und bildete eine Pfütze auf dem Boden.

„Ist jemand bei dir, Jill?“ Seine dunklen Augen waren schmal vor Misstrauen. Das schwarze Mündungsloch seiner Halbautomatischen zitterte nicht im Geringsten.

„Barry ist auch hier – Enrico, was ist passiert? Was soll das?“

Als Barry hinter der Ecke hervortrat, starrte Enrico sie beide für einen langen Moment mit nervös hin- und herhuschendem Blick an – dann entspannte er sich und senkte die Pistole, während er sich wieder gegen den Stein lehnte. Barry und Jill eilten zu ihm und gingen neben dem verwundeten Bravo in die Hocke.

„Tut mit Leid“, sagte er schwach. „Ich musste sichergehen …“

Es war, als hätten ihn das Heben der Waffe und seine Worte von eben das letzte Quäntchen Kraft gekostet. Sanft nahm Jill Enricos Hand, dessen Blässe sie beunruhigte. Seine Hose war mit Blut getränkt, das aus seinem Schenkel quoll.

„Diese ganze Sache war ein abgekartetes Spiel“, keuchte er und starrte Jill aus wässrigen Augen an. „Ich hab mich verirrt, bin über den Zaun geklettert und auf die Tunnel gestoßen … Hab das Papier gefunden … Umbrella wusste die ganze Zeit Bescheid …“

Barry machte einen betroffenen Eindruck. Sein Gesicht war fast so bleich wie das von Enrico. „Halt durch, Rico. Wir bringen dich hier raus, du musst nur ruhig liegen bleiben …“

Enrico schüttelte den Kopf, sah immer nur Jill an. „Unter den S.T.A.R.S.-Leuten befindet sich ein Verräter“, flüsterte er. „Er hat –“

Bamm! Bamm!

Enricos Körper zuckte, als plötzlich zwei Löcher in seiner Brust erschienen, aus denen Blut spritzte. Durch die widerhallenden Echos der Schüsse drangen schwach die Schritte einer den Gang entlang rennenden Person.

Barry fuhr hoch und stürmte um die Ecke, während Jill Enricos zitternde Hand in hilfloser Ohnmacht drückte. Ihr Herz raste. Ihr wurde übel. Enrico sank nach vorn. Er war tot, noch ehe er den kalten Felsboden berührte.

Während auch Barrys Schritte verklangen und die Stille zurückkehrte, schwirrte Jill der Kopf. Was für ein Papier hatte der Bravo gefunden? Als Enrico „Verräter“ gesagt hatte, war ihr sofort Barry in den Sinn gekommen, weil er sich so merkwürdig benahm – aber er war direkt neben ihr gewesen, als die Schüsse abgefeuert worden waren.

Wer also hat es getan? Von wem hat Trent gesprochen? Wen hat Enrico beschuldigen wollen?

Mit dem Gefühl, verloren und allein zu sein, hielt Jill Enricos erkaltende Hand umfasst und wartete auf Barrys Rückkehr.

Rebecca durchwühlte einen alten Schrankkoffer, der an einer Wand des gerade betretenen Raumes stand. Die Stirn in Falten gelegt, blätterte sie in Stößen von Papieren, während Chris das restliche Zimmer unter die Lupe nahm. Eine zerwühlte Liege, ein Schreibtisch und ein hohes, altertümliches Bücherregal waren die einzigen sonstigen Möbelstücke. Nach der kalten, fast unwirklichen Pracht der Villa war Chris auf absurde Weise dankbar, sich jetzt in einer schlichteren Umgebung zu befinden.

Am Ende des Weges, der sich vom Hof fortwand, waren sie auf ein Haus gestoßen, sehr viel kleiner und weit weniger einschüchternd als die Villa. Die Diele, die sie betreten hatten, war in glattem, schmucklosem Holz gehalten, ebenso die beiden angrenzenden kleinen Schlafzimmer. Chris nahm an, dass es sich um eine Unterkunft für Bedienstete der Villa handelte.

Sofort beim Betreten war ihm die dicke, unberührte Staubschicht im Dielenbereich aufgefallen. Daraus schlussfolgerte er, dass es keiner der anderen S.T.A.R.S.-Mitglieder hierher geschafft hatte. Da er und Rebecca keine Möglichkeit besaßen, zurückzugehen, blieb ihnen nur, den Hinterausgang zu finden und so Hilfe zu holen. Das gefiel Chris zwar nicht, aber es gab keine Alternative.

Nach einem kurzen Blick in die Regale ging Chris zu dem zerschrammten Schreibtisch und zog an der Schublade. Sie war abgeschlossen. Er bückte sich, tastete über die Unterseite der Schublade und grinste, als seine Finger ein dickes Stück Klebeband berührten.

Schauen sich die Leute eigentlich nie Filme an? Der Schlüssel klebt immer *unter der Schublade …*

Er zog das Klebeband ab und förderte einen kleinen silbernen Schlüssel zutage.

In der Schublade befanden sich ein Päckchen mit Spielkarten, ein paar Kugelschreiber und Bleistifte, Gummibänder, eine zerknautschte Zigarettenschachtel – größtenteils Müll, wie er sich in allen Schreibtischschubladen anzusammeln schien …

Bingo!

Selbstzufrieden ergriff Chris den Schlüsselbund, an dem ein Lederanhänger befestigt war. Wenn es genauso leicht war, den Ausgang zu finden, würden sie in Nullkommanichts auf dem Weg zurück nach Raccoon sein.

„Sieht aus, als hätten wir den Durchbruch geschafft", sagte er leise und hielt die Schlüssel hoch. In eine Seite des ledernen Anhängers war das Wort „Alias" eingebrannt, auf der anderen Seite stand mit verwischter Kugelschreibertinte die Zahl „345" geschrieben. Chris wusste nicht, was die Zahl zu bedeuten hatte, aber an den Spitznamen aus dem Tagebuch, das er in der Villa gefunden hatte, erinnerte er sich.

Danke, Mr. Alias. Wenn er davon ausgehen konnte, dass der Schlüsselbund zur Mitarbeiter-Unterkunft gehörte, waren sie ihrem Vorhaben, vom Anwesen zu verschwinden, ein gutes Stück näher gekommen.

Rebecca saß immer noch vor dem Schrankkoffer, umgeben von Papieren, Kuverts und einigen grobkörnigen Fotos, die sie hervorgekramt hatte. Sie schien völlig versunken in ihre Lektüre, und erst als Chris zu ihr trat, sah sie mit sorgenverhangenem Blick zu ihm auf.

„Hast du was gefunden?“

Rebecca hielt das Blatt Papier hoch, von dem sie gerade las. „Einiges. Hör dir das an: ‚Vier Tage sind seit dem Unfall vergangen, und die Pflanze in Point 42 wächst und mutiert noch immer mit unglaublicher Geschwindigkeit …‘“

Sie übersprang einige Zeilen und fuhr, während sie sprach, mit dem Finger über das Blatt. „In diesem Bericht wird das Ding als *Pflanze 42* bezeichnet. Die Wurzel soll sich im Keller befinden. Warte … hier: ‚Kurz nach dem Unfall wurde eines der infizierten Mitglieder des Forschungsteams gewalttätig und zerstörte den Wassertank im Keller. Der gesamte Bereich wurde überflutet. Wir glauben, dass Spuren der Chemikalien, die bei den T-Virus-Tests Verwendung fanden, das Wasser vergiftet und zu der umfassenden Mutation von Pflanze 42 beigetragen haben. Ein paar Ableger erstrecken sich bereits in verschiedene Bereiche des Gebäudes, aber die Hauptpflanze hängt jetzt von der Decke des großen Konferenzraums im Erdgeschoss … Wir haben festgestellt, dass Pflanze 42 mittlerweile auf Bewegungen reagiert und zum Fleischfresser geworden ist. Kommen ihr Menschen zu nahe, benutzt sie tentakelartige Greifranken, um ihre Beute zu fangen, während egelähnliche Adaptationen sich an bloßliegender Haut festsaugen und dem gefangenen Körper große Mengen von Blut entziehen. Einige Angehörige des Personals fielen solchen Angriffen bereits zum Opfer.‘ – Der Bericht datiert vom einundzwanzigsten Mai und ist mit Henry Sarton unterzeichnet.“

Chris schüttelte den Kopf. Wieder fragte er sich, wie jemand ein Virus wie das, mit dem sie es hier zu tun hatten, hatte entwickeln können. Es schien alles, was es berührte, mit Wahnsinn zu infizieren, und den Träger in einen mörderischen, blutgierigen Organismus zu verwandeln.

Mein Gott, eine menschenfressende Pflanze!

Chris schauderte. Plötzlich war er doppelt froh, dass sie bald von hier verschwinden würden.

„Es infiziert also auch Pflanzen“, sagte er. Mit grimmiger Miene reichte Rebecca ihm ein Foto – den undeutlichen Schnappschuss eines Mannes in mittlerem Alter, der einen Laborkittel trug. Steif stand er vor einer schlichten Holztür, die Chris als die identifizierte, durch die sie vor kaum zehn Minuten gekommen waren. Der Vordereingang dieses Hauses.

Er drehte das Bild um und las aus zusammengekniffenen Augen die winzige Beschriftung: „H. Sarton, Januar ’98, Point 42.“

Er sah Rebecca an. Plötzlich verstand er ihren angsterfüllten Blick. Sie befanden sich bereits *in* Point 42. Diese Fleisch fressende Pflanze war *hier*.

Wesker stand in der Dunkelheit des unbeleuchteten Tunnels und hörte mit wachsendem Unmut, wie Barry durch die hallenden Korridore stolperte. Jill würde nicht ewig warten, und der wutentbrannte Mr. Burton kam anscheinend nicht darauf, dass Enricos Mörder kurzerhand in die Schatten gleich hinter der Ecke geschlüpft war, das nächstliegende Versteck, das es hier gab.

Komm schon, komm schon …

Seit sie das Haus verlassen hatten, war Wesker endlich überzeugt gewesen, dass die Dinge zu seinen Gunsten liefen. Er hatte sich des unterirdischen Raumes nahe des Eingangs zu den Labors erinnert und war fast sicher, dass sich die Wolfsmedaille dort befand. Und die Tunnel waren sauber. Zunächst hatte er damit gerechnet, dass die 121er hier frei herumliefen, doch allem Anschein nach hatte nach dem

Unfall niemand mit dem Mechanismus des Durchgangs herumgespielt.

Barry und Wesker hatten sich getrennt, um nach dem Hebel zu suchen, mit dem sich die Durchgänge kontrollieren ließen – und das Ding war direkt vor ihrer Nase gewesen, ragte neben dem Mechanismus auf, der damit zu bedienen war.

Alles wäre perfekt gewesen – wenn nur dieser gottverdammte Enrico Marini nicht herumspaziert und über ein sehr wichtiges Papier gestolpert wäre, das Wesker versehentlich verloren hatte – seine Instruktionen, die er direkt von der Führung von White Umbrella erhalten hatte. Und dann, um die Sache noch komplizierter zu machen, war Jill im Tunnelsystem aufgetaucht, ehe Wesker seinen Auftrag erledigen konnte.

Er seufzte innerlich. Sobald etwas klappte, ging dafür etwas anderes schief. In Wirklichkeit war diese ganze Angelegenheit von Anfang an ein Riesenproblem gewesen. Wenigstens war die Underground Security nicht aktiviert worden – obwohl er das nicht sicher hatte sagen können, bis sie die Tunnel erreicht hatten. Und obwohl er Barry quasi als Rückversicherung mitgeschleift hatte, musste er sich jetzt mit den Folgen auseinandersetzen. Wenn die Bezahlung nicht so anständig gewesen wäre … Wesker grinste. Wen wollte er hier eigentlich verarschen? Die Bezahlung war *fantastisch.*

Nach, wie ihm schien, Stunden stürmte Barry keuchend den finsteren Raum und fuchtelte ziellos mit dem Revolver herum. Wesker spannte sich und wartete darauf, dass Barry an der Nische mit dem Generator vorbeikam. Dieser Teil konnte heikel werden – Barry und Enrico hatten sich nahe gestanden.

Als Barry vorbeistürmte, trat Wesker hinter ihm hervor

und rammte ihm die Mündung seiner Beretta hart in den Rücken. Gleichzeitig begann er leise und schnell zu reden: „Ich weiß, dass Sie mich umbringen wollen, Barry, aber ich rate Ihnen, sich gut zu überlegen, was Sie tun. Sterbe ich, stirbt Ihre Familie. Und im Moment sieht es aus, als ob Jill auch sterben müsste – aber Sie können es verhindern. Sie können all dem Töten ein Ende setzen."

Barry hatte sich nicht mehr gerührt, seit er die Waffe zwischen den Schulterblättern fühlte, doch in seiner Stimme konnte Wesker die kaum verhaltene Wut hören – schieren, lodernden Hass.

„Sie haben Enrico umgebracht", schnappte Barry.

Wesker drückte ihm die Pistolenmündung fester ins Kreuz. „Ja. Aber ich wollte es nicht. Enrico hat ein paar Informationen gefunden, die er nicht hätte finden dürfen, und wusste zu viel. Wenn er Jill gesagt hätte, was er über Umbrella weiß, hätte ich sie auch töten müssen."

„Sie werden sie ohnehin umbringen. Sie werden uns alle umbringen!"

Wesker seufzte und gestattete es einem flehenden Unterton, sich in seine Stimme zu mischen. „Das ist nicht wahr! Begreifen Sie denn nicht – ich will nur zum Laboratorium und die Beweise beseitigen, bevor sie jemand findet! Wenn das Material erst einmal vernichtet ist, gibt es keinen Grund mehr, dass noch irgendjemand verletzt werden müsste. Wir können alle einfach … verschwinden."

Barry schwieg, und Wesker konnte spüren, dass er ihm glauben wollte – verzweifelt glauben wollte, dass die Dinge so einfach liegen könnten. Wesker ließ ihn einen Moment zappeln, ehe er in dieser Richtung weitermachte.

„Ich will nur, dass Sie Jill ablenken. Halten Sie das Mädchen und alle anderen, die Ihnen über den Weg laufen, von den Labors fern, für ein Weilchen zumindest. Damit retten Sie ihr Leben – und ich schwöre Ihnen, sobald ich habe, was ich brauche, werden Sie und Ihre Familie nie mehr von mir hören."

Er wartete. Und als Barry endlich antwortete, wusste Wesker, dass er gewonnen hatte.

„Wo *sind* die Labors?"

Braver Junge!

Wesker senkte die Pistole. Seine Miene blieb ausdruckslos. Er zog ein zusammengefaltetes Blatt Papier aus seiner Westentasche und schob es Barry in die Hand; es war eine Karte der Tunnel, die zur ersten Keller-Ebene führten.

„Wenn Sie Jill aus irgendeinem Grund nicht fern halten können, gehen Sie wenigstens mit ihr. Dort unten gibt es eine Menge Türen mit Schlössern, schlimmstenfalls können Sie sie einsperren, bis alles vorbei ist. Ich meine es ernst, Barry – niemand muss mehr verletzt werden. Es liegt alles an Ihnen."

Wesker trat rasch zurück und griff nach dem Hebel mit der sechseckigen Spitze, den er neben dem Generator deponiert hatte. Er beobachtete Barry noch ein paar Sekunden und sah, wie die Schultern des großen Mannes herabsanken, wie er ergeben den Kopf senkte. Zufrieden machte Wesker kehrt und verließ den Raum. Die Wahrscheinlichkeit, dass es einer der S.T.A.R.S.-Angehörigen zum Labor schaffte, war überaus gering, und Mr. Burton würde dafür sorgen, dass es selbst dann zu keinerlei Schwierigkeiten kam.

Wesker eilte durch den Eingangstunnel zurück. Er beglückwünschte sich selbst, dass er die Dinge wieder unter Kontrolle gebracht hatte, und hielt auf den ersten Passagemechanismus zu. Ab hier würde er schnell sein müssen; es gab ein paar Dinge, die er Barry gegenüber nicht erwähnt hatte – zum Beispiel die experimentelle Zusatzsicherung, die in die Tunnel entlassen werden würde, sobald er diesen Hebel betätigt hatte …

Sorry, Barry. War mir doch glatt entfallen.

Es wäre interessant gewesen zu verfolgen, wie es seinem Team mit den 121ern, den Jägern, erging. Es würde eine Mordsshow werden, die den S.T.A.R.S.-Mitglieder alle Kraft und Geschicklichkeit abverlangte. Leider musste er, Wesker, sie sich entgehen lassen.

Es war wirklich zu schade. Die Jäger waren so lange eingesperrt gewesen – und würden sehr, sehr hungrig sein …

Fünfzehn

Barry war schon zu lange weg. Jill hatte keine Ahnung, wie ausgedehnt das Netz der Tunnel war, aber soweit sie es hatte erkennen können, sahen sie alle gleich aus. Barry konnte sich verlaufen haben, und vielleicht versuchte er, den Weg zurück zu finden. Oder er hatte den Mörder gefunden, und ohne Rückendeckung …

Womöglich kommt er überhaupt nicht zurück.

Es brachte sie jedenfalls nicht weiter, wenn sie sich hier die Beine in den Bauch stand. Jill warf einen letzten Blick auf Enrico Marinis bleiches Gesicht und wünschte ihm Frieden. Dann ging sie.

Was mag er herausgefunden haben, dass er es mit dem Leben bezahlen musste? Und wer hat ihn umgebracht?

Enrico hatte nur noch andeuten können, dass der Verräter ein *Er* war, aber das grenzte den Kreis nicht wesentlich ein – außer Jill selbst und der Rekrutin waren sämtliche Mitglieder der Raccoon S.T.A.R.S.-Abteilung männlich. Chris konnte sie wohl ausschließen, da er von Anfang an überzeugt gewirkt hatte, dass hier etwas Merkwürdiges vorging – und jetzt Barry, der bei ihr gewesen war, als Marini starb. Brad Vickers war einfach nicht der Typ, der Derartiges riskiert hätte, und Joseph und Kenneth waren tot …

Blieben noch Richard Aiken, Forest Speyer und Albert Wesker übrig.

Keiner von ihnen schien wirklich in Frage zu kommen, aber Jill musste zumindest die Möglichkeit in Betracht ziehen. Enrico war tot. Und sie zweifelte nicht mehr daran, dass Umbrella eines der S.T.A.R.S.-Mitglieder in der Tasche hatte.

An der Tür angelangt, bückte sie sich rasch, zog die Schnürsenkel ihrer feuchten Stiefel fester und machte sich bereit. Wer immer den Bravo erschossen hatte, hätte ebenso leicht sie oder Barry ausschalten können – und da er es nicht getan hatte, konnte sie nur vermuten, dass er sonst niemanden töten wollte und nicht nach weiteren Zielen suchte. Angenommen er befand sich noch in diesem unterirdischen Labyrinth, dann musste sie so leise wie möglich sein, wenn sie ihn finden wollte; die Tunnel waren perfekte Schallleiter, die selbst das leiseste Geräusch verstärkten.

Vorsichtig öffnete Jill die Metalltür, lauschte und schob sich dann in den düsteren Tunnel, wo sie sich dicht an der Wand hielt. Der Gang vor ihr war unbeleuchtet. Sie entschied sich, lieber den Weg zurück zu gehen, den sie auch gekommen war. Die Dunkelheit eignete sich hervorragend für einen Hinterhalt. Jill wollte sich keine Kugel einfangen, um auf solch drastische Weise festzustellen, dass sie sich bezüglich der Absichten des Killers doch geirrt hatte.

Ein leises, knirschendes Rumpeln vibrierte durch die massiven Steinwände, als bewege sich etwas Großes. Instinktiv nutzte Jill das Geräusch aus, um einige gleitende Schritte nach vorne zu machen. Sie erreichte die nächste Metalltür genau in dem Moment, als das Rumpeln aufhörte und schlüpfte wieder in den Tunnel, wo sie auf Barry getroffen war. Leise schloss sie die Tür hinter sich.

Was zum Teufel war das? Hat sich angehört, als bewege sich eine ganze Wand!

Sie schauderte, als sie wieder an die sich senkende Decke in einem der Zimmer des Hauses denken musste. Vielleicht waren die Tunnel ähnlich präpariert? Sie musste bei jedem Schritt auf der Hut sein. Die Vorstellung, zermalmt zu werden von irgendeinem bizarren unterirdischen Mechanismus, weckte neues Grauen.

Das sechseckige Loch neben der Grube kam ihr wieder in den Sinn. Jill nickte langsam und beschloss, dass sie noch einen Blick auf die Türen werfen musste, an die sie vorhin nicht herangekommen war. Vielleicht verfügte der Mörder über das erforderliche Werkzeug, und womöglich hatte der Lärm, den sie gehört hatte, daher gerührt, dass er es benutzt hatte. Sie konnte sich irren, aber nachzusehen konnte nicht schaden …

Und dabei werde ich mich wenigstens nicht verlaufen.

Sie streckte die Hand nach der Tür aus, durch die sie dorthin zurückgelangen würde, hielt jedoch inne und legte den Kopf schief, um besser das seltsame Geräusch aufzufangen, das aus dem Tunnel hinter ihr drang. Es hörte sich an wie … das Quietschen einer rostigen Angel? Oder irgendein Vogel vielleicht? Was immer es auch sein mochte, es war laut.

Wamp. Wamp. Wamp.

Dieses Geräusch kannte sie. Schritte, die sich in ihre Richtung bewegten – entweder Barry oder jemand, der eine ähnliche Statur besaß. Das Stapfen dröhnte laut – aber es waren zu große Pausen dazwischen, es kam zu … bedächtig.

Hau bloß ab. Los!

Jill packte den Metallriegel und rannte in den nächsten Tunnel. Es kümmerte sie nicht mehr, wie viel Lärm sie machte. Mochte sie ihn manchmal auch falsch interpretieren, so ging ihr Instinkt doch nie fehl – und jetzt sagte er ihr, dass sie keinesfalls vor Ort sein wollte, wenn – wer oder was auch immer diese Geräusche verursachte – aufkreuzte.

Jill rannte den Korridor ein Stück weit hinunter, weg von der Leiter, die zum Hof empor führte – dann zwang sie sich, langsamer zu werden, und atmete tief durch. Sie konnte nicht einfach blindlings weiterhasten. Es gab hier unten bestimmt noch andere Gefahren als die, die sie bereits bewältigt hatte …

Hinter ihr öffnete sich die Tür.

Jill wirbelte herum, riss die Beretta hoch – und starrte entsetzt auf das Ding, das da stand. Es war riesig und von menschlicher Gestalt – doch damit hörte die Ähnlichkeit auch schon auf. Es war nackt, aber geschlechtslos, und sein gesamter muskulöser Körper war von rauer, dunkelgrüner, amphibienhafter Haut bedeckt. Vornüber gebeugt stand es da, so dass seine unmöglich langen Arme fast den Boden berührten. Sowohl Hände als auch Füße waren mit Furcht erregenden Krallen bestückt. Kleine, helle Augen in einem flachen Reptilienschädel starrten auf Jill.

Das Ding fixierte sie mit seinem unheimlichen Blick, öffnete sein breites Maul – und stieß einen fürchterlichen, hohen Schrei aus, wie Jill ihn noch nie gehört hatte. Das Kreischen hallte von den Wänden wider und schürte Todesangst.

Jill drückte ab. Drei Schüsse klatschten der Kreatur in die Brust und ließen sie nach hinten taumeln. Sie strauchelte, und prallte gegen die Tunnelwand, ehe sie sich mit einem weiteren furchtbaren Schrei mit ihren kraftstrotzenden Beinen abstieß, die zuckenden Klauen ausstreckte und sprang.

Sie feuerte wieder und wieder, während das Ding auf sie zuflog. Die Kugeln bissen in seine runzlige Haut. Ströme dunklen Blutes flatterten wie Fahnen im Wind. Dann landete es gebückt und federnd nur ein paar Schritte von Jill entfernt, immer noch kreischend. Einer seiner langen Arme schlug wie ein Tentakel nach ihren Beinen. Moschusartiger, erdiger Tiergeruch strich an ihr vorbei. Sie spürte animalische Wut darin.

Herrgott, warum stirbt es denn nicht ...?

Jill richtete die Beretta auf den Kopf der Kreatur und schoss das Magazin leer. Selbst als Fetzen grünen Fleisches davongeschleudert wurden und Knochen splitterten, feuerte sie weiter. Die heißen Geschosse wühlten sich in die breiige, rosafarbene Masse des Gehirns.

Klick. Klick. Klick.

Die Munition war aufgebraucht. Am ganzen Leib zitternd, senkte Jill die Waffe. Es war vorbei, die Kreatur war tot – aber dazu hatte es ein volles Magazins gebraucht, fünfzehn Neun-Millimeter-Patronen, die letzten sieben oder acht in dichter Abfolge gefeuert ...

Immer noch auf das tote Monster starrend, warf sie das leere Magazin aus und schob, bevor sie die Beretta ins Holster steckte, ein neues ein. Sie langte nach hinten und bekam die Remington zu fassen. Das exakt ausgewogene Gewicht der Pumpgun hatte etwas Tröstliches.

Woran zum Teufel habt ihr Typen hier draußen gearbeitet? Es schien, dass die Umbrella-Forscher nicht nur ein Virus entwickelt hatten, sondern darüber hinaus noch etwas mindestens ebenso Tödliches. Etwas mit Krallen.

Und davon kann es noch mehr geben.

Nie zuvor war Jill ein erschreckenderer Gedanken gekommen. Die Remington eng am Körper, drehte sie sich um und rannte.

Chris und Rebecca schritten einen langen, holzumrahmten Gang hinab und sahen sich bei jedem zweiten Schritt achtsam um. Etwas, das wie vertrockneter, abgestorbener Efeu aussah, ragte aus jeder Fuge und Spalte, wo Wände und Decke aufeinander trafen – ein knochenfarbener Bewuchs, der die Bohlen wie Pilzgeflecht überzog. Es sah harmlos aus – aber nach dem, was Rebecca ihm über die Pflanze 42 vorgelesen hatte, war Chris darauf gefasst, blitzschnell reagieren zu müssen.

Beim Durchsehen der restlichen Unterlagen aus dem Schrankkoffer war Rebecca auf den Bericht über eine Art Herbizid namens V-Schock gestoßen, das offenbar in Point 42 hergestellt werden konnte. Sie hatte den Bericht mitgenommen, obwohl Chris bezweifelte, dass er von Nutzen sein würde. Alles, was er wollte, war, einen Ausgang zu finden, und wenn sie der Killerpflanze dabei aus dem Weg gehen konnten, umso besser.

Die Eingangsdiele war frei von dem Bewuchs gewesen, auch wenn Chris nicht bereit war, sie deshalb als sicher einzustufen. Außer den beiden Schlafzimmern bei der Eingangstür hatte es noch einen Aufenthaltsraum gegeben, der spürbar unheimlich gewesen war. Chris hatte hineingeschaut, und augenblicklich war sein Instinkt geweckt worden, auch wenn er nicht gewusst hatte, warum. Denn er hatte nichts Gefährliches ausmachen können, nur eine Theke und ein paar Tische. Trotz des scheinbaren Friedens hatte er die Tür schnell wieder zugemacht, und sie waren weitergegangen. Sein ungutes Gefühl war ihm Grund genug gewesen, die Finger von diesem Zimmer zu lassen.

Vor der einzigen Tür des langen, gewundenen Flures blieben sie stehen. Nach wie vor achteten sie beide nervös auf den Efeu, der in Deckennähe wucherte. Chris drehte den Knauf, und die Tür schwang auf.

Warme, feuchte Luft drang aus dem schattenerfüllten Raum, schwül und tropisch – aber mit einem unangenehmen Beigeschmack, der an verdorbenes Obst erinnerte. Beim Anblick der Zimmerwände schob Chris Rebecca hinter sich. Sie waren vollständig bedeckt von diesem seltsamen wuchernden Gewächs, das sie bereits vom Flur her kannten – hier jedoch war der Efeu üppig und von einem saftigen, unnatürlichen Grün.

Aus dem Raum kam ein schwaches Rascheln, eine leise Ahnung von Bewegung – und Chris erkannte, dass es von dem abstoßenden Pflanzendickicht selbst ausging. Die Wände zitterten wie in einer absurden optischen Täuschung. Als kröchen und wüchsen die herabhängenden Ranken so rasend schnell, dass es mit dem bloßen Auge erkennbar war.

Rebecca wollte an ihm vorbei, doch Chris ließ es nicht zu. „Bist du noch bei Trost? Du hast doch selbst gesagt, dass dieses Ding einem das Blut aussaugt!"

Kopfschüttelnd blickte sie auf die gespenstisch wispernden Wände. „Das ist nicht Pflanze 42 – jedenfalls nicht der Teil, von dem in diesem Bericht die Rede war. Pflanze 42 muss größer sein und sehr viel beweglicher. Ich habe mich nie eingehender mit Phytologie befasst, aber dieser Studie zufolge suchen wir nach einem Angiospermium mit beweglichem Blattwerk."

Ein nervöses Lächeln huschte über ihr Gesicht. „Entschuldige. Stell dir einfach eine sehr große Pflanze mit drei bis sechs Meter langen Ranken vor."

Chris zog eine Grimasse. „Na toll. Danke für die beruhigenden Worte."

Sie betraten den großen Raum und waren sorgsam darauf bedacht, den knisternden Wänden nicht zu nahe zu kommen. Außer der Tür, durch die sie eingetreten waren, gab es noch drei weitere: Eine direkt gegenüber dem Eingang und die beiden anderen links von ihnen, wo sich der Raum erweiterte. Chris hielt auf die Tür gegenüber dem Eingang zu, weil er annahm, dass sie am wahrscheinlichsten aus diesem Haus hinaus führte.

Die Tür war unverschlossen. Chris hatte sie gerade geöffnet, als –

BAMM!

Die Tür krachte zu, ließ ihn wie auch Rebecca mit einem Satz zurückfahren und die Waffen hochreißen. Eine Folge dumpfer, gleitender Geräusche folgte, als trete jemand von draußen gegen die Wände – nur dass die Laute überall waren, über und unter dem stabilen Rahmen der Tür. Mehr noch, sie ertönten aus jedem Winkel des Raumes.

„Viele Ranken, hast du gesagt?", vergewisserte sich Chris.

Rebecca nickte. „Ich glaube, wir haben gerade Pflanze 42 gefunden."

Sie lauschten einen Moment. Chris überlegte, wie viel Kraft und Gewicht nötig war, um die Tür so fest zuschlagen zu können.

Kein Zweifel, sie muss gigantisch sein ... *und blockiert wahrscheinlich den einzigen Ausgang. Fantastisch.*

Sie wichen zurück in den offenen Bereich und musterten die beiden anderen Türen. Über der rechten stand die Nummer „002". Chris holte die Schlüssel hervor, die er gefunden hatte, sah sie durch und fand einen mit der entsprechenden Nummer.

Er sperrte die Tür auf und trat über die Schwelle. Rebecca folgte ihm. Links lag eine kleinere Tür, die sich in ein stilles, staubiges Badezimmer öffnete. Der Raum selbst war ein weiteres Schlafzimmer mit einer Liege, einem Schreibtisch und ein paar Regalen. Nichts von Interesse.

Hinter der Rückwand erklang eine weitere Folge dumpfer Schläge, und sie kehrten schnell in den schwülwarmen, raschelnden Raum zurück. Chris versuchte sich der immer stärker werdenden Überzeugung zu erwehren, dass sie sich mit der Pflanze würden auseinandersetzen müssen, wenn sie hier noch einmal herauskommen wollten.

Nicht unbedingt, es könnte noch einen anderen Weg geben.

So, wie sich die Dinge bisher darstellten, glaubte er das allerdings nicht. Angefangen bei den Zombies, die durch das Haupthaus schlurften, bis hin zu ihrer Flucht über den Hof, als Schlangen von den Bäumen gefallen waren, schien jeder Bereich des Spencer-Anwesens darauf ausgerichtet zu sein, sie am Entkommen zu hindern.

Als sie sich der letzten Tür des düsteren Raumes näherten, gelang es Chris zwar, die negativen Gedanken beiseite zu schieben – doch sie kehrten beim Anblick des kleinen grünen Tastenfeldes neben dem Rahmen mit Macht wieder zurück. Chris rüttelte am Türknauf, der jedoch nicht nachgab. Eine weitere Sackgasse.

„Sicherheitsschloss“, seufzte er. „Ohne Code kommen wir da nicht durch.“

Rebecca betrachtete die Reihen winziger roter Lichter, die sich über den nummerierten Tasten befanden, mit missmutigem Blick. „Wir könnten einfach Zahlenfolgen ausprobieren, bis wir die richtige erwischen …“

Chris schüttelte den Kopf. „Du kannst dir doch vorstellen, wie unsere Chancen stehen, *zufällig* die richtige Kombination –“

Er verstummte, starrte Rebecca an und holte dann den Schlüsselring aus der Tasche.

„Versuch mal drei-vier-fünf“, sagte er und sah ungeduldig zu, wie Rebecca die Zahlen eingab.

Komm schon, Mr. Alias, lass uns nicht im Stich …

Das Muster aus roten Lichtern blinkte, dann erloschen die Lämpchen, eins nach dem anderen. Als das letzte ausging, ertönte in der Tür ein Klicken.

Chris grinste, drückte die Tür auf – und fühlte seine Hoffnung schwinden, als er sich in dem winzigen Raum umschaute. Staubige Regale, die mit kleinen Glasflaschen gefüllt waren, und ein rostfleckiger Ausguss – alles in allem nicht der Ausgang, den er sich gewünscht hatte.

Nein, das wäre wohl auch zu einfach gewesen. So leicht wird es uns weiß Gott nicht gemacht.

Rebecca trat rasch an eines der Regale, ließ ihren Blick über die Glasfläschchen wandern und murmelte: „Hyoscyamin, Anhydrid, Dieldrin …“

Mit einem Ausdruck von Genugtuung auf den Lippen wandte sie sich an Chris. „Wir können die Pflanze umbringen! Dieses V-Schock, das Phytotoxin – ich kann es hier zusammenmixen. Wenn wir in den Keller gelangen und die Wurzeln der Pflanze finden –“

Chris’ Lächeln kehrte zurück. „– dann können wir das verdammte Ding vernichten, ohne es offen bekämpfen zu müssen!“, vollendete er den Satz für sie. „Rebecca, du bist brillant. Wie lange brauchst du dafür?“

„Zehn, fünfzehn Minuten.“

„Okay. Bleib hier, ich bin so schnell wie möglich wieder zurück.“

Rebecca nahm bereits Flaschen aus dem Regal, als Chris die Tür schloss und vorbei an den knisternden Wänden aus dunklem Grün in Richtung Korridor lief.

Sie würden die Tücken dieses Ortes überwinden, und wenn sie erst einmal draußen waren, würde Umbrella untergehen – mit Pauken und Trompeten!

Barry stand vor Enricos kaltem Körper. Mit einer Hand zerknüllte er Weskers Karte. Jill war bei seiner Rückkehr fort gewesen – und anstatt nach ihr zu suchen, war er jetzt nicht imstande, sich überhaupt von der Stelle zu rühren. Nicht einmal den Blick vermochte er von der Leiche seines ermordeten Freundes zu lösen.

Es ist meine Schuld. Hätte ich Wesker nicht geholfen, das Haus zu verlassen, wärst du noch am Leben …

Am Ende seiner Nervenkraft starrte Barry in Enricos Gesicht. Er war so voller Schuld und Scham, dass er nicht mehr wusste, was er tun sollte. Ihm war klar, dass er Jill finden und verhindern musste, dass sie auf Wesker stieß; dass er seine Familie vor Schaden bewahren musste – und doch konnte er sich nicht zum Gehen überwinden. Was er mehr als alles andere wollte, war, sich Enrico zu erklären, ihm begreiflich zu machen, weshalb alles so gekommen war, wie es nun war.

Er hat Kathy und die Babys, Rico … Was hätte ich denn tun sollen? Was bleibt mir anderes übrig, als seinen Befehlen zu gehorchen?

Der Bravo erwiderte seinen Blick aus glasharten, blinden Augen. Kein Vorwurf, kein Verständnis – gar nichts. Niemals. Auch wenn Barry dem Captain weiterhin half und alles so lief, wie es laufen sollte, würde Rico Marini doch immer noch tot sein. Und Barry wusste nicht, wie er mit dem Wissen weiterleben sollte, dass *er* daran schuld war …

Mehrere Schüsse hallten durch das Tunnelsystem.

Jill!

Barrys Kopf fuhr herum. Automatisch griff er nach seiner Waffe. Die Geräusche trieben ihn zum Handeln. Heiße Wut stieg in ihm empor. Für die Schüsse gab es nur eine Erklärung: Wesker hatte Jill gefunden.

Barry drehte sich um und rannte, ganz krank von dem Gedanken, dass ein weiteres S.T.A.R.S.-Mitglied durch Weskers verräterische Hand den Tod finden würde – und wütend auf sich selbst, weil er die Lügen des Captains geglaubt hatte.

Die Tür vor ihm wurde aufgestoßen, und Barry blieb wie angewurzelt stehen. Alle Gedanken an Wesker und Jill und Enrico wurden fortgewischt von dem Anblick des kauernden *Dings*. Sein Verstand konnte nicht erfassen, was seine Augen sahen. Sein erstarrter Blick fütterte das Begriffsvermögen mit Informationsbruchstückchen, die keinen Sinn ergaben.

Grüne Haut. Stechende, weißorangefarbene Augen. Schuppen.

Dieses Etwas kreischte. Es war ein schrecklicher, quietschender Schrei, und Barry hörte auf zu denken. Er zog den Stecher durch, und das Kreischen verwandelte sich in ein blubberndes, erstícktes Röcheln, als das großkalibrige Geschoss in die Kehle der Kreatur fuhr, die zu Boden gerissen wurde.

Das Geschöpf schlug wild mit seinen Gliedmaßen um sich, während Blut aus dem qualmenden Loch spritzte. Barry vernahm ein mehrfaches scharfes Knacken wie von brechenden Knochen, sah, wie noch mehr Blut aus den Fäusten des Ungetüms quoll, als lange, dicke Krallen am Fels abbrachen.

Barry beobachtete reglos und in stummem Staunen, wie das Geschöpf weiterhin von heftigen Krämpfen geschüttelt wurde und durch das ausgefranste Loch in seiner Kehle blubberte, als versuche es immer noch zu schreien. Der Schuss hätte ihm eigentlich den Kopf abreißen müssen – doch es dauerte noch eine volle Minute, bis es verendete und das rasende Umsichschlagen endlich nachließ, während immer noch Blut in Schüben aus der Wunde pulsierte. Endlich hörte es auf, sich zu bewegen – und der dunkle, giftige See, den es geschaffen hatte, machte Barry klar, dass es verblutet war, bis zum Ende bei vollem Bewusstsein.

Was habe ich da gerade umgebracht? Was zum –

Im Tunnel draußen hallte ein neuerliches kreischendes Heulen durch die klamme Luft – eine zweite Stimme fiel mit ein, dann eine dritte. Die animalischen Schreie steigerten sich, wütend und widernatürlich – das Brüllen von Kreaturen, die nicht hätten existieren dürfen.

Mit zitternden Händen wühlte Barry in seiner Hüfttasche und kramte Patronen für den Colt hervor. Dabei betete er zu Gott, dass er noch genügend besaß – und dass die Schüsse, die er gehört hatte, nicht Jills letztes Gefecht untermalt hatten.

Sechzehn

Es mochte einmal eine Spinne gewesen sein – zumindest wenn man Spinnen zugestand, dass sie die Größe eines Rindes erreichen konnten. Der dicken Schicht aus weißem Gespinst nach zu schließen, die den Raum vom Boden bis zur Decke vereinnahmte, konnte es sich schwerlich um etwas anderes gehandelt haben.

Schaudernd starrte Jill auf die gekrümmten, borstigen Beine dieser Scheußlichkeit hinab. Die geschuppte Kreatur, die sie am Zugang zum Hof angegriffen hatte, war furchterregend gewesen, aber zugleich so fremdartig, dass Jill sie mit nichts hatte vergleichen können. Spinnen hingegen … Spinnen hasste sie ohnedies schon, hasste ihre dunklen, emsigen Leiber und huschenden Beine. Die hier musste die Mutter aller Spinnen gewesen sein – und selbst tot jagte sie Jill noch einen namenlosen Schrecken ein.

Kann noch nicht lange tot sein …

Sie zwang sich, das Ding anzusehen, die öligen Pfützen voll grünlichen Blutes, das aus den Wunden des ovalen, haarigen Leibes tropfte. Das monströse Etwas war von mehreren Kugeln getroffen worden – und anhand des giftigen Schlicks, der aus den Wunden troff, schätzte Jill, dass es vor einer guten Viertelstunde noch gelebt hatte und herumgekrabbelt war.

Immer noch fröstelnd entfernte sie sich in Richtung der Doppeltür aus Metall, die aus dem spinnwebverhangenen Zimmer führte. Raschelnde Fetzen des klebrigen Zeugs haf-teten an ihren Stiefeln und erschwerten das Vorankommen. Jill machte vorsichtige, unregelmäßige Schritte, darauf be-dacht, nur nicht hinzufallen. Der Gedanke, von dem ge-sponnenen Netz begraben zu werden, es am ganzen Körper kleben zu haben, war mehr als gruselig. Sie erschauerte ein ums andere Mal und schluckte hart.

Denk an etwas anderes, irgendetwas!

Wenigstens wusste sie, dass sie auf der richtigen Spur und demjenigen dicht auf den Fersen war, der den Tunnelmecha-nismus ausgelöst hatte. Ein netter Trick war das. Als sie an die Stelle gekommen war, wo sich die Grube befunden hat-te, hatte Jill zuerst gemeint, sich vielleicht doch verlaufen zu haben. Das klaffende Loch war verschwunden gewesen, an seiner Stelle hatte sich glatter Stein befunden. Ein Blick nach oben hatte ihr die gezackten Ränder der Grube ge-zeigt, die nun in der Decke klaffte. Dieser ganze Teil des Tunnels war durch irgendeine wundersame Vorrichtung ge-dreht worden wie ein gigantisches Rad.

Die Türen hatten in einen anderen geraden und leeren Tunnel geführt. An einem Ende lag ein riesiger Felsbrocken und dahinter jener Raum, den sie jetzt verlassen wollte …

Jill packte den Knauf einer der Türen, drückte sie auf und stolperte in einen weiteren finsteren Durchgang. Tief durch-atmend lehnte sie sich nach hinten gegen die Tür und konn-te kaum dem Drang widerstehen, ihre Kleidung mit den Händen zu säubern.

Ich kann zwar mindestens so gut wie jeder andere Zom-bies und sonstige Monster umnieten – aber zeig mir eine Spinne, und ich verlier verdammt noch mal meinen Verstand!

Der kurze, leere Tunnel verlief vor ihr von links nach rechts, an jedem Ende eine Tür – doch die Tür zu ihrer Linken war in dieselbe Wand eingelassen wie die, durch die sie gerade getreten war, und führte offenbar zurück zum Hof. Jill entschied sich folglich für die rechte und hoffte, dass ihr Orientierungssinn noch funktionierte.

Die Metalltür öffnete sich quietschend. Jill trat hindurch. Die Veränderung in der Luft fiel ihr sofort auf. Vor ihr teilte sich der Tunnel. Rechts verdichteten sich die Schatten, wo sich die Felswände in einen anderen Korridor öffneten. Links von Jill jedoch befand sich ein schmaler Aufzugschacht, ähnlich denen im Hof. Ein warmer, herrlicher Wind strich von oben herab und über sie hinweg – sie hatte schon fast vergessen gehabt, wie Freiheit roch.

Grinsend hielt Jill hielt auf den Schacht zu, dessen Plattform, wie sie erkannte, nach oben geholt worden war. Die Wahrscheinlichkeit, dass sie sich noch auf der Fährte von Enricos Mörder befand, war groß.

Oder auch nicht. Vielleicht hat er den anderen Weg genommen, und du verlierst ihn gerade.

Jill zögerte, blickte wehmütig zu dem schmalen Schacht – und wandte sich dann seufzend ab. Sie musste zumindest nachsehen.

Sie betrat den steinernen Gang, der sich vor ihr erstreckte. Umgehend sank die Temperatur auf die mittlerweile vertraute, aber immer noch unangenehme Kühle herab. Der Tunnel setzte sich ein paar Schritte weit nach rechts fort und endete als Sackgasse. Links markierte ein massiver, abgerundeter Felsbrocken wie der, den sie vorhin gesehen hatte, einen Steinwurf entfernt das andere Ende. Und davor lag irgendetwas Kleines, Blaues …

Die Stirn gefurcht, ging Jill auf den gewaltigen Felsbrocken zu und versuchte, den blauen Gegenstand davor zu identifizieren. Auf halbem Weg zweigte ein Seitengang von dem dämmrigen Tunnel ab. Die Metallplatte daneben erkannte Jill als dieselbe Art von Mechanismus wie jenen, der die Grube bewegt hatte.

Sie ging in den engen Nebengang und untersuchte die abgenutzten Steine um die Öffnung herum. Rechts befand sich eine kleine Tür, und Jill stellte fest, dass Durchgang und Raum mittels des Mechanismus verborgen werden konnten – die Wände ließen sich drehen, um den Zugang zu blockieren.

Meine Güte, es muss Jahre gedauert haben, um all das zu bauen. Und ich habe schon das Haus für beeindruckend gehalten …

Sie öffnete die Tür und sah ins Innere eines quadratischen Raumes von mittlerer Größe, aus rohem Stein gehauen. Einzige Dekoration darin war die auf einem Sockel stehende Statue eines Vogels. Es gab keinen anderen Ausgang, und Jill empfand Erleichterung, als ihr bewusst wurde, was das bedeutete: Sie konnte die unterirdischen Gänge verlassen – der Mörder musste bereits von hier verschwunden und mit dem Aufzug nach oben gefahren sein.

Lächelnd kehrte sie in den Tunnel zurück und hielt auf den riesigen Fels zu. Auf das blaue Ding war sie immer noch neugierig, und im Näherkommen erkannte sie, dass es sich um ein Buch mit einem Einband aus blau gefärbtem Leder handelte. Jemand hatte es achtlos hingeworfen, und da lag es nun, mit den aufgeschlagenen Seiten nach unten. Jill hängte sich die Remington über den Rücken und bückte sich, um es aufzuheben.

Es war ein Buch mit Geheimfach. Ihr Vater hatte ihr davon erzählt, selbst hatte sie zuvor noch keines zu Gesicht bekommen. Unter dem Deckel war ein Fach in die Seiten geschnitten, in dem sich etwas verstecken ließ. Aber es war leer.

Jill schlug das Buch zu und fuhr, schon auf dem Rückweg zum Aufzug, die mit Blattgold veredelten Buchstaben des Titels nach: *Adler des Ostens, Wolf des Westens*. Klang nicht gerade wie ein Thriller, aber der Einband war schön …

Jill erstarrte, als der Boden unter ihrem linken Fuß ein klein wenig wegsackte – im selben Augenblick merkte sie, dass der ganze Tunnel von hier aus sanft abschüssig war.

Hinter ihr erklang das tiefe, dröhnende Geräusch von Fels, der über Fels rieb.

O nein!

Jill ließ das Buch fallen und rannte los, um eine sichere Deckung zu suchen. Sie nahm die Beine in die Hand, während das Rumpeln stetig lauter wurde und der angestoßene, rollende Felsbrocken offenbar an Fahrt gewann. Die rettende Öffnung des Seitengangs schien noch Meilen entfernt zu sein.

Schaffsnichtwerdsterben …

Sie konnte die Tonnen von Stein, die sich auf sie zuwälzten, fast spüren, wollte sich verzweifelt umschauen, fürchtete jedoch, dass dieser verschwendete Bruchteil einer Sekunde genügt hätte, sie in den Tod zu reißen.

In einer letzten, verzweifelten Anstrengung legte sie noch einmal an Tempo zu, sprang im letzten Augenblick kopfüber in die Öffnung der Abzweigung, prallte hart auf dem Boden auf und zog instinktiv die Beine eng an ihren Körper.

Hinter sich hörte sie den gewaltigen Felsbrocken vorbeirollen, der sie nur um Haaresbreite verfehlt hatte. Noch während sie Atem holte, krachte die Steinkugel mit einem ohrenbetäubenden Lärm, der Boden und Wände erbeben ließ, gegen das Tunnelende.

Für einen Moment konnte Jill nichts anderes tun, als sich auf den kalten Boden kauern. Sie spürte den Drang, sich zu übergeben. Nachdem dieses Gefühl abgeebbt war, kam sie langsam wieder auf die Beine und wischte sich den Staub ab. Ihre Handballen waren beim Sturz aufgeschürft worden und beide Knie geprellt, aber das war in jedem Fall besser, als von einem riesigen Felsbrocken zermalmt zu werden.

Jill zog die Remington und hielt auf den Aufzugschacht zu, heilfroh, diese Unterwelt endlich hinter sich lassen zu können. Sie drückte sich die Daumen, dass etwas anderes als diese an den Nerven zehrende Kälte auf sie wartete. Und dass es dort, wo sie hinging, keine Spinnen gab.

Der Keller war also überschwemmt. Eine schöne Bescherung …

Chris stand am oberen Ende einer kurzen Rampe, die zu den Kellertüren führte, und betrachtete sein eigenes ernstes Gesicht im Spiegel des schimmernden Wassers, das kalt aussah. Und tief.

Nachdem er Rebecca zurückgelassen hatte, war er den Flur hinuntergelaufen und hatte am Ende Zimmer 003 gefunden. Die Leiter zum Keller war in dem ordentlich aufgeräumten und sauberen Schlafzimmer hinter einem Bücherregal verborgen gewesen. Er war in einen kühlen, von summenden Leuchtstoffröhren erhellten Betonkorridor hinabgestiegen – ein harter Kontrast zu dem rustikalen Stil des Quartierhauses darüber.

Na ja, immerhin habe *ich den Keller gefunden.*

Es sah so aus, als bestünde ihre einzige Fluchtmöglichkeit darin, jene ominöse Pflanze 42 zu vernichten. Im Haus hatte Chris keinen anderen Ausgang entdeckt, was bedeutete, dass er hinter dem Zimmer liegen musste, welches die Pflanze in

Beschlag genommen hatte – oder es *gab* überhaupt keine Hintertür; ein Gedanke, der Chris spürbar beunruhigte. Einerseits war dies höchst unwahrscheinlich, andererseits galt dies aber auch für menschenfressende Pflanzen …

Und du wirst es nicht rausfinden, wenn du das hier nicht endlich hinter dich bringst.

Chris seufzte und stieg ins Wasser. Es war eisig und roch unangenehm nach Chemie. Er watete zur Tür. Das Wasser stieg erst träge schwappend über seine Knie hoch und schließlich bis zur Mitte seiner Oberschenkel. Zitternd vor Kälte drückte er mit Macht die Tür auf und trat hindurch.

Der Keller wurde beherrscht von einem riesigen Tank mit gläserner Front, der in der Mitte des Raumes stand und vom Boden bis zur Decke reichte. Rechts klaffte in Bodennähe ein großes, gezacktes Loch. Chris war nicht allzu gut im Schätzen, aber um diesen ganzen Bereich mit Wasser zu füllen, musste der Tank, so nahm er an, etliche tausend Gallonen Wasser enthalten haben.

Was zum Teufel haben die erforscht, dass sie so viel Wasser brauchten? Flutwellen?

Es war egal. Er fror und wollte endlich finden, was er finden musste, und dann schleunigst zurück aufs Trockene. Er bewegte sich nach links, langsam, weil er sich gegen den Druck und Sog der sanft rollenden Wellen stemmen musste.

Es hatte etwas Irreales, durch einen gut ausgeleuchteten Betonraum zu waten, aber Chris dachte, dass es wohl kaum seltsamer als alles andere war, was er seit der Landung des Alpha-Hubschraubers erlebt hatte. Alles, was mit dem Spencer-Anwesen zu tun hatte, war von traumähnlicher Atmosphäre geprägt – als existiere es in einer völlig eigenständigen Wirklichkeit, die der realen Welt weit entrückt war …

Einigen wir uns auf albtraumhaft. Killerpflanzen, Riesenschlangen, Zombies – fehlt nur noch eine fliegende Untertasse oder meinetwegen ein Dinosaurier.

Er hörte ein leises Schwappen hinter sich, blickte über die Schulter –

– und sah in geringer Entfernung eine Dreiecksflosse aus dem Wasser ragen, die auf ihn zuglitt, unter sich ein verschwommener grauer Schemen …

Entsetzen packte ihn, alles auslöschende Panik, die vernünftiges Denken erstickte. Chris machte einen großen Schritt, wollte loshasten –

– und musste erfahren, dass er hier nicht rennen *konnte*. Aber erst als er mit dem Gesicht voran ins kalte, chemiedurchtränkte Wasser fiel und keuchend wieder hochkam. Prustend spie er das verunreinigte Wasser aus Mund und Nase. Gleichzeitig betete stumm zu Gott, dass Rebeccas Annahme stimmte und das Virus seine Wirkung inzwischen verloren hatte.

Er drehte den Kopf und suchte mit brennenden Augen nach der Flosse.

Die Distanz zu ihr hatte sich halbiert. Jetzt konnte Chris ihn sehen – den Hai, dessen entstellter Körper sich elegant bewegte und mühelos durchs Wasser glitt, vorangetrieben von seiner breiten Schwanzflosse – schwarze, seelenlose Augen funkelten über einem hässlichen, eingefrorenen Grinsen.

Nasse Munition kannst du vergessen …

Chris stolperte rückwärts davon. Er wusste, dass er dem Hai nicht davonlaufen konnte. Mit den Armen um sein Gleichgewicht ringend, bewegte er sich durch das an ihm zerrende Wasser, drehte sich zur Seite und schaffte noch ein paar Schritte, bevor der Hai ihn erreichte.

Er sprang als letzten Ausweg zur Seite, wich dem Tier aus

und wühlte das Wasser so heftig er nur konnte zu schäumenden Wellen auf. Der Hai glitt an ihm vorbei, sein schwerer Körper streifte Chris' Bein.

Sobald das Ungetüm vorüber war, torkelte Chris ihm hinterdrein, wild spritzend, um das Tempo mitzuhalten und hinter ihm zu bleiben, sobald der Hai in der Ecke des überschwemmten Raumes wieder kehrt machte. Wenn er nahe genug dran blieb, konnte der Hai ihn nicht angreifen.

Das Problem war nur, dass der kiemenatmende Killer in wenigen Sekunden den nötigen Platz zum Wenden haben würde. Links sah Chris zwei Türen, doch das Monstrum hängte ihn bereits ab und hielt auf die Ecke zu, um zu drehen und zu ihm zurückzukehren.

Chris holte tief Luft und warf sich nach vorne. Er wusste, dass es verrückt war, aber er hatte keine andere Chance. Mit verzweifelten Sätzen hielt er auf die erste Tür zu und stieß sich vom Boden ab, um sich in weiten, durchs Wasser patschenden Sprüngen vorwärts zu bewegen.

Im selben Moment, als der Hai wendete, prallte Chris gegen die Tür und bekam prustend den Knauf zu fassen, aber –

– die Tür war abgeschlossen.

Scheißescheißescheiße …

Chris fuhr mit der Hand unter seine Weste, bekam den Schlüsselbund von Alias zu fassen, holte ihn hervor und fummelte daran herum, während die Flosse näher heran glitt und das diabolisch grinsende, zähnestarrende Maul sich öffnete.

Chris stieß einen Schlüssel ins Schloss – es war der letzte des Bundes, für den er den zugehörigen Raum noch nicht gefunden hatte. Gleichzeitig rammte er die Schulter gegen die Tür. Der Hai war nur noch wenige Fuß entfernt.

Die Tür gab nach. Chris stolperte hindurch, fiel und trat

wie rasend um sich. Sein Stiefel stieß hart gegen die fleischige Schnauze des Hais, hinderte ihn daran, das Maul weit genug aufzureißen.

Blitzschnell war Chris wieder auf den Beinen, warf sich mit vollem Gewicht gegen die Tür. Wasser klatschte, dann war sie zu.

Chris sank gegen die Tür und wischte sich mit dem Handrücken über die brennenden Augen. Das aufgewühlte Wasser beruhigte sich, und während Chris Atem schöpfte, wurden die Wellen kleiner und kleiner. Allmählich konnte er wieder klar sehen. Für den Moment war er in Sicherheit.

Er zog die Beretta aus dem Holster, warf das tropfende Magazin aus und fragte sich, wie zum Teufel er es zurück nach oben schaffen sollte. Er schaute sich in dem kleinen Raum um, ohne etwas zu finden, was er als Waffe hätte verwenden können. An einer Wand reihten sich Knöpfe und Schalter. Er stapfte darauf zu, um sie sich anzusehen. Vor allem ein blinkendes Rotlicht in der Ecke weckte sein Interesse.

Sieht aus, als hätte ich einen Kontrollraum gefunden … Klasse. Vielleicht kann ich ja das Licht ausschalten und dem Hai noch ein Schlafliedchen dazu summen.

Neben dem Blinklicht befand sich ein Hebel. Chris betrachtete den Klebebandstreifen darunter und fühlte sich wie betäubt vor Unglauben, als er die halbverblichenen Druckbuchstaben las:

NOTFALL-ENTWÄSSERUNGSSYSTEM

Wollt ihr mich verarschen? Warum hat niemand diesen Hebel umgelegt, als der Tank geborsten ist?

Die Antwort dämmerte ihm, noch ehe er den Gedanken zu Ende geführt hatte. Die Leute, die hier arbeiteten, waren

Wissenschaftler. Unter keinen Umständen würden sie sich die Möglichkeit entgehen lassen, ihre kostbare Pflanze dabei zu studieren, wie sie das Wasser dieses Giftsees in sich aufsaugte …

Chris packte den Hebel und drückte ihn herunter. Jenseits der Tür ertönte ein gleitendes, metallisches Geräusch – und augenblicklich sank der Wasserspiegel. Binnen einer Minute war das Wasser unter der Tür hindurch abgelaufen, und aus der Richtung des zerbrochenen Tanks tönte ein blubberndes, feuchtes Glucksen.

Chris ging zurück zur Tür, öffnete sie vorsichtig – und hörte die rasenden, nassen Flossenschläge eines sehr großen Fisches, der versuchte, durch Luft zu schwimmen.

Chris grinste bei dem Gedanken, dass er wohl Mitleid für die hilflose Kreatur hätte empfinden sollen – stattdessen hoffte er, dass sie einen langsamen, qualvollen Tod starb.

„Beiß mich doch, wenn dir jetzt noch danach ist", flüsterte er.

Unterwegs zum Computerraum auf Ebene 3 hatte Wesker vier der keuchend umherschlurfenden Umbrella-Mitarbeiter erschossen. Er hatte keinen von ihnen eindeutig erkannt, tippte jedoch darauf, dass der zweite, den er eliminiert hatte, Steve Keller gewesen war, einer der Typen von der Forschungsabteilung für Sonderaufgaben. Steve hatte immer teure Halbschuhe getragen, und die blasse, vertrocknete Hülle, die an der Treppe nach ihm gegrapscht hatte, trug Steves Marke …

Es schien, als seien die Auswirkungen des Virenausbruchs in den Labors extrem gewesen. Weniger widerlich zwar als oben, aber nicht weniger beunruhigend. Die Kreaturen, die hier durch die Gänge streiften, machten einen völlig dehydrierten Eindruck. Ihre Glieder waren verdorrt und dürr, ihre Augen erinnerten an verschrumpelte Trauben. Wesker war einigen von ihnen ausgewichen, doch die wenigen, die von ihm ausgeschaltet worden waren, hatten kaum geblutet.

Jetzt saß er in einem kühlen, sterilen Raum vor einem Computer und wartete darauf, dass das System hochfuhr. Zum ersten Mal heute hatte er das Gefühl, Herr der Lage zu sein. Natürlich, er hatte ein paar Glücksmomente gehabt. Die Art und Weise, wie er mit Barry umgesprungen war, der Fund des Wolfmedaillons in den Tunneln … Selbst Ellen Smith ins Gesicht zu schießen, hatte ihm das flüchtige Gefühl geschenkt, etwas geschafft zu haben – das Gefühl, das Geschehen zu kontrollieren. Doch unterwegs war so vieles schief gegangen, dass er keine Zeit gefunden hatte, auch nur einen seiner Erfolge auszukosten.

Aber jetzt bin ich hier. Wenn die S.T.A.R.S.-Mitglieder nicht schon alle tot sind, werden sie es bald sein – und vorausgesetzt, mir unterläuft kein dummer Fehler mehr, werde ich in einer halben Stunde hier raus sein. Auftrag ausgeführt …

Es lauerten noch immer Gefahren, doch mit denen würde Wesker fertig werden. Die Gitter-Affen – die so genannten Ga2 – befanden sich zweifellos im Energieversorgungsraum auf freiem Fuß, aber so lange man nicht aufhörte zu rennen, kam man leicht an ihnen vorbei.

Er musste es wissen, schließlich hatte er geholfen, sie zu „entwerfen“. Und dann war da noch der große Bursche, der Tyrant, der eine Ebene tiefer in seinem Glastank wartete und den süßen, traumlosen Schlaf der Verdammten schlief.

Aus dem er ganz sicher nie erwachen wird. Was für eine Verschwendung. So viel Macht, und die Jungs von White haben das Ganze als Fehlschlag abgehakt …

Ein sanfter, melodischer Ton informierte ihn darüber, dass das System jetzt betriebsbereit war. Wesker zog ein Notizbuch aus seiner Weste und schlug eine Liste mit Codes auf, obwohl er sie auswendig kannte. John Howe hatte das System vor Monaten eingerichtet und seinen eigenen sowie den Namen seiner Freundin Ada als Zugriffsschlüssel benutzt.

Wesker gab die ersten Passworte ein, die ihm erlauben würden, die Labortüren aufzuschließen. Plötzlich empfand er vage Wehmut. Bald würde all die Aufregung vorbei sein, und es war niemand da, der seine Leistungen hätte bezeugen können, seine Genugtuung nach vollbrachtem Werk mit ihm teilen würde.

Jetzt, da er darüber nachdachte, fand er es zu schade, dass keiner aus dem S.T.A.R.S.-Team bei ihm war – das Einzige, was ein großes Finale noch übertraf, war ein großes Finale vor Publikum …

Siebzehn

Der Aufzug hatte Jill in einen Bereich gebracht, den sie für einen weiteren Teil des Gartens oder Hofes hielt, wenngleich er auch von Bäumen abgeschottet wurde. Die übergroßen Topfpflanzen sowie die Willkommensgeräusche des Waldes hinter dem niedrigen Metallgeländer ließen sie dennoch zu dieser Ansicht gelangen. Es hatte dort nichts zu sehen gegeben außer einer vor sich hin rostenden, zugeschweißten Tür, die in eine unscheinbare, überwachsene Wand eingelassen war – und eine Art großen, offenen Brunnen, der sie an einen steinernen Stampfbottich erinnerte. Darin befand sich eine kurze Wendeltreppe, die zu einem weiteren kleinen Aufzug führte.

Den ich benutzt habe – aber wo zum Teufel bin ich jetzt?

Der Raum, in den der Aufzug geführt hatte, war anders als all die anderen Bereiche des Anwesens, die Jill bislang zu Gesicht bekommen hatte. Ihm fehlte die morbide, verdorbene Atmosphäre der Villa ebenso wie das drohende Dunkel des unterirdischen Tunnelnetzes. Es war, als sei sie aus einer gotischen Horrorstory in einen Militär-Komplex geraten – in das kahle Paradies eines Utilitaristen.

Die Wände des großen, stahlverstärkten Betonraums waren in schmutzigem Orange gestrichen. Metallröhren und freiliegende Leitungen zogen sich knapp unter der Decke entlang, und an einer der Wände prangte in schwarzer Farbe die Bezeichnung für den Raum – XD-R B1. Jill hatte keine Ahnung, wo – in Relation zum Rest des Anwesens betrachtet – sie sich gerade befand.

Aber da es hier so kalt wie überall sonst ist, kann ich wohl davon ausgehen, dass ich mich zumindest noch immer auf dem Grundstück aufhalte.

Auf einer Seite des Raumes befand sich eine schwere, verschlossene Metalltür. Das Schild daneben verkündete, dass sie nur bei einem Klasse-A-Notfall geöffnet werden durfte. Jill vermutete, dass das „B1" an der Wand für „Basement Level 1" stand, das erste Kellergeschoss also. Eine in der Mauer verschraubte Leiter, die durch einen schmalen Schacht im Boden nach unten führte, bestätigte ihre Theorie: Auf B1 folgte naturgemäß B2 …

Und mangels Alternativen sieht es so aus, als wäre das mein nächstes Ziel. Sonst bliebe mir nur noch, zurück in die Tunnel zu gehen.

Sie blickte in den Leiterschacht, konnte aber nicht viel mehr sehen als ein offenes Quadrat und den Boden darunter. Seufzend umfasste sie die Remington fester und machte sich an den Abstieg.

Als sie die letzte Sprosse erreichte, drehte sie sich gespannt um – und fand sich in einem kleineren Raum wieder, der ebenso karg und nichtssagend wirkte wie der erste – in die Decke eingelassene Neonlampen, eine graue Metalltür, Wände und Boden aus Beton …

Rasch durchquerte sie die Räumlichkeit und hoffte, dass es hier keine weiteren Kreaturen oder Fallen gab. Bislang hatte sie auf den Keller-Ebenen jedenfalls nichts Gefährliches entdecken können.

Sie öffnete die Tür – und ihre Hoffnung schwand, als sie

den üblen Geruch von schon lange totem Fleisch auffing. Sie trat hinaus auf einen Betonsteig, der auf eine in die Tiefe führende Treppe zulief. Vor den Stufen lag eine zusammengekauerte Gestalt, die so ausgemergelt und verschrumpelt war, dass sie wie mumifiziert wirkte.

Die Pumpgun im Anschlag stieg Jill langsam die Treppe hinab. Ein Gang, der am Ende des Geländers nach links abzweigte, weckte ihr Interesse. Sie warf einen schnellen Blick um die Ecke und stellte fest, dass dort keine unangenehme Überraschung wartete. Ohne den vertrockneten Leichnam zu vergessen, schob sie sich den kurzen Korridor entlang bis zu der Tür, die sich links von ihr befand. Auf dem Schild an der Wand daneben stand „Visual Data Room".

Eine Bilddatenbank.

Die Tür war nicht abgesperrt. Jill öffnete sie. Dahinter lag ein stiller, grauer Raum mit einem langen Konferenztisch in der Mitte. An der gegenüberliegenden Wandseite hing eine Leinwand, davor war ein Diaprojektor aufgebaut. Rechts an der Wand stand auf einem kleinen Podest eine Art Telefon. Jill eilte darauf zu, ahnte aber bereits, dass sie sich keine allzu große Hoffnung machen durfte. Trotzdem wollte sie nichts unversucht lassen.

Wie sich herausstellte, handelte es sich jedoch nicht um ein Telefon, sondern um eine Interkom-Anlage. Sie schien nicht mehr intakt zu sein. Seufzend ging Jill an einer ornamentverzierten Säule vorbei und um den Tisch herum. Ihr Blick war zunächst auf den leeren Diaprojektor gerichtet, dann ließ sie ihn weiterwandern, um herauszufinden, ob es hier nicht vielleicht doch noch etwas Interessantes gab. Dabei entdeckte sie ein flaches, schmuckloses Metallquadrat, ungefähr so groß wie ein Bogen Papier, das in die Wand eingelassen war. Jill stellte sich dicht davor, um es näher in Augenschein zu nehmen.

Am oberen Ende befand sich eine flache Leiste. Jill berührte sie leicht, worauf das Panel in der Wand versank und einen großen, roten Knopf enthüllte. Sie schaute sich im Raum um, versuchte sich vorzustellen, wie die erwartete Falle beschaffen sein könnte – und dann wurde ihr klar, dass es gar keine Falle gab.

Die Villa, die Tunnel – all das wurde angelegt, um zu verhindern, dass Unbefugte hierher, in diese Keller-Etagen gelangen. Sie sind viel zu zweckmäßig und langweilig, um etwas anderes zu sein als der Bereich, in dem die eigentliche *Arbeit verrichtet wird.*

Jill wusste instinktiv, dass ihre Schlussfolgerung stimmte. Das hier war ein Konferenzraum, ein Ort, an dem man bei schlechtem Kaffee Gedanken mit Kollegen austauschte. Hier würde nichts über sie herfallen, sobald sie den roten Knopf drückte.

Sie drückte ihn – und die Ornamentsäule glitt mit einem leisen mechanischen Summen zur Seite. Hinter der Säule befanden sich mehrere Regalfächer, in denen sich Akten stapelten. Und etwas, das im weichen Licht des Raumes glänzte.

Rasch ging Jill darauf zu und nahm den Metallschlüssel, in den ein winziger Blitzstrahl eingraviert war, an sich. Während sie ihn in ihre Tasche rutschen ließ, blätterte sie schnell in einigen Akten. Sie waren alle mit dem Umbrella-Logo versehen, und wenn die meisten auch zu umfangreich und komplex waren, um sich länger damit zu befassen, bestätigte ihr doch der Titel eines der Berichte, was sie bereits vermutet hatte:

UMBRELLA / BIOWAFFENBERICHT / FORSCHUNG UND ENTWICKLUNG.

Bedächtig nickend legte Jill die Akte zurück. Sie hatte endlich die *echte* Forschungseinrichtung gefunden, und sie wusste, dass sich der S.T.A.R.S.-Verräter irgendwo in diesen Räumlichkeiten aufhielt. Sie musste sehr vorsichtig sein.

Nach einem letzten Blick in die Runde fasste Jill den Entschluss, nach dem Schloss zu suchen, in das der gefundene Schlüssel passte. Es war Zeit, die letzten Geheimnisse um Umbrella zu lüften – Rätsel, die zu lösen S.T.A.R.S. prädestiniert war …

Die verflochtenen, knorrigen Wurzeln von Pflanze 42 vereinnahmten eine Ecke des Kellerraums fast vollständig; der größte Teil hing in dünnen, fleischigen Ranken herab, die beinahe den Boden berührten. Ein paar wurmartige Fäden ringelten sich blind umeinander, wanden sich langsam vor und zurück, hin und her, als suchten sie nach dem Wasser, das Chris abgelassen hatte.

„Mein Gott, ist das *widerlich*", meinte Rebecca.

Chris nickte zustimmend. Außer dem Kontrollraum, in den er geflohen war, hatte es nur noch zwei andere Räume im Keller gegeben. In einem stapelten sich Kisten voll mit Munition für alle möglichen Waffen, und wenn auch das Gros davon nutzlos durch die Nässe geworden war, hatte er auf einem hohen Regal doch zumindest eine Kiste mit Neun-Millimeter-Patronen gefunden, genug, dass ihnen die Munition so bald nicht wieder ausgehen würde.

Der andere Raum war schlicht gewesen, hatte nur einen Holztisch enthalten, dazu eine Bank – und die umherkriechende Wurzel der gewaltigen Fleisch fressenden Pflanze, die oben wucherte.

„Ja“, sagte Chris. „Also, wie stellen wir das jetzt an?“

Rebecca hielt eine kleine Flasche mit einer violetten Flüssigkeit hoch und ließ sie sanft kreisen, ohne die Ranken aus den Augen zu lassen. „Nun, du gehst etwas zurück und atmest so flach wie möglich. Dieses Zeug enthält ein paar Toxine, die wir beide nicht unbedingt in uns aufnehmen sollten – und es wird gasförmig, sobald es auf die infizierten Zellen trifft.“

Chris nickte. „Und wie wissen wir, dass es funktioniert?“

Rebecca grinste. „Wenn der Bericht über V-Schock stimmt, *werden* wir es wissen. Pass auf …“

Sie öffnete die Flasche und trat näher an das Wurzelgeflecht heran. Dann drehte sie das Glasfläschchen um und übergoss die sich windenden Ranken mit der wässrigen Flüssigkeit.

Noch während sie die Flasche leerte, stieg eine Wolke aus rötlich verfärbtem Rauch von den Wurzeln auf. Kurz darauf wich Rebecca zurück. Es gab ein zischendes, knackendes Geräusch, als werfe man feuchtes Holz in ein offenes Feuer, und binnen Sekunden begannen die sich schwach bewegenden Fasern zu brechen, platzten ab und schälten sich. Der knotige Ballen in der Mitte schrumpfte und zog sich zusammen, als wollte er sich in sich selbst verkriechen.

Staunend sah Chris zu, wie die monströsen Wurzeln zu einer tropfenden Kugel aus Brei schrumpften, die nicht größer als ein Kinderball war und einfach nur noch tot und abgestorben da hing. Der ganze Vorgang hatte höchstens fünfzehn Sekunden gedauert.

Rebecca nickte zur Tür hin, und sie gingen beide wieder hinaus in den trockenen Teil des Kellers. Kopfschüttelnd sagte Chris: „Meine Güte, was hast du da reingetan?“

„Glaub mir, das willst du nicht wirklich wissen. Bist du bereit, von hier zu verschwinden?“

Chris grinste. „Und wie!“

Schnell liefen sie zur Kellertür, eilten hinaus auf den kalten Korridor und zurück zur Leiter, die nach oben führte. Chris dachte bereits über den weiteren Fluchtweg nach, den sie in Angriff nehmen konnten, sobald sie das Quartierhaus erst einmal verlassen hatten. Es würde ganz darauf ankommen, wo der Ausgang hinführte. Wenn sie im Wald landeten, würden sie sich zur nächsten Straße durchschlagen, ein Feuer machen und dann auf Hilfe warten.

Aber vielleicht haben wir Glück und stolpern über den verdammten Parkplatz dieses Anwesens. Dann könnten wir ein Auto kurzschließen und einfach wegfahren – und Irons dazu bringen, zur Abwechslung mal was Nützliches zu tun. Verstärkung rufen, zum Beispiel …

Sie erreichten den holzeingefassten Flur. Mit raumgreifenden, schnellen Schritten gingen sie an den raschelnden grünen Wänden vorbei und blieben schließlich vor der Kammer stehen, die Pflanze 42 beherbergte.

Chris holte tief Luft und nickte seiner Begleiterin zu. Sie zogen ihre Waffen, und Chris stieß die Tür auf, gespannt, welche Räumlichkeit *hinter* der Versuchspflanze liegen mochte.

Sie betraten einen weitläufigen Bereich. Der faulige Geruch verrottender Pflanzen hing schwer in der schwülwarmen Luft. Wie auch immer es zuvor einmal ausgesehen haben mochte – jetzt war das Ungeheuer, das sich hinter dem nüchternen Begriff *Pflanze 42* verbarg, nur noch ein großer, dampfender Tümpel aus dunkelviolettem Schleim in der Mitte des Raumes. Aufgedunsene tote Ranken, dick wie Feuerwehrschläuche, breiteten sich von der algenartigen Masse ausgehend schlaff über den Boden.

Chris' Blick fand an einer der Wände einen schlichten Kamin, in einer Ecke einen kaputten Stuhl – und eine einzige Tür, die offenbar *zurück* in das Schlafzimmer führte, das er schon durchsucht hatte. Ein getarnter Durchgang, den er übersehen haben musste – und der genau hierher führte, wo sie jetzt standen.

Vielleicht hinter dem Bücherregal.

Es gab keinen Weg hinaus. Die Pflanze zu vernichten war reine Zeitverschwendung gewesen, sie hatte rein gar nichts blockiert oder verborgen …

Rebecca machte aus ihrer Enttäuschung kein Hehl. Ihre Schultern sanken herab, und mit grimmiger Miene musterte sie die kahlen Wände.

Es tut mir so Leid, Rebecca.

Langsam gingen sie beide in dem Raum auf und ab. Chris starrte die vernichtete Pflanze an und überlegte, was sie jetzt noch tun konnten. Rebecca ging zum Kamin, kniete davor nieder und stocherte in der dunklen Asche herum.

Chris wollte sie nicht überreden, in die Villa zurückzukehren. Danach stand ihnen beiden nicht der Sinn. Trotz der Extramunition gab es auf dem Weg dorthin zu viele Schlangen. Sie konnten auf dem Hof warten, bis Brad wieder vorbeiflog oder zumindest hoffen, dass er nahe genug kam, um ihn per Funk rufen zu können …

„Chris, ich hab was gefunden!“

Als er sich umdrehte, sah er, wie Rebecca zwei angekokelte Blatt Papier aus der Asche zog. Sie schienen einigermaßen erhalten zu sein. Chris durchquerte den Raum, beugte sich vor, um über Rebeccas Schulter hinweg mitlesen zu können – und spürte, als ihm die ersten Worte ins Bewusstsein drangen, wie sein Herz schneller zu schlagen begann.

SICHERHEITSBESTIMMUNGEN

KELLER-EBENE EINS

Heliport – Benutzung nur mit Genehmigung. Diese Einschränkung gilt nicht im Notfall. Unbefugte werden bei Betreten des Heliports erschossen.
Fahrstuhl – Der Fahrstuhl stoppt in Notsituationen.

KELLER-EBENE ZWEI

Bilddatenraum – Zur Benutzung ist nur die Abteilung Sonderforschung befugt. Anderweitiger Zutritt ist mit dem Verantwortlichen, Keith Arving, abzuklären.

KELLER-EBENE DREI

Gefängnis – Die Nutzung des Gefängnisses obliegt der Sanitär-Abteilung. Mindestens ein Forschungsberater (E. Smith, S. Ross, A. Wesker) muss bei autorisierter viraler Nutzung zugegen sein.
Energieversorgungsraum – Zutritt beschränkt auf die HQ-Führung. Diese Beschränkung gilt nicht für Forschungsberater mit Sondergenehmigung.

KELLER-EBENE VIER

Betreffend den Fortschritt von „Tyrant" nach Anwendung des T-Virus …

Der Rest des Papiers war zu verbrannt, um ihn noch entziffern zu können.

„A. Wesker", sagte Chris leise. „Captain Albert Drecksack *Wesker* … "

Barry hatte ihnen erzählt, dass Wesker verschwunden sei, kurz nachdem die Alphas es ins Haus geschafft hatten. *Und es war Wesker, der uns überhaupt erst hierher geführt hat, als die Hunde angriffen. Der coole, kompetente, unergründliche Wesker arbeitet für Umbrella …!*

Rebecca nahm sich die zweite Seite vor, und Chris lehnte sich erneut vor und studierte die säuberlich beschrifteten Etiketten unter den Rechtecken und Linien.

VILLA–HOF–QUARTIERHAUS–UNTERGRUND–LABORATORIEN.

Neben der Skizze der Villa war sogar eine Kompassrose eingezeichnet, die ihnen zeigte, was sie übersehen hatten – einen geheimen Zugang in den unterirdischen Bereich, versteckt hinter dem Wasserfall.

Rebecca stand auf. Ihre großen Augen flackerten unsicher. „Captain Wesker ist in all das verstrickt?"

Chris nickte langsam. „Und wenn er noch hier ist, dann befindet er sich da unten in den Labors, vielleicht mit dem Rest des Teams. Wenn Umbrella ihn hergeschickt hat, dann weiß nur Gott allein, was er im Schilde führt."

Sie mussten ihn finden, mussten die S.T.A.R.S.-Mitglieder, die noch übrig waren, warnen – vor ihrem Teamführer, der sie alle verraten und verkauft hatte!

Es war alles erledigt. Wesker betrat den Fahrstuhl, der zurück auf Ebene 3 führte, und ging, während er die Türen schloss, seine Checkliste durch.

… Proben eingesammelt, Festplatten und Disketten gelöscht, Energieversorgung wiederhergestellt, Tyrant-Lebenserhaltungssystem abgeschaltet …

Das mit dem Tyrant war wirklich zu ärgerlich. So hässlich das Ding auch sein mochte, es blieb ein Wunder der Medizin, der Chemie und der Genetik. Wesker hatte lange vor der gläsernen Kammer des Tyrants gestanden und ihn voller Staunen betrachtet, bevor er widerwillig das Lebenserhaltungssystem deaktiviert hatte. Während die Stasis-Flüssigkeit abgelaufen war, hatte sich Wesker ausgemalt, wie es wohl gewesen wäre, den Tyrant in Aktion zu erleben – wenn die Forscher ihre Arbeit je hätten beenden können. Er wäre der ultimative Soldat gewesen, ein Glanzstück auf dem Schlachtfeld … Und jetzt musste er umgebracht werden, nur weil irgendein Idiot von Techniker den falschen Knopf gedrückt hatte. Ein Fehler, der Umbrella Unsummen und die Forscher, die den Tyrant erschaffen hatten, das Leben gekostet hatte.

Wesker betätigte den Schalter, und der Aufzug erwachte ruckend zum Leben, trug ihn wieder nach oben, wo ihn seine letzte Aufgabe erwartete – die Aktivierung des Selbstzerstörungsmoduls im hinteren Teil der Energieversorgung. Um für sich selbst auf der sicheren Seite zu sein, würde er sich fünfzehn Minuten zur Flucht einräumen. Nachdem er die Heliport-Leiter hochgeklettert war, würde er auf die Nebenstraße stoßen, die zur Stadt führte und – *bumm!* – die versteckte Umbrella-Einrichtung in den Wäldern von Raccoon war Geschichte …

Sobald er wieder in der Stadt eintraf, würde er eine Tasche packen und sich zu Umbrellas privater Start- und Landebahn begeben. Von dort aus konnte er die notwendigen Telefonate führen und seine Kontaktpersonen im White-Office über das Geschehen informieren. Sie würden ein Aufräum-Kommando entsenden, um den Wald zu durchkämmen und die überlebenden Exemplare zu liquidieren. Wesker hegte keine Zweifel, dass man ihm die Gewebeproben, die er in seinen Besitz gebracht hatte, begierig aus den

Händen reißen würde. Jeweils zwei hatte er sich beschafft. Nur der Tyrant fehlte. Nachdem die Tyrant-Wissenschaftler alle umgekommen waren, hatte Umbrella beschlossen, das Projekt auf unbestimmte Zeit ad acta zu legen. Wesker war der Meinung, dass dies ein Fehler war, aber das hatten andere zu entscheiden.

Als der Fahrstuhl anhielt, öffnete Wesker die Tür, trat hinaus und setzte den Behälter mit den Proben ab. Er zog die Beretta und ging in Gedanken den verschachtelten Aufbau des Energieversorgungsraums durch. Er musste noch einmal an den Ga2ern vorbei, um zum Aktivierungssystem zu gelangen. Einmal hatte er es bereits geschafft, als er die Stromversorgung des Aufzugs angeschlossen hatte, aber sie waren aggressiver gewesen, als erwartet – anstatt sie zu schwächen, hatte ihr Hunger sie in völlig neue Dimensionen der Brutalität getrieben. Er hatte Glück gehabt, heil an ihnen vorbeigekommen zu sein …

Das Summen einer Hydraulik am Ende des Gangs ließ Wesker erstarren. Schritte klackten über den Betonboden, hielten inne – und setzten sich dann in Richtung des Energieversorgungsraums am Ende des Korridors fort.

Wesker drückte sich in die Ecke und spähte den Gang hinab. Gerade noch rechtzeitig, um Jill Valentine hinter den Flügeln der Metalltür verschwinden zu sehen. Ein Schwall zischender Geräusche echote durch den Korridor, bevor sich die Tür wieder schloss.

Wie hat sie es an den Jägern vorbei geschafft? Donnerwetter …!

Offenbar hatte er sie unterschätzt – und sie war noch dazu allein gewesen. Wenn sie *so* gut war, würden die Ga2er sie vielleicht nicht umbringen, und sie hatte ihn gerade wirkungsvoll vom Aktivierungssystem abgeschnitten. Er konnte sich nicht mit den Kreaturen befassen, die sich über dem Labyrinth aus Pfaden herumtrieben, und gleichzeitig Jills Neugier ein Ende setzen …

Frustriert nahm Wesker den Probenbehälter wieder auf und schritt damit rasch den Flur hinunter, zurück zu den Hydrauliktüren, die zum Hauptkorridor der Ebene 3 führten. Wenn Jill es schaffte, wieder herauszukommen, musste er sie erschießen; das würde seine Flucht nur um ein paar Minuten verzögern. Dennoch, es war eine unerwartete Wendung. Überraschungen kotzten ihn an, sie gaben ihm das Gefühl, die Dinge nicht mehr unter Kontrolle zu haben.

Aber ich habe *die Kontrolle, immer noch. Hier passiert nichts, womit ich nicht fertig werden könnte! Dieses Spiel wird nach* meinen *Regeln gespielt, und ich werde meine Mission erfüllen, ohne mich von dieser kleinen Einbrecherschlampe aufhalten zu lassen!*

Wesker pirschte sich in den Hauptkorridor und sah, dass Jill es geschafft hatte, ein paar weitere der schrumpeligen, verdorrten Wissenschaftler und Techniker auszuschalten, die durch die Kellerlabors streiften. Zwei lagen direkt vor der Tür, die Schädel zu einer pulvrigen Masse zerblasen, offenbar durch den Einsatz von Schrotpatronen. Wütend trat Wesker gegen einen der Körper. Sein Stiefel drang knirschend in die spröden Rippen ein. Das Geräusch brechender morscher Knochen schnitt durch die Stille. Und plötzlich hörte er, wie sich schwere Stiefeltritte über die Metallstufen von B2 näherten. Das hohle *Klamp-klamp-klamp* echote durch den Gang. Und dann erklang der laute Ruf einer rauen, zögerlichen Stimme.

„Jill?“

Barry Burton, wie er leibt und lebt …

Gelassen hob Wesker seine Waffe. Er war bereit, damit zu schießen, sobald Barry in sein Blickfeld geriet. Einen Moment später senkte er sie wieder, und ein karges, nachdenkliches Lächeln schmiegte sich um seine Lippen.

ACHTZEHN

Jill schob sich in den dampfzischenden Raum. Schwerer Ölgeruch lag in der heißen Luft. Dröhnende Maschinenblöcke füllten den weitläufigen Bereich, dazwischen wanden sich Laufstege. Turbinen erzeugten unter stetem Geheule Energie, und verborgene Röhren ließen in kurzen Intervallen Dampf ab.

Langsam bewegte sich Jill tiefer in den schwach erhellten Raum und spähte einen der mit Geländern gesicherten Stege hinab – hinein in die Schatten, die von den hochaufragenden Generatoren geworfen wurden. Von ihrem Platz aus konnte Jill erkennen, dass dieser Ort ein Labyrinth aus Wegen war, die allesamt um die gewaltigen, lärmenden Maschinenblöcke herum verliefen.

Die Stromquelle des Anwesens. Das erklärt, wie sie es so lange geheim halten konnten. Sie hatten hier draußen praktisch ihre eigene kleine Stadt, völlig autonom, ließen sich wahrscheinlich auch ihre Lebensmittel von sonst woher liefern.

Jill lief den schmalen Steg zu ihrer Rechten hinab und hielt unbehaglich Ausschau nach weiteren der mumienhaften Zombies, denen sie in den Gängen von B3 begegnet war. Der Weg schien frei, doch bei der Bewegung und dem ohrenbetäubenden Lärm der Turbinen …

Unvermittelt riss etwas an ihrer linken Schulter. Ein brutaler Hieb, der ihre Weste aufschlitzte und über die Haut darunter schrammte.

Jill wirbelte herum und schoss. Das Donnern der Pumpgun übertönte kurz sogar die permanente Geräuschkulisse. Der Schuss traf auf Metall – der Steg hinter Jill war leer.

Wo …?

Eine klingenähnliche Kralle teilte die Luft vor ihrem Gesicht – sie kam von oben.

Rückwärts taumelnd, starrte Jill zu dem stählernen Geflecht unter der Decke und sah, wie eine dunkle Gestalt aus den Schatten hervorjagte. Sie hangelte sich unglaublich schnell am Gitter entlang, Hände und Füße mit gebogenen Krallen bestückt.

Jill erhaschte einen Blick auf dicke Stacheln, die das mutierte, abgeflachte Gesicht der Kreatur umsäumten – dann änderte es die Richtung und verschwand wieder in den wogenden Schatten des Energieversorgungsraums.

Am Ende des Weges war eine Tür. Jill sprintete mit rasendem Herzen darauf zu. Das Wummern der Generatoren dröhnte in ihren Ohren.

Sie war keine drei Schritte mehr von der Tür entfernt, als sich ihr ein huschender Schatten in den Weg stellte. Sofort hob sie die Pumpgun und bremste ihren Lauf ab.

Es gibt also noch mehr von diesen Biestern!

Zwei kauerten über ihr – entsetzliche mordlüsterne Untiere mit Klauen anstelle von Händen. Eines von ihnen ließ sich langsam herab, hielt sich mit seinem Krallenfuß fest, um mit einem klingenbewehrten Arm den nächsten Hieb gegen Jill zu führen.

Sie drückte ab, und das Wesen kreischte auf, als ihm die

Ladung in die Brust fuhr. Mit einem dumpfen Geräusch fiel es von der Decke. Zäh quoll das Blut aus der Wunde.

Jill wandte sich wieder in Richtung des Eingangs und rannte. Über sich hörte sie das Klirren und Schaben der Krallen auf dem Gitter. Und vor ihr schwang sich ein weiteres dieser abnormen, affenähnlichen Biester herab.

Jill wich geduckt aus, wollte um alles in der Welt nicht stehen bleiben. Die tückischen Arme des Dings pfiffen an ihrem Ohr vorbei und verfehlten ihren Kopf um allenfalls Daumenbreite.

Vor ihr lag die Metalltür. Jill prallte dagegen, schnappte nach dem Knauf, drehte ihn – und taumelte hinaus in die Kühle eines verlassenen Korridors. Die Tür schloss sich und schnitt das wütende, schrille Gebrüll ab, mit dem eines der Monster den Lärm der Maschinen noch übertönte.

Keuchend lehnte sich Jill gegen die Tür … und sah Barry Burton, der im Gang stand. Mit einem Ausdruck tiefer Besorgnis auf dem markanten, bärtigen Gesicht eilte er ihr entgegen.

„Jill! Bist du okay?“

Überrascht drückte sie sich von der Tür ab. „Mein Gott, Barry, wo warst du denn? Ich dachte, du hättest dich in den Tunneln verlaufen.“

Barry nickte grimmig. „Hab ich auch. Und während ich den richtigen Weg gesucht hab, bin ich auf ein paar … Schwierigkeiten gestoßen.“

Beim Anblick der Blutspuren auf seiner Kleidung und der Löcher in seinem T-Shirt, wurde Jill klar, dass er auf weitere dieser wandelnden grünen Albträume getroffen sein musste. Barry sah aus, als hätte er einen Krieg überlebt.

Apropos …

Jill berührte ihre Schulter. Blut blieb an ihren Fingern kleben. Die Wunde war schmerzhaft, aber nicht tief. Daran würde sie nicht sterben.

„Barry, wir müssen hier raus. Ich habe oben ein paar Unterlagen gefunden, die beweisen, was hier vorgegangen ist. Enrico hatte Recht. Umbrella steckt hinter all dem, und jemand von S.T.A.R.S. wusste davon. Wir können uns nicht länger hier umschauen, es ist zu gefährlich. Wir sollten uns diese Akten holen, zur Villa zurückgehen und auf das RPD warten!"

„Aber ich glaub, ich hab das Hauptlabor gefunden", sagte Barry. „Unten. Am Ende des Gangs ist ein Fahrstuhl. Da sind Computer und so'n Zeug drin. Wir können direkt Einsicht in ihre Akten nehmen und sie damit richtig festnageln."

Sein Fund schien ihn nicht in Aufregung zu versetzen, was Jill jedoch kaum auffiel. Barry hatte Recht. Die Informationen, die ihnen die Datenbank von Umbrella liefern würde – Namen, Details, Forschungsberichte – waren von unschätzbarem Wert.

Wir könnten den Ermittlern alles schwarz auf weiß auf dem Tablett servieren …

Jill nickte. Ein Grinsen huschte über ihr Gesicht. „Okay – geh du voraus."

Die Tunnel waren ein düsteres, elendes Labyrinth gewesen, doch dank der Karte waren sie ihm schnell entkommen. Rebecca und Chris hatten zitternd und durchnässt die erste Keller-Ebene erreicht – und waren mehr als nur ein wenig bestürzt über die toten Kreaturen gewesen, an denen sie unterwegs vorbeigekommen waren. Die Umbrella-Wissenschaftler waren abartig kreativ gewesen, was die Erschaffung von Ungeheuern anging.

Chris rüttelte an der Tür, die angeblich zum Heliport führte, doch sie war fest verschlossen. Ein Schild daneben wies darauf hin, dass sie nur durch ein Alarmsystem geöffnet werden konnte. Er hatte gehofft, Rebecca mit dem Funkgerät hinausschicken zu können, während er die Suche nach den anderen fortsetzte.

Er schaute die schmale Leiter hinab und drehte sich dann seufzend zu Rebecca um. „Ich möchte, dass du hier bleibst. Wenn du dich neben den Fahrstuhl stellst, müsstest du Brads Signal von draußen empfangen können. Sag ihm, wo wir sind und was passiert ist – und wenn ich in zwanzig Minuten nicht wieder da bin, gehst du zurück auf den Hof und wartest dort, bis Hilfe eintrifft."

Rebecca schüttelte heftig den Kopf. „Aber ich will mit dir gehen! Ich kann auf mich selbst aufpassen, und wenn du das Labor findest, brauchst du mich, damit ich dir sage, womit du es überhaupt zu tun hast!"

„Nein. Soweit wir wissen, hat Wesker die anderen S.T.A.R.S.-Mitglieder bereits umgebracht und versucht jetzt, die Sache zu einem Ende zu bringen. Wenn wir die Letzten sind, können wir es nicht riskieren, dass wir beide in einen Hinterhalt geraten. Einer muss überleben und den Leuten die Wahrheit über Umbrella sagen. Tut mir Leid, aber das ist die einzige Möglichkeit."

Er lächelte sie an und legte ihr eine Hand auf die Schulter. „Und ich weiß, dass du selbst auf dich aufpassen kannst. Hier geht's nicht drum, dass jemand deine Fähigkeiten anzweifelt, okay? Zwanzig Minuten. Ich will nur nachsehen, ob's vielleicht doch noch jemand geschafft hat."

Rebecca öffnete den Mund, als wolle sie weiter protestieren, machte ihn dann aber wieder zu und nickte langsam. „Okay. Ich bleibe. Zwanzig Minuten."

Chris drehte sich um, stieg die Leiter hinunter und hoffte, dass er das gegebene Versprechen, zurückkommen zu wollen, würde halten können. Der Captain hatte sie alle erfolgreich getäuscht, indem er wochenlang den besorgten Anführer gemimt hatte, während immer mehr Menschen in Raccoon City und Umgebung gestorben waren. Die ganze Zeit über hatte er *gewusst*, warum. Dieser Mann war ein Psychopath.

Wie es aussah, hatte Umbrella mehr als nur eine Gattung von Monstern erschaffen. Und es wurde höchste Zeit, herauszufinden, wie viel Schaden das Obermonster namens Wesker angerichtet hatte …

Barry konnte Jill nicht in die Augen schauen, als sie gemeinsam mit dem Aufzug hinunter nach B4 fuhren. Dort unten wartete Wesker auf sie, und Jill würde begreifen, dass er, Barry, dem Captain schon die ganze Zeit über geholfen hatte.

Er hatte drei weitere dieser brutalen Kreaturen getötet, ehe er zum Labor gelangt war – nur um dort auf Wesker zu treffen, der darauf bestanden hatte, dass Jill nach B4 gelockt werden musste. Und Barry sollte den Lockvogel spielen, helfen, sie einzusperren. Kalt lächelnd hatte ihm der Bastard erneut die Situation in Erinnerung gerufen, in der sich Barrys Familie befand, und wiederum versprochen, seine Leute zurückzurufen, sobald sich Jill erst in sicherem Gewahrsam befand.

Nur dass er das bis jetzt noch jedes Mal gesagt hat, ohne sich daran zu halten. Finden Sie die Wappen, und Sie sind frei … Helfen Sie mir in die Tunnel zu kommen, und Sie sind frei … Betrügen Sie Ihre Freunde und –

„Barry, bist du okay?“

Als der Fahrstuhl anhielt, wandte sich Barry Jill zu und sah unglücklich in ihre nachdenklich blickenden Augen.

„Ich mache mir Sorgen um dich, seit wir die Villa erreicht haben“, sagte sie und legte ihm eine Hand auf den Arm. „Ich dachte sogar – ach, nicht so wichtig, was ich dachte. Stimmt irgendetwas nicht?“

Er öffnete die Lifttür, eine Handlung, die in diesem Moment nur dazu diente, sie nicht ansehen zu müssen. „Ich – ja, es stimmt was nicht“, sagte er leise. „Aber jetzt ist nicht der richtige Zeitpunkt dafür. Bringen wir die Sache einfach hinter uns.“

Jill runzelte die Stirn, nickte jedoch, ohne dass ihre augenfällige Besorgnis geringer wurde. „Okay. Wenn das hier vorbei ist, reden wir.“

Wenn das hier vorbei ist, wirst du nicht mehr mit mir reden wollen …

Barry trat hinaus auf den kurzen Flur. Jill folgte ihm. Ihre Stiefel klackten über einen stählernen Rost. Vor ihnen führte der Gang nach links, und Barry tat so, als überprüfe er seine Waffe, wurde dabei langsamer und ließ Jill vorausgehen.

Sie bogen um die Ecke, und Jill erstarrte, als sie in die Mündung von Weskers erhobener Beretta blickte. Er grinste selbstgefällig und anzüglich. Seine Sonnenbrille ersparte ihnen den Blick in seine Augen.

„Hallo, Jill. Nett, dass Sie vorbeischauen“, sagte er spöttisch. „Gut gemacht, Barry. Nehmen Sie ihr die Waffen ab.“

Sie richtete ihren Blick erschrocken auf Barry, der ihr schnell die Pumpgun aus den Händen pflückte und um sie herum fasste, damit er an die Beretta in ihrem Holster herankam. Sein Gesicht glühte.

„Jetzt gehen Sie wieder hinauf nach B1 und warten am

Ausgang auf mich. Ich werde in ein paar Minuten oben sein."

Barry starrte ihn an. „Aber Sie sagten, Sie wollten sie nur einsperren –"

Wesker schüttelte den Kopf. „Oh, keine Sorge. Ich werde ihr nichts tun, versprochen. Und jetzt gehen Sie endlich."

Jill schaute ihn an. Verwirrung, Angst und Wut wechselten sich auf ihrem Gesicht ab. „Barry?"

„Tut mir Leid, Jill."

Er drehte sich und ging um die Ecke, fühlte sich geschlagen und beschämt – und vor allem hatte er Angst um Jill. Wesker hatte es versprochen, doch Weskers Wort galt überhaupt nichts mehr. Wahrscheinlich würde er sie umbringen, sobald er hörte, wie sich die Aufzugtür schloss.

Aber was, wenn ich dann nicht im Aufzug wäre? Vielleicht kann ich doch noch etwas tun, um ihr das Leben zu retten …

Barry eilte zum Lift, öffnete die Tür – und drosch sie lautstark wieder zu. Er drückte den Knopf und schickte die Kabine leer nach oben. Anschließend schob er sich leise wieder auf die Ecke zu und lauschte.

„… kann nicht behaupten, dass ich allzu überrascht bin", sagte Jill gerade. „Aber wie haben Sie Barry dazu gebracht, Ihnen zu helfen?"

Wesker lachte. „Der alte Barry hat ein paar Probleme zu Hause. Ich sagte ihm, ein Umbrella-Team würde sein Haus beobachten und darauf warten, seine liebe Familie abzumurksen. Daraufhin half er mir nur allzu gern."

Barry ballte die Fäuste und biss die Zähne aufeinander.

„Sie sind ein Schwein, wissen Sie das?", sagte Jill.

„Vielleicht. Aber wenn das alles vorbei ist, werde ich ein reiches Schwein sein. Umbrella zahlt mir eine Menge Kohle, damit ich ihr kleines Problem beseitige – und dazu noch ein paar von euch gottverdammten S.T.A.R.S.-Schnüfflern."

„Warum sollte Umbrella S.T.A.R.S. vernichten wollen?", fragte Jill.

„Oh, nicht alle Angehörigen. Mit einigen von uns haben sie noch große Pläne – für diejenigen jedenfalls, die auf Profit scharf sind. Euch herumjammernde Weltverbesserer wollen sie aber nicht – Stars and Stripes, Apple Pie und diese ganze glückselige Hundekacke … Wie Redfield herumgerannt ist und sich das Maul über Verschwörungen zerrissen hat – glauben Sie, Umbrella hat das nicht mitbekommen? Es muss aufhören, hier und jetzt. Dieses ganze Anwesen ist darauf ausgelegt, im Bedarfsfall hochzugehen. Und der Ausbruch des Tyrant-Virus ist dafür Grund genug. Wenn ihr erst alle tot seid und die Einrichtung zerstört ist, wird niemand mehr in der Lage sein, die Wahrheit herauszuknobeln."

Dieser Hurensohn will *uns alle umbringen!*

„Aber genug über Umbrella. Ich habe Sie für ein privates kleines Experiment meinerseits hier herunterbringen lassen. Ich möchte sehen, wie unser agilstes Team-Mitglied sich gegen das Wunder moderner Wissenschaft behauptet. Wenn Sie einfach durch diese Tür gehen wollen …"

Als Wesker zurücktrat und ein Teil seiner Schulter in Barrys Blickfeld geriet, schmiegte dieser sich eng an die Wand und zog seinen Colt.

„Ich kann nicht glauben, dass Sie das tun", sagte Jill. „Sie verkaufen sich, um einen Haufen unmoralischer Geiselnehmer zu decken …"

„Geiselnehmer? Oh, Sie meinen die Sache mit Barry. Umbrella würde sich nicht mit so etwas abgeben. Sie können es sich leisten, Leute einfach zu kaufen. Ich habe das alles schlicht erfunden, um ihn auf meine Seite zu ziehen."

Barry ließ den Kolben des Colts auf Weskers Schädel niedersausen – so fest er konnte. Und der Captain kippte um wie eine gefällte Eiche.

Neunzehn

Jill registrierte, wie Wesker plötzlich verstummte, zu Boden stürzte – und Barry hinter ihm hervortrat. Mit hasserfülltem Blick starrte er auf Wesker hinab, den Colt in der Hand.

Jill beugte sich über Wesker, wand ihm die Beretta aus den Fingern und schob sie hinter ihren Gürtel.

Barry wandte sich ihr zu. Sein Blick bettelte um Vergebung. „Jill, es tut mir so Leid. Ich hätte ihm nie glauben dürfen."

Jill musterte ihn einen Moment lang schweigend und dachte dabei an seine Töchter. Moira war so alt wie Becky McGee …

„Schon gut", sagte sie schließlich. „Du bist zurückgekommen, nur das zählt."

Barry gab Jill ihre Waffen zurück, und sie blickten beide auf Weskers hingestreckte Gestalt. Er atmete noch, war aber bewusstlos.

„Du hast nicht zufällig Handschellen dabei, nehme ich an?", erkundigte sich Barry.

Jill schüttelte den Kopf. „Vielleicht sollten wir im Labor nachsehen, da muss es doch irgendwelche Kabel oder dergleichen geben, um ihn zu fesseln. Außerdem bin ich ziemlich neugierig auf dieses ‚Wunder der modernen Wissenschaft', von dem er gesprochen hat …"

Sie drehte sich um und fand den Schalter für die Hydrauliktür, wobei ihr das darauf prangende Bio-Gefahren-Symbol auffiel. Die Tür glitt auf, und sie traten ein.

Wow …

Es war ein großer Raum mit hoher Decke, ausstaffiert mit Überwachungskonsolen. Entlang des Bodens schlängelten sich Kabel, die mit einer Reihe aufrecht stehender Glasröhren verbunden waren. Acht solcher Zylinder reihten sich in der Mitte des Raumes aneinander, jeder groß genug, um einem erwachsenen Menschen Platz darin zu bieten. Sie waren alle leer.

Barry bückte sich, hob eine Hand voll Kabel auf und suchte in seiner Tasche nach einem Messer. Unterdessen ging Jill auf die Stirnseite des Raumes zu. Sie ließ den Blick über die technischen und medizinischen Gerätschaften schweifen – und blieb plötzlich stehen. Ihr Blick wurde starr, und nach einer Weile merkte sie, dass ihr der Mund vor Staunen offen stand.

An der Rückwand gab es einen Zylinder, sehr viel größer als die anderen: Seine Höhe betrug mindestens zweieinhalb Meter. Er war mit einer eigenen Computerkonsole verbunden – und das *Ding* darin füllte die Röhre von oben bis unten komplett aus. Es war … monströs.

„Jill, ich hab genug Kabel, um –“

Barry blieb neben ihr stehen. Er verstummte beim Anblick der Abnormität. Gemeinsam gingen sie darauf zu, konnten sich des Dranges nicht erwehren, sich das Geschöpf näher anzusehen.

Es war groß, aber die Proportionen stimmten – zumindest was den breiten, muskulösen Torso und die langen Beine anging. Soweit wirkte es menschlich. Einer der Arme jedoch endete in einer Anzahl respekteinflößender Klauen, die bis über das Knie hinabreichten. Der Arm auf der anderen Seite wirkte hingegen weitgehend normal, nur etwas überdimensioniert. In Herzhöhe wucherte ein dicker, von Adern durchzogener Tumor auf der Brust des Wesens. Jill starrte die knollenartige Geschwulst an und musste erkennen, dass es sich dabei wahrscheinlich um das Herz des Dings handelte; es pulsierte, kontrahierte in trägen, rhythmischen Schlägen.

Vor der Röhre blieben beide gebannt stehen. Sie sahen verwachsenes Gewebe, das sich linienartig über die Gliedmaßen der abscheuerregenden Kreatur zog – Operationsnarben.

Das Wesen besaß keine Geschlechtsorgane mehr; sie waren amputiert worden. Jill schaute in sein Gesicht und sah, dass auch dort Teile entfernt worden waren: Die Lippen waren verschwunden, und das Geschöpf schien sie mit gefletschten Zähnen aus dem verstümmelten Gesicht heraus anzugrinsen.

„Der Tyrant", sagte Barry leise.

Jill warf ihm einen Blick zu. Er blickte mit finsterer Miene auf den Computer, der an die Röhre angeschlossen war.

Sie wandte sich wieder dem Tyrant zu, fühlte sich fast überwältigt von Mitleid und Ekel. Was auch immer er *jetzt* darstellte, er war einmal ein Mensch gewesen, den Umbrella in etwas Entsetzliches verwandelt hatte.

„Wir können ihn nicht so zurücklassen", sagte sie leise, und Barry nickte.

Sie trat zu ihm an die Konsole und betrachtete die unzähligen Schalter und Knöpfe. Einer davon musste geeignet sein, um dem Siechtum des Tyranten ein Ende zu setzen. Selbst eine Schauergestalt wie diese verdiente Erlösung …

Am unteren Rand der Konsole befand sich eine Reihe von

sechs roten Schaltern. Barry drückte einen davon. Nichts schien zu passieren. Er blickte Jill an. Sie nickte ihm auffordernd zu. Mit der Handkante legte er alle übrigen Schalter auf einmal um.

Ein dumpfes Geräusch ertönte. Sie wirbelten herum und sahen, wie der Tyrant mit seiner menschlichen Faust ausholte, um noch einmal gegen das Glas zu schlagen. Sprünge bildeten ein Netzmuster um die Stelle, die er beim ersten Hieb getroffen hatte – obwohl das Glas etliche Zentimeter dick sein musste.

„Heilige *Scheiße!*"

Barry packte Jill am Arm, während die blutigen Knöchel der Kreatur erneut ihr Ziel fanden.

„Renn!"

Sie rannten. Jill wünschte sich, sie hätten dem Geschöpf seine Ruhe gelassen. Tief aus ihrem Inneren stieg Panik auf. Barry schlug auf den Türöffner. Sie glitt auf, gerade als hinter ihnen das Glas zerbarst.

Wie von Furien gehetzt, taumelten sie zur Tür hinaus. Im laufen hieb Barry auf den Schließmechanismus. Im selben Moment begriff er, dass Wesker … verschwunden war.

Wesker taumelte in Richtung des Energieversorgungsraums. Sein Schädel pochte vor Schmerz, seine Beine waren schwach, und er nahm seine Umgebung nur verschwommen wahr. Dazu kam das Gefühl, sich gleich übergeben zu müssen.

Dieser gottverdammte Barry!

Sie hatten ihm die Pistole abgenommen. Er war zu sich gekommen, als die beiden ins Labor gegangen waren. Dann hatte er sich zum Aufzug geschleppt, Umbrella verfluchend, weil man eine dermaßen verkorkste Scheiße angerichtet hatte, und sich selbst, weil er die S.T.A.R.S.-Mitglieder nicht einfach umgelegt hatte, als sich ihm die Gelegenheit dazu bot.

Es ist noch nicht vorbei. Ich bin noch Herr der Lage. Das ist immer noch mein *Spiel ...*

Der Probenbehälter befand sich unten im Labor und wurde wahrscheinlich gerade von einem dieser Schwachköpfe zerstört. Genau wie der Tyrant. Dieses wunderbare Geschöpf, das ohne die Adrenalin-Injektionen machtlos war, zum Sterben verdammt. Sie würden ihm in sein schlafendes Herz schießen, es würde zugrunde gehen, ohne je die Wonnen des Kampfes erfahren zu haben ...

Wesker erreichte die Tür zum Energieversorgungsraum und lehnte sich, um Atem ringend, dagegen. Blut tröpfelte ihm aus den Ohren. Er schüttelte den Kopf beim Versuch, sein Hirn von dem seltsamen Nebel zu befreien, der sich darüber gestülpt hatte.

Er war zwar nicht im Besitz der Gewebeproben, konnte seine Mission aber noch immer erfüllen. Es war wichtig, sehr wichtig, dass er sie erfüllte. Alles drehte sich um Kontrolle, und Kontrolle war sein Metier.

Aktivierungssystem ... Vorsicht vor den Affen ...

Die Ga2er – er musste auf der Hut sein. Wesker öffnete die Tür und drohte, vornüber zu kippen. Der Boden schien so weit entfernt zu sein, und dann wieder *zu* nah. Die Maschinen fauchten ihn an, heulten und zischten in der heißen, öligen Luft. Seine Hand fand das Geländer, und er zog sich dem rückwärtigen Bereich des Raumes entgegen. Er wollte sich beeilen, musste aber feststellen, dass sich seine Beine nicht um seine Wünsche scherten.

Von oben schoss eine Pranke herab, streifte seine Kopfhaut und riss ihm ein Büschel Haare aus. Er fühlte, wie ihm warme Nässe den Nacken herablief, und taumelte weiter. Der Schmerz in seinem Kopf hatte noch zugenommen.

Haben mir meine Pistole abgenommen, blöde, blöde Arschlöcher! Haben meine Pistole …

Wesker erreichte die Tür und hatte es gerade geschafft, sie zu öffnen, als etwas Schweres in seinem Rücken landete und ihn in den anderen Raum stieß. Er fiel auf den kalten Metallboden, und ein furchtbares Kreischen schrillte in seinen Ohren. Krallen bohrten sich in seinen Rücken. Wesker schlug danach – nach dem lachenden, brüllenden Ding, das ihn zu töten versuchte.

Er drosch so fest er konnte auf die Kreatur ein, schob ihr die Faust in den Rachen. Sie ließ von ihm ab, sprang, landete an der Gitterwand und hangelte sich zur Decke empor.

Wesker zog sich in den Stand und stolperte weiter. Neuer Schmerz, neue Übelkeit kroch durch seinen Körper. Die Luft war zu heiß, die Turbinen zu laut – erbarmungslos in ihrer drehenden, hämmernden Raserei. Aber er konnte jetzt die hintere Tür sehen, die Tür, die ihn von der Erfüllung seiner Mission trennte.

Das ganze S.T.A.R.S.-Team tot, in den Orbit gejagt, während ich entkomme, als reicher Mann davonfliege …

Er riss die Tür auf und kämpfte sich in Richtung des kleinen, grün leuchtenden Bildschirms in der hinteren Ecke voran. Hier war es stiller, kühler. Die gewaltigen Maschinen, die den Raum ausfüllten, summten nur leise. Sie dienten einem völlig anderen Zweck als jene da draußen. Diese Maschinen hier wollten ihm helfen, die Kontrolle wiederzuerlangen.

Der Lärm, der aus der offenen Tür hinter ihm drang, schien weit weg, als er den eingeschalteten Monitor erreichte. Mit tauben Fingern berührte er das Keyboard davor. Er fand die Tasten, die er brauchte. Nach nur wenigen Fehlversuchen flimmerte der Code in sanftem Grün über den Schirm. Eine sexy Stimme informierte ihn gelassen darüber, dass der Countdown in dreißig Sekunden begänne. Trotz zunehmendem Schwindel versuchte er sich zu erinnern, wie man den Timer einstellte. Das System setzte ihn automatisch auf fünf Minuten, aber er musste ihn umstellen, musste sich eine ausreichende Frist verschaffen, damit er sich orientieren und fliehen konnte …

Hinter ihm brüllte etwas auf.

Wesker kreiselte herum, völlig konfus – und sah vier der Gitteraffen auf sich zustürmen. Als sie ihn erreichten, schlugen sie mit ihren langen, gebogenen Krallen nach ihm. Fürchterlicher Schmerz raste seine Beine hoch. Er fiel, schlug auf den Metallboden.

Das darf *nicht sein …!*

Eine der Kreaturen sprang ihm auf die Brust, und mit einem Mal bekam Wesker keine Luft mehr, konnte nicht mehr seine Arme heben, um das Biest von sich zu stoßen. Ein anderes Exemplar schlug nach seinem linken Bein, fetzte mit der Pranke ein großes Stück Fleisch heraus. Die anderen beiden kreischten in rasender Freude, umtanzten Wesker wie unheimliche, bösartige Kinder, reckten ihre Krallen empor und hüpften auf ihren krummen Beinen umher.

Irgendwie geriet Blut in Weskers Augen, und die Welt wirbelte davon. Da war Geschrei, wütendes Fauchen, und eine unvorstellbar sengende Hitze trübte seinen Blick, lähmte sein Denken …

Der Tyrant ist da.

Wesker konnte ihn spüren, fühlte, wie ihn die bloße Präsenz von etwas Riesigem, Martialischem berührte. Trotz aller Schmerzen grinsend, versuchte er, den Tyrant durch den roten Nebel in seinem verlöschenden Blick auszumachen. Mehr als alles andere wollte er sehen, wie die lebende Kampfmaschine ihre Opfer abschlachtete, in berauschend perfekten Bewegungen – doch er konnte nur den gewaltigen Schatten erkennen, der über ihn zu fluten schien, *durch* ihn hindurch. Konnte sich nur *vorstellen*, dass dieser mächtige, großartige Krieger hinabgriff, um ihn, Wesker, von seinen Leiden zu erlösen …

Ich … kontrolliere – lass mich ihn seeehhhn –

Dunkelheit erstickte auch noch die letzte Hoffnung, und Captain Albert Wesker hörte für immer auf zu denken – oder irgendetwas zu kontrollieren.

„… S.T.A.R.S.-Alphateam, Bravo – wenn ihr nicht antworten könnt, versucht, Zeichen zu geben! Mir geht der Sprit aus, hört ihr mich? Hier ist Brad! Wiederhole – S.T.A.R.S.-Alphateam …“

Rebecca drückte die Ruftaste und beeilte sich zu antworten: „Brad! Auf dem Spencer-Anwesen gibt es einen Heliport, du musst zum Heliport! Brad, kommen!“

Rebecca hörte ein hohes, heulendes Quietschen und etwas, das wie das Wort *„verstanden“* klang – der Rest allerdings ging unter.

Es konnte *„Ich habe verstanden!“ oder „Hast du verstanden?“* bedeuten. Letzte Gewissheit fehlte. Enttäuscht und besorgt umklammerte Rebecca das Funkgerät. Sie konnte nur hoffen, dass Brad *sie* verstanden hatte.

Plötzlich plärrte ein schriller Alarmton durch verborgene Deckenlautsprecher des Raumes. Rebecca fuhr zusammen und schaute sich hilflos um. In der Tür, die zum Heliport führte, erklang ein von Summen begleitetes Klicken. Sie eilte darauf zu, packte den Knauf und zog die Tür auf. Sie war entriegelt.

Über die nervtötende Sirene hinweg sprach eine kühle Frauenstimme – langsam, klar und deutlich: *„Die Selbstzerstörungssequenz ist jetzt aktiviert. Evakuieren Sie das gesamte Personal oder deaktivieren Sie das System. Sie haben fünf Minuten Zeit. Die Selbstzerstörungssequenz ist jetzt aktiviert …"*

Während die Automatenstimme erneut ablief, stand Rebecca in der offenen Tür und hielt den Blick auf den offenen Leiterschacht gerichtet. Mit rasendem Puls wartete sie darauf, Chris aus den tiefergelegenen Ebenen zurückkehren zu sehen.

Er war erst seit ein paar Minuten weg, doch soeben hatte ihre Zeit begonnen, unerbittlich abzulaufen.

Zwanzig

Jill und Barry rannten vom Aufzug zurück in den Hauptkorridor von B3. Die unterkühlte Stimme informierte sie, dass ihnen noch viereinhalb Minuten blieben. Im Wettlauf mit dem Tod stürmten sie den Gang entlang, um die Ecke –

– und sahen Chris Redfield auf halber Höhe der Metalltreppe stehen.

„Chris!“, rief Jill.

Er drehte sich um. Sein Gesicht erhellte sich, als er sie auf sich zuhasten sah.

„Beeilung!“, rief er. „Auf B1 gibt's einen Heliport!“

Dem Himmel sei Dank!

Chris wartete, bis sie den Fuß der Treppe erreicht hatten, dann rannte er weiter über den Steg und hielt die Tür auf, die zur Leiter führte. Jill und Barry langten oben an und stürmten hindurch. Der Computer teilte ihnen mit, dass ihnen noch vier Minuten und fünfzehn Sekunden zur Evakuierung blieben.

Barry stieg als Erster die Leiter hinauf. Jill folgte, Chris direkt hinter ihr. Auf B1 kletterten sie aus dem Schacht. Jill sah Rebecca Chambers am Notausgang lehnen, das mädchenhafte Gesicht starr vor Angst.

Chris schob Rebecca durch die Tür. Zu viert rannten sie einen gewundenen Betongang entlang. Jill betete lautlos, dass ihnen noch genug Zeit blieb, das Anwesen zu verlassen.

Ich hoffe, du verbrennst hier, Wesker!

Am Ende des Korridors befand sich ein großer Aufzug. Barry riss die Tür auf und hielt sie fest, während die anderen die Kabine betraten. Er folgte ihnen als Letzter. Sie hatten noch genau vier Minuten.

Der Fahrstuhl schien nach oben zu kriechen. Jill sah auf ihre Uhr. Ihr Herz trommelte im Takt der vergehenden Sekunden.

Wir schaffen's nicht – das schaffen wir nie ...

Summend kam der Lift zum Stehen. Chris riss die Tür auf. Kühle Morgenluft wehte ihnen entgegen – und das herrliche, unvergleichliche Geräusch eines Hubschraubers, der über ihnen kreiste.

„Er hat mich gehört!", rief Rebecca, und Jill grinste unter einer plötzlichen Woge von Zuneigung für die Rekrutin.

Der Heliport war riesig. Hohe Mauern umgaben die weite Fläche. Ein mit gelber Farbe aufgemalter Kreis zeigte Brad, wo er landen musste. Barry und Chris winkten aufgeregt mit den Armen, um den Piloten zur Eile anzuhalten. Jill schaute wieder auf die Uhr. Noch etwas mehr als dreieinhalb Minuten. Genug Zeit, um –

Jill wirbelte herum. Beton- und Teerbrocken flogen durch die Luft und regneten in der nordwestlichen Ecke des Landeplatzes herab. Eine riesenhafte Klauenhand reckte sich aus dem Loch empor, fiel auf den gezackten Rand ... und der bleiche, hünenhafte Tyrant sprang mit einem Satz daraus hervor!

Er landete auf dem Boden des Heliports. Geschmeidig richtete er sich aus seiner kauernden Haltung auf und kam auf die S.T.A.R.S.-Mitglieder zu ...

Was zum Teufel ist *das?*

Das Ding musste an die zweieinhalb Meter groß sein. Teile seines riesigen Körpers waren verstümmelt oder deformiert. Es hatte ihnen sein grinsendes Gesicht zugewandt, während es sich erhob. Langsam bewegte es sich auf sie zu, die gewaltigen Klauen seines linken Arms schlossen und öffneten sich abwechselnd.

Und Brad kann nicht landen …

Chris zielte auf das dunkle, tumorähnliche Etwas auf der Brust der Kreatur – und schoss. Fünfmal zog er den Stecher in rascher Folge durch. Drei Kugeln gingen ins Ziel. Die anderen beiden lagen kaum zwei Fingerbreit neben der pulsierenden Röte – und das Albtraumgeschöpf wurde nicht einmal langsamer.

„Verteilt euch!“, brüllte Barry.

Die Gruppe stob auseinander. Jill zerrte Rebecca in die Ecke, die am weitesten von dem Riesen entfernt lag, Chris hetzte zur Südwand. Barry blieb stehen und richtete seinen Colt auf das immer näher kommende Ungetüm.

Drei Kugeln vom Kaliber .357 klatschten in den Bauch des Hünen. Die hohen Betonwände warfen das Donnern der Schüsse zurück.

Plötzlich beschleunigte das Wesen, rannte auf Barry zu, holte mit seinem gewaltigen Klauenarm aus – doch Barry tauchte seitlich weg. Das Ding stürmte an ihm vorbei und führte dabei seine Klauen, als werfe es einen tief angesetzten Ball. Die mörderische Waffe durchpflügte den Asphalt, riss ihn auf, als sei er nicht härter als Butter.

Kaum war das Monster vorüber, stoppte es, drehte sich fast lässig um und beobachtete, wie Barry wieder auf die Beine kam, abermals schoss.

Die Kugel riss dem Ding einen Fleischfetzen aus der rechten Schulter. Zähes Blut quoll über die breite Brust und vermischte sich mit der triefenden Masse seines offenen Magens.

Über ihnen zog immer noch der Alpha-Hubschrauber seine Kreise, weil er nicht landen konnte – und noch immer gab es keinerlei Hinweis darauf, dass die Kreatur ihre Verletzungen überhaupt *spürte*. Sie rannte wieder los und ließ, während sie auf Barry zuhielt, ihre unmenschlichen Klauen wirbeln.

Der Hahn seines Revolvers schlug klickend ins Leere. Barry gab Fersengeld, doch das heranstürmende Ungeheuer änderte die Richtung, folgte ihm – und dann erwischte die herabrasende Klauenhand Barry an der Seite. Er ging strauchelnd zu Boden.

Barry …!

Chris stürzte auf das Geschöpf zu, schoss ihm in den Rücken, als es sich über den zu Boden gegangenen Alpha beugte. Barry versuchte, nach hinten wegzukriechen. Seine Weste hing in Fetzen, seine Augen waren ganz weit vor Entsetzen.

Und dieses Mal musste das Ungetüm die Kugeleinschläge spüren, endlich, denn es drehte sich um und heftete seinen gefühllosen, starren Blick auf Chris. Barry richtete sich auf und humpelte davon.

Wir haben keine Zeit!

Chris schoss das Magazin leer. Die letzten Kugeln trafen ins Gesicht des Monsters. Splitter von Zähnen flogen aus dem lippenlosen Maul, fielen als rotweißer Regen auf den Asphalt. Das Wesen schien es nicht einmal zu merken. Mit unglaublicher Geschwindigkeit rannte es weiter auf Chris zu.

Auch Jill und Rebecca schossen jetzt, schrien, versuchten,

die Aufmerksamkeit des Ungeheuers von Chris abzulenken. Aber es hatte sich auf ihn versteift, stampfte ihm entgegen und holte mit dem zur Waffe hochgezüchteten Arm aus.

Jetzt nichts vermasseln – lass es kommen!

Erst in der letztmöglichen Sekunde warf sich Chris zur Seite, und das Monster flog regelrecht an ihm vorbei. Seine Klauen rissen tiefe Furchen in den Asphalt, dort, wo Chris eben noch gestanden hatte.

Er rannte. Eisigkalt sickerte die Erkenntnis in sein Bewusstsein, dass die Sekunden unaufhaltsam verrannen und dass sie das Monster nicht mehr rechtzeitig würden töten können.

Barry spürte, wie das Blut aus seinem Schenkel quoll. Der brutale Hieb des Tyranten hatte die oberen Hautschichten sauber abgeschält. Der Schmerz war erträglich – das Wissen, dass sie nun sterben würden, nicht.

Wir werden in die Luft fliegen, wenn wir nicht schon vorher in Stücke gerissen werden …

Der Tyrant richtete seine Aufmerksamkeit auf Jill und Rebecca, die beide wieder auf das offensichtlich unbesiegbare Monstrum feuerten. In seiner geschmeidigen, fast leichtfüßig wirkenden Gangart kam er auf sie zu, noch immer nicht beeinträchtigt von den blutenden Löchern in seinem Körper. Schrotladungen trafen ihn in Beine und Brust. Neun-Millimeter-Geschosse spickten sein teigiges Fleisch – doch er schwankte nicht einmal, lief einfach stur weiter.

Wind peitschte auf Barry herab. Das Brüllen der Hubschrauberrotoren schwoll plötzlich an. Von oben hörte er einen lauten Ruf.

„Achtung!“

Barry starrte zum Hubschrauber hoch, der nur sechs oder sieben Meter über dem Boden hing, und sah, wie ein schwerer, dunkler Gegenstand aus der offenen Seitenluke fiel und auf den Teer aufschlug.

Chris war am dichtesten dran. Er rannte darauf zu.

Der Tyrant hatte Jill und Rebecca beinahe erreicht. Die beiden trennten sich, liefen in unterschiedliche Richtungen, und die Kreatur heftete sich ohne Zögern an Jills Fersen, folgte ihr mit dieser unheimlichen Entschlossenheit im Blick.

„Jill, hierher!", schrie Chris.

Barry kreiselte herum und sah, dass Chris sich den klobigen Raketenwerfer auf die Schulter geladen hatte.

Ja!

Jill schwenkte um in Chris' Richtung, das Ungetüm unmittelbar hinter ihr.

„Deckung!"

Jill hechtete zur Seite und rollte sich ab, gerade als Chris durchzog. Das *Wuuusch!* der raketengetriebenen Granate ging im dröhnenden Hämmern der Hubschrauberblätter fast unter.

Die Explosion nicht. Die Granate traf den Tyrant voll in die Brust – und grelles Lodern, ohrenbetäubendes Krachen zerriss das Ungeheuer in eine Million rauchender Stücke.

Noch während zerfledderte Fetzen von Fleisch und Knochen auf sie niederhagelten, senkte Brad den Kopter dem Boden entgegen, und die vier S.T.A.R.S.-Mitglieder rannten darauf zu. Die Kufen hatten noch nicht aufgesetzt, als Jill schon in die offene Kabine tauchte. Chris, Rebecca und Barry warfen sich ihr hinterher.

„Abflug, Brad, los!", brüllte Jill.

Wie ein stählernes Insekt erhob sich die Maschine in die Luft und jagte davon.

Einundzwanzig

Die ruhige Frauenstimme erreichte nur mehr nichtmenschliche Ohren.

„Noch fünf Sekunden, drei, zwei, eins – die Selbstzerstörung wird jetzt initiiert …“

Ein Schaltkreis, der sich über die gesamte Länge und Breite des Anwesens erstreckte, wurde geschlossen.

Mit einem Donnerschlag explodierte das Spencer-Anwesen. Simultan zündeten Sprengsätze im Keller der Villa, unter dem Reservoir, hinter einem unscheinbaren Kamin im Quartierhaus und auf der dritten Ebene der Keller-Laboratorien. Die Trümmer der Marmorwände stürzten auf die berstenden Böden der herrschaftlichen alten Villa. Fels barst, und Beton wurde zu feinem Staub zermahlen. Gewaltige Feuerpilze wuchsen in den frühen Morgenhimmel empor. Noch aus meilenweiter Ferne war das nur Sekunden dauernde Feuerwerk zu verfolgen.

Und während sich das urgewaltige Donnergrollen über den Wald hinweg wälzte und schließlich erstarb, gingen die Ruinen in Flammen auf.

EPILOG

Die Vier schwiegen, während Brad den Hubschrauber zurück zur Stadt steuerte. Tausend Fragen brannten ihm auf der Zunge, doch etwas an der Stimmung, die sich breitgemacht hatte, hielt ihn davon ab, sie zu stellen. Chris und Jill starrten mit grimmigen Mienen durch die Scheibe auf das sich ausweitende Flammeninferno, in dem das Anwesen vollends unterging. Barry lehnte zusammengesunken an der Kabinenwand und betrachtete seine Hände, als hätte er sie noch niemals zuvor gesehen. Die Neue – Rebecca – ging von einem zum anderen und versorgte die Wunden, ohne ein einziges Wort zu sagen.

Auch Brad hielt den Mund. Er fühlte sich immer noch mies, weil er abgehauen war. Danach war er durch die Hölle gegangen, in Kreisen umhergeflogen und hatte zusehen müssen, wie die Treibstoffanzeige stetig fiel. Es war ein Albtraum gewesen. Zu allem Elend hatte er auch noch dringend pissen müssen.

Und dann dieses Monster …

Brad schauderte. Was es auch gewesen sein mochte, er war froh, dass es jetzt tot war. Er hatte sich zusammenreißen müssen wie nie zuvor, um nicht einfach wieder mit dem Hubschrauber zu verschwinden, kaum dass dieses Ungetüm in sein Blickfeld geraten war – und er war der Ansicht, dass man ihm zugute halten musste, den Raketenwerfer aus der Luke geworfen zu haben.

Er blickte nach hinten auf das schweigende Quartett und überlegte, ob er ihnen von dem seltsamen Funkspruch erzählen sollte, den er empfangen hatte. Gleich nachdem die Rekrutin etwas über einen Heliport durch das Prasseln der Statik gebrüllt hatte, war ein *klares* Signal hereingekommen – eine männliche Stimme, die ihm seelenruhig die genauen Koordinaten genannt hatte. Der Kerl hatte mitgehört, was allein schon unheimlich genug war. Aber die Tatsache, dass er die Örtlichkeiten gut genug kannte, um Brad detaillierte Anweisungen zu geben, war geradezu gespenstisch …

Er legte die Stirn in Falten, während er sich an den Namen des mysteriösen Mannes zu erinnern versuchte. Thad? Terrence?

Trent. Ja, das ist es, er sagte, sein Name sei Trent.

Brad beschloss, dass er damit noch einen Tag warten konnte. Im Augenblick wollte er einfach nur nach Hause.

ENDE

Die Autorin

S. D. (Stephani Danielle) Perry schreibt – aus Freude wie auch zum Broterwerb – Multimedia-Romanadaptionen in den Genres Fantasy, Science Fiction und Horror, darunter etliche *Aliens*-Romane sowie die Buchfassungen von *Timecop* und des Thrillers *Virus*. Unter dem Namen Stella Howard schrieb sie einen Originalroman zur Fernsehserie *Xena*. Die *Resident Evil*-Bücher sind ihr erster Ausflug in den Bereich der Videospiel-Romane. Zusammen mit ihrem Ehemann und einer Vielzahl von Haustieren lebt S. D. Perry in Portland, Oregon.

Das Tor zur Hölle steht weit offen!

DOOM™

Die Romanreihe

Jetzt endlich auch in Deutschland! Höllisch gute Romane zum PC-Dämonenkult von ID Soft.

DOOM, Band 2: Hell on Earth
Der offizielle Roman zu DOOM 2
€ 9,95, ISBN 3-8332-1208-X

DOOM, Band 1: Knee-Deep in the Dead
Der offizielle Roman zum Spiel
€ 9,95, ISBN 3-8332-1207-1

Dino

www.paninicomics.de/videogame

kinohits zum lesen!

ALIEN VS. PREDATOR: Wer auch immer gewinnt ... wir verlieren.

ISBN 3-8332-1145-8

DAWN OF THE DEAD
Der Original-Roman zum Zombie-Kultfilm

ISBN 3-8332-1115-6

BLADE: TRINITY
Der Daywalker ist zurück

ISBN 3-8332-1146-6

im Buchhandel